Maya Rasker

Wenn du eine Landschaft wärst

Maya Rasker

Wenn du eine Landschaft wärst

ROMAN

Aus dem Niederländischen von
Helga van Beuningen

Luchterhand

Für Boudewijn

Als ich mir den Kopf an der Tür stieß, rief ich
»mein Kopf, mein Kopf«, und ich rief »die Tür, die Tür«,
und ich rief nicht Mutter, nicht Gott.
Und ich sprach nicht von Visionen, vom Ende der Zeiten,
von einer Welt, in der es keine Köpfe und Türen mehr gibt.

Als du meinen Kopf streicheltest, flüsterte ich
»mein Kopf, mein Kopf«, und ich flüsterte »deine Hand, deine
Hand«,
und ich flüsterte nicht Mutter und nicht Gott.
Und ich sah kein prächtiges Schauspiel
von Händen, die Köpfe streicheln im sich auftuenden Himmel.

Alles, was ich schreie und spreche und flüstere,
dient dazu, mich selbst zu trösten: mein Kopf, mein Kopf,
die Tür, die Tür, deine Hand, deine Hand.

Yehuda Amichai

I Mein Kopf

0

Love of My Life

Wann weiß eine Frau, daß sie dem Mann ihres Lebens begegnet ist? Ich weiß es nicht. Ich habe es hundertmal miterlebt, hundertmal diese schmachtenden Augen, dieses Flüstern an meinem Ohr: *Love of my life!,* wenn ich sie von hinten nahm, hundertmal danach einen Papierkorb mit vollgeschneuzten Kleenextüchern geleert, wütende Schritte im Flur, das Zuschlagen der Haustür, tags darauf der Schlüssel im Briefkasten, manchmal in einen Umschlag gesteckt, meist aber achtlos durch den Schlitz geschmissen, vereinzelt mal verbogen oder sogar in zwei Teile gezwackt, hundertmal hinterher endlose Telefongespräche geführt: *Ich vermisse dich, ich vermisse dich so …,* die Aufzählung meiner einzigartigen Qualitäten als Mann, Liebhaber, Faktotum, Haushaltshilfe; als Umzugshelfer, Archäologe und Archivar von Frauenleid und Jugendtraumata – und immer noch weiß ich nicht, wann eine Frau dem Mann ihres Lebens begegnet.

Wann weiß ein Mann, daß er der Frau seines Lebens begegnet ist? Nicht, wenn er sie frühmorgens beim Abwasch sieht, wie sie zu den Klängen aus einem alten Transistorradio auf ihren schmalen Fesseln wippt; nicht, wenn er sie unversehens zu fingern beginnt, und sie, die Spülbürste noch in der Hand, stöhnt: *Schenk mir doch ein Kind!* Nicht, wenn sie ihn ihrer Mutter oder ihrer besten Freundin vorstellt, nicht, wenn sie ihm die besten Witze aus Donald Duck vorliest, wenn sie betrunken sind, wenn sie ihn in der Kneipe streichelt, ihm auf dem Heimweg in einem Hauseingang einen runterholt, ihn auf der Treppe nach oben reitet ... Wenn sie zum erstenmal mit neuen Unterhosen für ihn nach Hause kommt, Dolce & Gabbana, *extra large*; wenn sie ihren Namen mit Bleistift in seinen Geburtstagskalender einträgt; eine grüngestreifte Schürze an einem verirrten Nagel in der Küche aufhängt ...

Nichts von alledem läßt in einem Mann die Ahnung aufkommen, sie, das hier unter seinen Händen, dieses Wesen im großen Spiegel seines Schlafzimmers, könnte seine Frau sein: die Frau seines Lebens.

Es gibt nur einen Moment, in dem ein Mann genau weiß, daß er der Frau seines Lebens begegnet ist: wenn sie zum letztenmal die Tür hinter sich zuzieht. Nicht impulsiv, nicht gedankenlos, als ginge sie irgend etwas besorgen, sondern vielmehr dieses ruhige, dieses fast achtlose Einschnappen des Schlosses in der Tür – als ob diese Tür, dieses Haus, dieser Mann ... als ob dieses ganze Leben bereits meilenweit hinter ihr läge in dem Moment, in dem sie es verläßt.

Wenn er das hört, blickt der Mann von seiner momentanen Tätigkeit auf und weiß: Das war sie. Da geht die Frau meines Lebens.

1

Wie eine Fliege der Fliegenklatsche

Das ist das erste, was ich dachte, als ich sie sah: kleines Luder.

Ich dachte nicht: schnuckeliges Ding (denke ich oft), ich dachte nicht nichts (noch öfter). Ich dachte nicht an die Frau, die letzte Woche in meinem Bett lag und deren Namen ich bereits zu vergessen begann, nicht an die Frau, die mir neulich ihren Körper verweigert und deren Namen ich an diesem Morgen unter der Dusche benutzt hatte.

Ich dachte auch nicht an den Tag, der noch vor mir lag, an die Arbeit, die zu tun war, die Leute, die zu begrüßen und aufzunehmen waren, das Boot, das ich aus dem Unterstand holen, die Seile, die ich bereitlegen mußte, und auch nicht an Hammer und Pickel und Karabinerhaken. Ich dachte nicht an die Kisten mit Lebensmitteln für den Tag, die in der Morgensonne unter der orangen Plastikfolie vor sich hin schwitzten und die ich in den Fliegenschrank bringen mußte. (*Kannst du mir tragen helfen?* höre ich mich sagen, charmantestes Lächeln – wir müssen noch tagelang miteinander auskommen –, aber ich sage nichts, vorerst nichts.)

Ich dachte nicht viel mehr, als meine Augen in diesem Moment sahen: kleines Luder.

»Kannst du mal ein Foto von mir machen?«

Sie hat sich vor dem Gebäude postiert, von dem aus wir an diesem Tag aufbrechen werden, geschützt vor dem beißenden Sonnenlicht unter dem schattenwerfenden Überhang der Veranda, und da, in Shorts und Top, groteske Sonnenbrille im

Haar, steht sie nun anmaßend herum. Labello-Lippen. Junger Körper. Lächeln.

»So, daß das ganze Haus mit drauf ist«, bedeutet sie mir.

Ich nehme den Apparat entgegen und trete ein paar Schritte zurück.

Durch den Sucher sehe ich, daß der Staub des Landes sich bereits tief in ihre Nikes eingefressen und die Beine, wahrscheinlich noch klebrig von der Bodylotion nach dem Rasieren (lehr mich einer die Frauen verstehen), mit einer dünnen Schicht überpudert hat. Es würde sie bestimmt stören, wenn sie es wüßte, denke ich schadenfroh, diese ockergelb bestäubten Waden auf dem Foto. Ich denke noch viel mehr. Kein billiges Ding, zum Beispiel: Nikon FM mit Zoom. Und ich denke, daß sie keinen BH braucht, ihre Brüste sind bei näherer Betrachtung wesentlich kleiner, als sie sich in dem Top präsentieren.

Den Blick aufs Objektiv gerichtet, zögert sie keine Sekunde: einen Fuß routiniert vor den anderen, breites Lächeln.

In einem alten Simca war sie gekommen, ich hatte ihn schon gute fünfzehn Minuten im Visier, nachdem der Punkt am Ende des Tals in dem bereits brennenden Morgen aufgetaucht war. Sieben, halb acht muß es gewesen sein, die Sonne, gleißend, stand noch tief und tauchte das Land in ein trügerisches Licht. Es würde wieder ein gnadenloser Tag werden, mit vielen Verbrennungen zweiten Grades und vorzeitiger Betrunkenheit und einem hohen Risiko, sich einen Sonnenstich oder eine Angina pectoris zuzuziehen. Es wäre nicht das erste Mal, ich habe schon Jüngere im Tal krepieren sehen.

Sie fuhr zu schnell, viel zu schnell für die Tageszeit. Auch das macht diese Sonne mit einem.

Ich drücke ab und gebe den Fotoapparat zurück. Meist mache ich in so einem Fall ein zweites Foto – meine Umsicht wird allseits gelobt –, aber diesmal unterlasse ich es. Ich weiß, daß es gelungen ist. *Ein* Foto. Treffer.

Erst dann streckt sie mir die Hand entgegen, um sich vorzustellen. Weiße Zähne, entschlossen: Xenia.

»Und hat Miss X. auch einen Nachnamen?«

Wieder diese Zähne. »*Ms.* X. für dich«, lacht sie.

Dann dreht sie sich um, als wollte sie weggehen, doch aus dieser einen Bewegung folgt ein Sperrfeuer praktischer Fragen: Wo das Auto für die Dauer des Aufenthalts hinstellen, was mit dem Gepäck machen, tageweise zahlen, oder gibt es einen gemeinsamen Topf? Wieviel Paar Schuhe mitnehmen? (*Wieviel Paar Schuhe!*) Regenwahrscheinlichkeit? Ob es was zu essen gibt, bitte *jetzt* was zu essen (Lächeln), das Frühstück in der Pension unterwegs war unter aller Sau.

Der erste Schweiß des Tages juckt mich im Nacken, ich weiß, daß sich jetzt rote Flecken bilden, genau über dem Hemdkragen. Ich will ihr die Essenskisten unter der Folie zeigen, überlege es mir aber anders.

»Woods«, sage ich und schüttle ihr die Hand. Jetzt hab ich sie überrascht und lächle.

Einen Moment ist es still.

»Und hat *Herr* Woods auch einen Vornamen?«

Doch eher kleines Luder als verwöhntes Biest, denke ich versöhnlich (wir müssen noch Wochen miteinander auskommen) und verweise sie an Rachel, die in der Tür erschienen ist, um mich vom ersten Gast zu erlösen: »Rachel! Xenia.«

Es klingt weniger kraftvoll, als mir lieb ist. Rachel grinst.

Als auch die anderen eingetroffen sind, steht die Sonne schon so hoch am Himmel, daß ich sie zu vergessen beginne: Mein Schatten kriecht in sich zusammen, die Hitze ist so betäubend, daß man sie nicht mehr spürt. Aus den Augenwinkeln sehe ich sie unter dem Schilfdach des Unterstands sitzen: fünf Fremde, von Rachel reichlich versorgt mit Wasserflaschen, Orangen- und Pfirsichstücken vom benachbarten Bauernhof. Die ersten Stunden sind nicht die einfachsten. Man dreht sich um die eigene Achse und die des anderen, Reiseberichte werden großspurig ausgetauscht, Flaschen mit Sonnenschutzmittel aus Taschen hervorgeholt, Zigaretten herumgereicht: *Mensch, grad wo ich aufgehört hab, kommst du damit an ...*

Ich widme mich meinen Aufgaben, die mir wie von selbst von der Hand gehen, und warte darauf, daß der erste die Initiative ergreift und ruft: He, Woods, soll ich mal mit anpacken?

Das bricht das Eis: mal mit anpacken.

Aber es dauert. Es dauert länger als normal. Ich schaue zu Xenia und sehe, daß sie im Mittelpunkt des Interesses steht. Großspuriger Reisebericht, garantiert. Die anderen lachen. Laut. Erst als ich das zwei Tonnen schwere Schlauchboot auf dem Trailer vorbeifahre, schmutzige Staubwolken hinter mir herziehend, kommt Joël, der breiteste der Gruppe, auf mich zu: »He, Woods, soll ich mal mit anpacken?«

Arsch, denke ich.

Mit etwas zu aggressivem Aufklatschen lasse ich das Boot herunter. Kurz darauf spüre ich, wie in meinen Beinen die Eiseskälte hochzieht, die der Fluß von den Berghöhen mitgebracht hat. Ich tauche die Hände tief ins Wasser, mache mir Gesicht und Haare naß und schneuze mich mit der Hand.

»Okay, Leute. Packt mal mit an.«

Diese Tage beginnen früh, und ich weiß es. Mein Körper weiß es, lange bevor der Tag begonnen hat, lange bevor das erste Licht ins Tal kriecht und die Orchideen weckt; mein Körper weiß, welche Jahreszeit es ist, welcher Monat, welcher Tag, er kennt die Stunde der Nacht; registriert die Ruhe und Unruhe der Tiere, das nächtliche Gewusel der Wühlmaus, das morgendliche Klagen des Uhuweibchens, das ihr Männchen ruft, welches losgezogen ist, um Nahrung zu beschaffen, um die Löcher der Wühlmaus aufzuspüren, die es später ausrauben wird, wenn die Jungen darin allein gelassen sind – mein Körper spürt den Schatten kriechen und gibt mir die Signale: noch drei Stunden bis Tagesanbruch, noch anderthalb, bis der Mond hinter den Hügel sinkt, noch eine Stunde, eine halbe …

Mein Körper mißt die Temperatur bis auf Zehntelgrade genau, nicht nur die Grade der Nacht, sondern auch die des kommenden Tages; den Winkel, aus dem der Wind weht, die Luftfeuchtigkeit: all die Faktoren, die dafür verantwortlich sind, ob der Tag schwül oder brütendheiß beginnt, flirrend oder mild und lieblich (darauf hofft mein Körper schon seit Monaten vergeblich: dem Kopf, der gleich wach werden wird, einen lieblichen Tag melden zu dürfen). Doch von der Sonne wieder nur Bösartigkeit. Ich beschließe, aufzustehen und die Nachtkühle zu genießen, solange es noch möglich ist, noch kurz ein schwaches Prickeln frischer Luft zu spüren, bevor der Staub zu stieben beginnt, die Luft schwer macht, den Körper schweißig, die Lunge eng.

(Ich war glücklich an jenem Tag. *Damals* war ich glücklich – bevor dieser Tag begann. Ich ritzte meine Zeichnungen mit einem Hölzchen in den Sand und ließ sie mit dem Tag verschwinden. Ich stellte mir nicht die Fragen, die die erste Wasserscheide bringen: Fragen der Verzweiflung und der Richtung. Fragen der Abstimmung. Des Ziels. Es war mir gelungen, alldem fünfunddreißig Jahre lang aus dem Weg zu gehen wie eine Fliege der Fliegenklatsche. Kopfunter hatte ich auf meinen klebrigen Beinen an der Zimmerdecke Stellung bezogen, sah amüsiert auf das Leben unter mir und … war glücklich.)

Es heißt, der erste Schlag sei Gold wert, doch zuerst war der Traum da und danach die Nacht, präparierter Boden sozusagen, auf den der Schlag fallen konnte, den ich nicht hatte kommen sehen: ein Traum, in dem ich einem Mädchen in einem Hutgeschäft begegne. Es war die Art Hutgeschäft, die in unserem kollektiven Bewußtsein »altmodisch« heißen würde, mit hohen, staubigen Holzregalen und einer gewölbten Schaufensterscheibe, durch die das Sonnenlicht tief und gelblich einfällt. Das Mädchen probierte Hüte auf, einfache aus weißer Spitze, im Grunde nicht viel mehr als eine *pillbox* oder ein Käppchen. Sie betrachtet sich im Spiegel, und ich folge aus einiger Entfernung ihrem Blick: ein junges Gesicht, große Augen, die leicht hervorzuquellen scheinen, wenn sie fragend aufschaut, wie ein Hirsch oder ein junger Hase. Ich beschließe, ihr zu helfen, und klettere auf die Leiter, um ein Hütchen vom obersten Regal herunterzunehmen. Es ist leicht angestaubt, ich klopfe es vorsichtig ab und sehe zu meinem Schreck den Betrag auf dem Preisschild: Die weißen Spitzenhütchen sind im Laufe der Jahre sehr teuer geworden. Mit langen Schritten steige ich die Leiter hinunter, drücke dem Mädchen rasch die *pillbox* auf den Kopf und renne, ohne mich umzusehen, ins Freie.

Der Traum gefällt mir und gefällt mir nicht: Ich erinnere mich an das Mädchen und erinnere mich nicht. Mit einem unbestimmten Gefühl der Gereiztheit schüttle ich die Regale und Hüte von mir ab und stehe auf, gehe aus dem Zimmer in die Nachtkühle hinaus. Mein nackter Körper dampft. Automatisch sinkt meine Hand hinunter, aber ich bin zu verstimmt, um mir einen runterzuholen.

*

Da war nichts als Stein und ausgedörrter Boden, als ich zum erstenmal auf dem Montsec ankam, einem Niemandsland aus verlassenen und halbverlassenen Weilern, die dem Anschein nach selbst in ihrer Glanzzeit kaum bewohnbar gewesen sein konnten. Was für ein Leben muß das gewesen sein, wenn man es so ohne jedes Zeremoniell zurücklassen konnte? Als die Tür vom letzten Bewohner noch nicht zugezogen war, die letzten kümmerlichen Gewächse noch nicht geerntet? Das Dorf liegt da wie ein angeschossenes Raubtier, hingestreckt auf der Flucht, ausgelöscht, in der Sonne mumifiziert; nach Form und Funktion noch erkennbar, sonst jedoch ohne Leben. Die Bewohner müssen abergläubisch gewesen sein, an die paar Türen, die noch in den Angeln hingen, sah ich Hahnenfüße genagelt, angefressen und verwest – so hält man die bösen Geister fern. Doch es schien, als habe ein böser Geist dennoch von dieser Hügelspitze Besitz ergriffen, als hätten die Bewohner Hals über Kopf das Feld geräumt.

1981 – ich war gerade von einem hübschen Mädchen namens Sofietje verlassen worden, was schon seit einiger Zeit von mir in die Wege geleitet worden war. Abschied nehmen konnte ich schon damals nicht, nicht einmal von Mädchen vom Typ Sofietje, die dir schon nach spätestens drei Monaten mit ihrer ohnmächtigen Hingabe auf die Nerven gehen, sich wie wuchernder Efeu um dein Leben schlingen und dich im Handumdrehen in Atemnot bringen. Trotzdem hatten wir fast drei Jahre lang eine »Beziehung« (so nannte sie das gern), von denen ich ihr die beiden letzten mit meiner Übellaunigkeit und meinem Herummachen mit anderen Mädchen so sehr zu vergällen verstand, daß sie zum Schluß nicht anders konnte, als die Sache zu beenden. (»Es tut mir so weh, dich allein zu lassen. Ich weiß, daß du im Grunde sehr einsam bist. Aber ich kann nicht anders, *ich* kann dir nicht mehr helfen.«)

Schofel, aber erleichtert nahm ich die Trennung hin, versprach, immer ein Freund zu bleiben (*ich werde dich nie aus den Augen verlieren*), besorgte mir ein kompliziertes Praktikum, das mindestens vier Monate Feldarbeit beinhaltete, und machte mich aus dem Staub.

(»Es gibt zwei Gründe, einem Berg zu Leibe zu rücken«,

mahnte mich Herr Prof. Dr. Helmut Jutta, mein akademischer Lehrer, beim Abschied. »Entweder gehst du hinauf, weil du nicht unten sein willst, oder du gehst hinauf, weil du oben sein willst. Das Motiv des Besteigens, Abel, bestimmt das Risiko und damit die Wahrscheinlichkeit von Erfolg oder Scheitern. Steig nie auf einen Berg, ohne erst das Motiv freizulegen.«)

War ich der Liebe wegen hier? Oder trotz der Liebe? Ich war jung genug, die Worte des Professors mit einer Selbstgefälligkeit in den Wind zu schlagen, die einem Mann anhaftet, wenn er fünfundzwanzig ist (Mann bereits, nicht mehr Junge), und einfältig genug, die eigene Unachtsamkeit zu ignorieren. Da stand ich also mit einem umfangreichen Auftrag unter dem Arm, den schweißgetränkten Rucksack neben mir auf dem Boden und eine zerzauste Katze zu meinen Füßen, die mich umschnurrte. Montsec!

Der Berghang, an dem das kleine Dorf ruht, wölbt sich wie ein Venushügel aus dem steilen, hohen Massiv ins Tal hinunter, wo der Fluß sich in zwei Arme spaltet. Dort, in der Gabelung des Wassers, liegt ein Steinhaus, umgeben von Bäumen und Grün. Müde von der Reise (vom Weggehen, von diesem Ankommen), beschließe ich, nicht gleich auf Erkundung loszuziehen, das Haus im Tal Haus sein zu lassen, sogar die Katze zu ignorieren. Hinter mir, im Schein der untergehenden Sonne, lodert die Bergwand auf wie ein Höllenfeuer. Vor mir, wo der gewalttätige Arm des Flusses verschwindet – der andere, liebliche windet sich wie ein zufriedener Regenwurm durchs Tal –, klafft das schwarze Loch der Klamm. Damit muß ich fürs erste auskommen, denke ich mannhaft und bin glücklich.

Doch als ich abends am Feuer sitze, umgeben von Finsternis, dem unermeßlichen Sternenhimmel, den noch unbekannten Geräuschen der Nacht – im klaren Bewußtsein, wie schön einsam und sentimental das Bild ist –, packt mich langsam eine unergründliche Angst (jawohl, Herr Professor), sogar Panik, daß jetzt das wahre Leben beginnt, ohne daß ich Sofietjes große braune Augen je wieder auf mich gerichtet weiß. Als ob sich mit ihr alle Augen von mir abgewandt hätten.

Ich war fünfundzwanzig und auf einmal allein. Ein Mann, kein Junge.

*

Wer wie ich sein halbes Leben im Freien zugebracht hat, tut die großen Metaphern der Natur mit einem Achselzucken ab: die Meteoriten, das Nordlicht, Steinlawinen, Überflutungen. Autonome Bewegungen sind das, gesteuert von Kräften wie El Niño oder einer unterseeischen Eruption, Tausende von Kilometern entfernt (und ich erzähle meinen Studenten, daß die Natur nichts weiter ist als ein ausgetüfteltes mathematisches Puzzle; aber ich habe noch nie erlebt, daß einer sich beim Anblick einer Sternschnuppe *nicht* insgeheim etwas wünscht, einem von Steinschlag versperrten Durchgang *keine* prophezeiende Bedeutung beimißt). Nein, für mich hat die Natur keine Geheimnisse, jedenfalls keine übernatürlichen. Die großen existentiellen Fragen dürfen in den Bergen außen vor bleiben, und wenn einem trotzdem etwas zustößt, dann ist man dumm gewesen. Dann hat man etwas übersehen.

Aber was tat ich dann da in Gottes Namen, in der Nacht bevor Xenia ins Tal kam, auf den Hügel fuhr, den ich seit neun Jahren als mein Zuhause bezeichnen darf? Warum war ich ins Freie gegangen, unruhig wie ein Tier, das den Waldbrand nahen spürt, noch bevor das Schwelen in offene Flammen umschlägt?

Trotz der nächtlichen Hitze stehen die Haare auf meinen Armen zu Berge. Es ist, als erinnerte sich mein Körper an einen Vorfall, bevor dieser mein Bewußtsein erreicht hat. Um mich herum entsteht eine seltsame Stille, wie ich sie von einer Sonnenfinsternis her kenne: Der Wind legt sich, die Nachttiere stellen ihr Gewusel ein im Vorgriff auf ... ja, worauf? In der unsinnigen Erwartung einer Mondfinsternis oder eines viel zu frühen Sonnenaufgangs lege ich den Kopf in den Nacken und sehe, wie der Himmel in zwei Teile zerbricht, als führe eine Messerspitze durchs Schwarz. Der grelle Streif durchschneidet, nagelscharf, von Ost nach West das Firmament.

Dann ist es vorbei, und die Finsternis zieht sich zu.

Der Shoemaker-Levy!

Ein Moment der Erleichterung, allerdings nur ein kurzer. Denn auch wenn ich mich an die Meldung erinnere, daß der Komet vorbeiziehen wird, und an den vagen Vorsatz, ihn mir anzuschauen – mein Körper erinnert sich an etwas ganz anderes. Mein Körper erinnert sich an eine rasende Panik, hier auf dem Hügel vor neun Jahren, die ich selbst längst vergessen hatte; die Angst vor dem gähnenden Loch, das damals »Zukunft« hieß und heute »Leben« ist, in dem alles, was ich an jugendlichem Übermut besaß, in einen Trog von Wachstumsschmerz und Unvermögen gesogen wurde.

(Was hatte der Professor gesagt? »Ein Bergsteiger kehrt immer in die Berge zurück, weil sein Körper sich erinnert, wieviel er vergessen hat.«)

Als ich wieder hinaufschaue, hat sich der Himmel rot verfärbt, und ich sehe die ersten Sonnenstrahlen am Bergkamm züngeln. Und spiegelbildlich zu dieser Nacht fährt ein schimmernder silberner Punkt rasend schnell ins Tal und durchschneidet die Landschaft.

Xenia. Auch wenn ich das da noch nicht wußte.

Hinunter, denke ich, dann halt hinunter. Ich ziehe mich an und gehe los.

2

Horror vacui

Ich selbst merkte nichts, dachte ich. Es gab viel zu tun. Außerdem verträgt meine Arbeit sich schlecht mit Frauen, so daß sie wenig Aussicht auf Erfolg haben, wenn ich in den Bergen bin. Die Konzentration, die nötig ist, um von oben nach unten zu gelangen und überhaupt erst mal von unten nach oben, mit heiler Haut und schwer bepackt, läßt sich nicht mit Belanglosigkeiten kombinieren. Ja, wenn es wirklich ums Überleben geht, ist man aufeinander angewiesen: wegen des Seils, das den einen mit dem anderen verbindet. Der Rest läßt sich besser auf Distanz erledigen.

Rachel hingegen sah es, und ich sah an ihren Augen, daß ich auf der Hut sein mußte. Die Gefahr kommt selten von außen, behauptet sie. Mit dem Herzen zu denken und mit dem Kopf zu fühlen, das sorgt für Opfer. Ganz verstehe ich es nicht, trotzdem behalte ich sie im Auge. Rachels Blicke in den Wind zu schlagen ist das Dümmste, was man tun kann.

Doch beim Abstoßen des Boots versinkt jeder Gedanke in der Beschleunigung, die uns erfaßt, und ich lasse mir die stürmischen Fallwinde durch die Haare fahren. Sie sind noch ängstlich, die Studenten, eine Art aufgedrehter Ängstlichkeit wie bei einem Kind im Kettenkarussell, die sich auf den Gesichtern der am Rand stehenden Eltern vergrößert wiederfindet. Aber genau diese Angst, die das Kind die Seile fest umklammern läßt, verhindert, daß es fällt – genau das, was ich brauche, wenn ich mit einer Gruppe in die Klamm fahre. Dann wird es schnell still, und es gibt nur noch weiße Fingerknöchel um die Taue am Bootsrand und schweigenden Respekt vor den Granitwänden, die nahezu senkrecht aus dem tosenden Fluß aufragen.

»Die Jungs haben Angst«, sagte Rachel, während wir die letzten Gepäckstücke festzurrten, »und das Mädchen weiß zuviel.«

»Ich wollte bei der Witwe anfangen …« Ich hoffte, sie würde meine Frage verstehen.

»Ich weiß nicht, was mit dem Wetter wird«, antwortete sie vage.

Gemeinsam mit ihr warf ich einen Blick auf den Himmel und wußte es genausowenig.

Angst kenne ich nicht mehr vor diesem Gebiet, doch der Respekt ist geblieben, und den will ich auf ihren Gesichtern wiederfinden. Übermut ist hier nicht angebracht. Ich schaue zu Wilbert Boreel, der inzwischen eingeklemmt zwischen dem Gepäck auf dem Boden des Bootes sitzt, ein rotblonder Junge mit leicht fliehendem Kinn, der schon, bevor wir ablegten, leise jammerte, er habe nicht gewußt, wie hart es werden würde (woher kommt es nur, daß ein Vorurteil so selten von der Realität ausgeräumt wird?). Dann Joël Wolf, aufgewachsen in den Vereinigten Staaten, mit gut konserviertem Akzent, der sich mit der Attitüde eines leutseligen Bruders auf Xenia gestürzt hat, während Brünstigkeit ihn wie Aftershave umwölkt. Und Barry (*sag einfach Bérry*), der Geographielehrer, der nach seiner Scheidung das Geologiestudium wieder aufgenommen hat und an diesem Morgen schon vor dem Kaffee sein Alkoholproblem »thematisierte«, indem er allzu nachdrücklich das Mantra der Anonymen Alkoholiker murmelte: »Gott gebe mir die Gelassenheit, Dinge hinzunehmen, die ich nicht ändern kann, den Mut, Dinge zu ändern, die ich ändern kann …« (»Bérry, damit das klar ist: Hier wird *überhaupt nichts* thematisiert. Entweder höre ich nie mehr was von dir über Mut & Veränderung, oder du steigst jetzt sofort aus und suchst dir ein ruhiges Praktikum im Biesbosch.« Nachdem ich das gesagt hatte, umarmte er mich brüderlich, was mich ernstlich an der Festigkeit seines Entschlusses zweifeln ließ.)

Ich habe lernen müssen, keine Angst vor so einer Gruppe junger Menschen zu haben, die, völlig in ihre eigene Welt eingekapselt, in *meine* Welt eindringt, noch ziellos in unverarbeiteten Jugendtraumata umherirrend oder mit einem Verstand geschlagen, der ihnen zwischen den Eiern baumelt: falsches Schuhwerk, Alkoholprobleme, Magersucht. Absonderung. Streit. Geilheit. Das Lagerfeuer am zweiten Abend beim Flußufer, das ist der Lackmustest. Da erfolgt in der Regel der Umschlag von Nabelschau zu Vision, von Auftrag zu Berufung. Manche kehren dort um.

Und doch sind es nicht die Schlechtesten, die zu mir kommen. Ein Justus Schornagel zum Beispiel: Schmächtig und mit den beweglichen Augen eines Raben, sieht er alles, verhält sich jedoch still. In ihm, dem frisch von einem prestigeträchtigen Praktikum an der Universität Uppsala Zurückgekehrten, erkenne ich diese besondere Monofokussiertheit des Aspergers, für den das tägliche Leben so verwirrend ist, daß er sich ausschließlich auf die theoretische Wissenschaft verlegen wird. Und er ist zu gescheit, seine Schwäche nicht zu erkennen, die Spannung hat ihn schon jetzt ausgehöhlt.

Vier Männer und eine Frau: Die Jungs haben Angst, das Mädchen weiß zuviel, hat Rachel gesagt. Aber was weiß Rachel? Sie ist noch nie auf eine Expedition mitgekommen, und wenn sie sich überhaupt unter die Studenten mischt, dann allenfalls beim ersten Frühstück. Rachel mag keine Menschen.

Aber daß Xenia viel weiß, ist unbestritten. Ihr Lebenslauf zeugt von einem beeindruckenden *track-record* als Feldgeologin und Statistikerin; sie ist Bergsportlerin und schon um die halbe Welt gereist mit keinem anderen Ziel als dem, die Erdkruste zu analysieren. In ihren Händen fließt noch das Blut, das bei den anderen längst verschwunden ist. Sie ist hier richtig, und sie weiß es. Mit geradem Rücken und wehendem Haar hat sie sich wie eine Galionsfigur vorn am Bug postiert und starrt ins Dunkel vor uns: die Klamm.

»Woods! Da kommt die Stromschnelle!«

»Yep!« rufe ich im anschwellenden Tosen des Wassers zurück. »Festhalten, es geht gleich rund.«

(Warum behält ein Mann eine Frau in Erinnerung? Ist es der erste Blick, das erste Mal diese kräftigen Knie unter einem kurzen Rock zu sehen, kurz bevor der Rock zu Boden sinkt? Ist es der träge Augenaufschlag hinter einem Buch, der den Jäger und Sammler in ihm weckt? Oder sind es lediglich seine eigenen verschlissenen Phantasien, die ihm in Erinnerung bleiben, Klischees von heißen Sommernächten und hartem, unnuanciertem Sex, die von den Formen einer Frau entfacht werden, noch bevor er sie angesprochen hat?

Was bleibt von dem beängstigenden Vakuum vor der ersten Begegnung, dem infinitesimalen Moment der Erschütterung, in dem noch nichts ist, man aber bereits ahnt, fürchtet, weiß, daß diese Wuschelhaare, diese wollige Achsel, diese bewegliche Zunge und diese nagelharten Nippel gleich zwischen deinen Zähnen verschwinden werden, zermalmt werden in einem Anfall zielloser Geilheit, noch bevor du begonnen hast, ihren Namen auf deiner Zunge zu kosten. Sigrid. Anja. Geertje. Pilar …

In meinem Fall bleibt meist nichts übrig als Leere; ist die Erinnerung an so eine Frau höchstens ein Polaroidschnappschuß, den ich ohne nachzudenken in der Datenbank sexueller Eroberungen ablege – ein grätenloses Weichtier, das im Gestein keinen Abdruck hinterlassen wird, allenfalls eine Aussparung, von der nach einiger Zeit keine nennenswerte Spur mehr zu finden ist.

»Und doch ist es die Frau, die ihre Nägel in deinen Rücken krallt, oder nicht? Bestimmt nicht du.«

»Kratzer verheilen«, antworte ich munter.

»Nicht alle.«

Okay, Rachel, nicht alle Kratzer verheilen, das weißt wiederum du. Und nicht jede Haut ist gleich empfindlich im Hinblick auf bleibende Schäden – das wiederum weiß ich, nicht du.

Aber ich sage nichts, ich lasse den Gedanken durch das offene Fenster verfliegen, hinter dem Schatten von Fledermäusen vorbeihuschen, die sich von den Motten um die Kerze im Fenster locken ließen.)

*

Nach elf Tagen Hölle auf dem Berg stand ich vor dem Steinhaus in der Flußgabelung und rüttelte verzweifelt an der Tür. Was als heroischer Startschuß zu einem Leben als vielversprechender Geologe, einsam und beflügelt auf meinem ersten, noch unbeschriebenen Berggipfel, begonnen hatte, endete vorerst mit Erbrechen und Halluzinationen als Folge von Austrocknung und einem tüchtigen Sonnenstich.

Kein Mensch zu sehen.

Von meiner provisorischen Unterkunft auf dem Montsec hatte ich manchmal eine Gestalt durch den Garten gehen und abends Licht brennen sehen. Mehr nicht. Kein Auto, das kam und wieder fuhr, keine schreienden Kinder an den Flußufern. Ein großes, stilles Haus mit schweren Läden, umsäumt von Korkeichen und mit einem Gemüsegarten im fast permanenten Schatten des Bergs. Ich wußte nicht, ob dort ein Mann oder eine Frau hauste, wußte nicht, ob es Dracula war oder Mutter Maria – und es spielte auch keine Rolle. Austrocknung macht einen sterbenskrank, und das erschreckend schnell. Und wenn es Jesus persönlich gewesen wäre, der mir das Tor öffnete und mir etwas Salz gäbe – mir war es gleich. *Salz!*

Ich leckte den Rotz aus meiner Nase und trank meine letzten Urintropfen, die genauso wäßrig schmeckten wie das Bachwasser, das ich gerade in mich hineingeschlürft hatte, den Scheitel auf den Kieseln, den Oberkörper fast erfroren, während das Fieber in meinem Körper schrie: *Salz!*

Es ist Orangenschale.

Es ist ein bittersüßes Stück Orangenschale, das mir vorsichtig zwischen die aufgeplatzten Lippen geschoben wird, die ersten Tropfen brennend wie Salzsäure, dann aber süßer als Honig, weicher als Butter. Kleine, ölige Tropfen, die meine Zunge langsam entgerben.

Eine Wolldecke wird mir um die Schultern gelegt, und blind, stolpernd, strauchelnd erreiche ich kurz danach ein Bett, so groß wie ein Fußballplatz und so warm wie eine Sauna, während mir eine frische Orangenspalte vorsichtig zwischen die Lippen gelegt wird. Danach werde ich ausgezogen, wird mein zitternder, schmutziger Körper gewaschen, ich bin über die Scham hinweg und bleibe mit geschlossenen Augen liegen, schnuppere den Geruch von kochendem Wasser und Minze, spüre mein Blut in Verwirrung geraten, von neuem strömen, in alle Richtungen strömen, noch ein Stück Apfelsine, ein Strohhalm mit süßem Minzetee im Mund, ein kühles Laken, eine warme Daunendecke, ein warmer, ein warmer, warmer …

»The Man from the Woods«, höre ich sie sagen.

Danach habe ich endlos geschlafen und bin im Körper einer nackten Frau erwacht.

Warum behält ein Mann eine Frau in Erinnerung? Als ich die Augen kurz öffnete, sah ich in ein Gesicht, in dem das gesamte Spektrum eines Lebens eingelagert schien; so alterslos, daß ich ohne allzuviel Phantasie auf Anhieb das Mädchen erkannte, das sie einst gewesen war, die Frau zeichnen konnte, die sie werden würde. Es war, als wäre dieses Gesicht irgendwann im Lauf ihres Lebens eingefroren, zum Stillstand gebracht worden – ein Gesicht, gefangen in einem *freeze-frame*, während der Körper weiterwachsen durfte.

Sie ist älter als ich. Ich spüre es an ihren Händen, geduldigen Händen, die ohne Frage oder Zweifel wissen, welchen Weg sie über den Körper eines Mannes zu gehen haben. *Hast du einen Namen?* frage ich. *Was für ein Tag ist heute?* Doch die Hände verschließen meinen Mund, und das Gesicht bedeutet mir zu schweigen.

Ich werde gut für dich sorgen, höre ich sie sagen.

Danach spüre ich die Hände wieder wandern und versinke erneut in einem Koma.

Ich mag keine Sardinen, und schon gar nicht, wenn sie geröstet, samt Kopf und Schwanz, als vollständiger Fischleib zwischen meinen Zähnen verschwinden sollen. Ich mag es noch weniger, andere welche essen zu sehen, der Kopf, der in der Mundhöhle verschwindet, nur der Schwanz noch sichtbar, keck zwischen Daumen und Zeigefinger gehalten, das Knirschen zu hören, wenn die Gräten zermalmt werden. Aber das Frühstück, das für mich bereitsteht, hätte nicht göttlicher sein können: Gerade diese stark gesalzenen Fischchen, der trockene Wein dazu, der von Olivenöl seidige Tomatensalat bringt mich wieder zu mir – im Schatten des Laubdachs, im Hintergrund das Rauschen des Flusses, zwischen meinen Zehen wundersam weiches, grünes Gras, und mir gegenüber ... ein leerer Stuhl.

Ich werde wach zu einem unbestimmten Zeitpunkt. Mein Körper, noch durcheinander von der komatösen Nacht (Tage? Stunden?), kribbelt von der kühlen Minze, mit der er gewaschen worden ist. Meine Kleider liegen sauber am Fußende des Bettes bereit. Sonst ist alles still. Im großen Haus ist es still. Ums

Haus herum ist es still. Und in dieser Stille das Stilleben eines gedeckten Tisches, das Tischtuch im Wind, eine Schale mit gerösteten kleinen Fischen, daneben ein schwelendes Feuer; Sonnenlicht, das sich in einer Karaffe mit grünem Wein bricht. Das Rot von Tomaten. Der Duft von Gras und Wasser.

So habe ich dort gesessen: von dem kostend, was eine Frau für mich hingestellt hatte, die Ohren gespitzt, um jedes Geräusch mitzubekommen. Ich versuchte mir das Gesicht zu vergegenwärtigen, das in meiner Halbbewußtlosigkeit zu mir gesprochen hatte, die Frau, die zweifellos in fiebrigen Träumen aufgetreten war, ohne daß ich eine Erinnerung daran wiederfinden konnte.

Wo ist sie geblieben?

Ich erinnere mich an die sanften Hände auf meiner Haut, nein, mein Körper erinnert sich, mein Körper, jetzt ausgeruht und glücklich, warm von den Fischchen, wohlig vom Wein und schwül vom Öl, spürt erneut das nachdrückliche Streicheln, so gezielt, so *weise*, so losgelöst ... von der Frau.

Ich stehe auf und gehe durch den Garten, vorbei an den geschälten Stämmen der Korkeichen, an den hochgebundenen Bohnen, an den Kieselsteinen am Wasser, bis ich sie sehe: eine nackte Gestalt am Eingang zur Klamm, bis zum Hals im wilden Strom. Als wäre ich sie, spüre ich das eisige Wasser glückselig über meinen Leib strömen.

Ich ziehe mich aus, ohne die Augen von ihr abzuwenden. So ein schöner Anblick, dieses Wesen, das sich dort als fleischgewordenes Verlangen im Wasser suhlt, noch nichts von meinen Blicken ahnend, von den Armen, die sich von hinten um ihre Taille schlingen werden und tiefer, hinein in die Kühle ... In den Wasserstrudeln kann ich die Umrisse ihres Körpers sehen: Groß ist sie nicht, aber schlank scheint sie zu sein, und wettergebräunt. Ich wage mich kaum zu bewegen, aus Angst, daß das leiseste Wirbeln sie stört, so daß sie sich umdreht, zu mir hinschaut – sich betrachtet weiß.

Doch noch bevor ich meinen Fuß ins Wasser habe setzen können, beginnt sie sich zu bewegen, beginnt sich der Körper zu bewegen, der sich im Wasser sicher gewähnt hat; Schritt um Schritt, mit jedem Meter, den sie näher ans Ufer kommt, gibt sie ein Stück von sich preis: die Schultern, die Brüste, den Bauch und die Taille. Hintern. Beine. Im Sonnenlicht glitzernd, das sich auf ihrer nassen Haut bricht, steigt sie aus dem eisigen Wasser. Als sie vor mir steht, triefend und nackt, habe ich keine Luft mehr in der Lunge: Rachel, die bis dahin namenlose Frau, nicht mehr als ein makelloses Gesicht und zwei weise Hände, ist von der Mitte abwärts völlig verbrannt. Ein blanker Rumpf auf einem großen, grauenhaften Netz von Narben ist aus dem Wasser aufgestiegen.

*

Die Stromschnelle ist der Eingang zur Klamm. Das Gestein beginnt sich hier aufeinanderzu zu neigen, nicht von oben her, wie man vermuten würde, sondern von unten, eine fortschreitende Verengung des Durchgangs, wodurch sich das ohnehin schon nicht sanfte Wasser vollkommen richtungslos hochstülpt, dreht, der Unverrückbarkeit seiner Ufer anzupassen versucht. An klaren Tagen kann man dort die erstaunlichsten Regenbogen sehen, Fata Morganas im aufspritzenden und zerstiebenden Sprühwasser zwischen den Felsen.

Doch bevor sich die Ergriffenheit breitmachen kann, ist es schon wieder vorbei, und der Stein schließt sich auch oben, das Wasser donnert ohrenbetäubend wie ein Güterzug unter und neben dem Boot, und die schlagartig hereinbrechende Dunkelheit nimmt einem nahezu jede Sicht.

(Genau hier unternahm vor Jahren ein Vater mit seinen drei Kindern in der Mittsommernacht eine Bootsfahrt. Es heißt, es sei ein Streit mit seiner Frau vorausgegangen, doch sie hatten sich wieder versöhnt; sie hatte ihre Zustimmung zu dem Abenteuer gegeben, und außerdem war der Abend mild und klar. Die beiden verabredeten, daß sie zur nächsten »Station« fahren sollte, einem für Boote geeigneten Landeplatz, nicht mehr als zwanzig Minuten entfernt, und dort als Überraschung eine Festtafel decken sollte.

Es war kurz vor Mitternacht, als ich von den Parkwächtern aus dem Bett geholt wurde. Am Himmel stand ein Vollmond, die Sicht war besser denn je, aber ich wußte – *was weiß man denn wirklich* –, daß es am Fluß bei Vollmond gern spukt. Schweigend fuhren wir los, die Männer und ich – das Boot lag bereit –, und glitten, starke Lampen an der Stirn, übers Wasser. In der ersten Biegung, noch vor der Stromschnelle, sahen wir einen kleinen Körper mit Schwimmweste, angespült auf einer unerreichbaren Geröllbank. Dann kam der Wasserfall, dann die Klamm.

Wir kamen an einem Tisch am Ufer vorbei und zählten – der Fluß ist hier breit und träge – fünf Stühle. Wir sahen einen Leuchter mit brennenden Kerzen, eine Blumengirlande auf dem Tischtuch. Wir sahen eine Frau ...

Kilometer weiter fanden wir das Boot, gekentert, der Körper des Jüngsten, mit Schwimmweste, noch festgebunden an der Reling. Das dritte Kind, das mittlere, ein Mädchen, wurde nie gefunden.

Wir wissen, daß es unter den Felsen Strömungen gibt, die wie ein Wasserrad kreisen und kreisen, ohne ihre Beute je wieder preiszugeben. Wir wissen, daß das Wasser um den riesigen Stein, den wir Nariz de Perro nennen, seitdem anders strömt als davor.

Bei Tagesanbruch, fünf Bootsstunden von der Klamm entfernt, fanden wir den Vater: angespült in einer ruhigen Biegung des Wassers, die Kleider durch die Gewalt der Stromschnellen vom Körper gerissen, die Haut kaum noch erkennbar als Haut. Um den Hals trug er eine Kordel; an ihr eine wasserdichte Kamera. »Sie sind drauf«, stammelte er, als wir ihn fanden, »sie sind alle drei drauf.«)

Während wir die ersten Stromschnellen passieren und das Sonnenlicht hinter den Granit gedrückt wird, schaue ich auf meine Studenten: Kinder sind es, auch wenn sie es noch nicht wissen. Die Angst kann hier verrückte Formen annehmen, doch behüten kann ich sie nicht. Im Laufe der Jahre habe ich gelernt, daß es zwei Arten von Geologen gibt: die Reisenden und die *settlers* – solche, die das Abenteuer suchen, und solche, die die Sicherheit suchen. Dennoch sind es öfter die *settlers*, die sich die Knöchel auf den Felsen verstauchen, als die Reisenden, die zwar das Risiko suchen, sich die Gefahr aber geschickt vom Leib zu halten verstehen. Die *settlers* wären lieber daheim geblieben – wissen das aber nicht. Die Reisenden suchen ein Zuhause – wollen das aber nicht wissen. In diesem Alter ist jede neue Selbsterkenntnis äußerst unwillkommen, da die Persönlichkeit ohnehin kippt.

Ich halte meine Hände fest an den Riemen, die Augen auf dem Wasser und dem Stein.

Dann taucht der Nariz de Perro im Wasser auf und versperrt uns die Durchfahrt.

»Festhalten«, rufe ich, »es geht gleich rund!«

3

Der Rücken einer Altmoräne

Früher als üblich lasse ich das Boot auf den Sand eines Landeplatzes schieben – No Pinos heißt er, aus unerfindlichen Gründen nach etwas nicht Vorhandenem benannt, denn die Stelle ist mit Buchen und Glockenblumen dicht bewachsen; zum Übernachten eignet er sich weniger. Es läßt sich schwer feststellen, warum eine Gruppe reibungslos funktioniert und eine andere nicht, oft schon von Anfang an. Ich bin auch nicht recht bei der Sache und ärgere mich über diese Gesellschaft. Ist der eine mir zu redselig, so der andere zu autistisch, der dritte zu labil und der vierte auf fast schon schaurige Weise unergründlich.

Und ich habe große Probleme mit Xenia, auch das ein guter Grund, an Land zu gehen.

Doch noch sind wir nicht angekommen, denn von hier führt ein Ziegenpfad zum Gasthof der Witwe, unserem heutigen Ziel. Der andere Landeplatz wäre ein besserer Ausgangspunkt gewesen, da von dort die Route über den leichteren Nordhang verläuft – aber egal. Es kann nicht schaden (*oh, wie boshaft*), die Leute mal ordentlich schwitzen zu lassen. Achthundert Meter Höhendifferenz über vier Kilometer Geröll, das garantiert guten Schlaf heute nacht.

»Warum halten wir hier?«

Ich drehe mich um und sehe, daß Xenia die Karte studiert. Sie sieht mich mit dem Blick des Kenners an, der bereit ist, die Überlegenheit des anderen anzuerkennen – sofern dessen Antwort stichhaltig ist.

»Weil ich es sage. Nimm deine Sachen – Ms. X.«

Je stärker man selbst wird, desto schwieriger wird es, Zutrauen zu einem anderen zu haben. Wie gut ist Xenia eigentlich? Beschämt sehe ich, wie sie als Reaktion auf meine Antwort mit einem Blick die Gegend scannt und dann wieder zur Karte greift; ich sehe, wie sie auf ihre Uhr blickt, die Strecke abschätzt. Dann packt sie ihren Rucksack um und zieht andere Schuhe an. Um das Gesicht zu wahren, erwäge ich, noch etwas von Kumuli hinter dem Berggrat zu murmeln, akzeptiere dann aber meine Niederlage. Sie weiß, daß mein Motiv falsch ist. Doch ihr Okay ist loyal, und ohne viele Worte hilft sie den anderen beim Zusammensuchen ihrer Ausrüstung für einen langen Marsch.

Trotzdem gibt es einen weiteren Grund, diese Route zu nehmen (genausowenig stichhaltig wie der andere): Nach dem ersten steilen Anstieg stoßen wir auf den langen Weg über den Rücken einer Altmoräne. Dort darf man keine Höhenangst kennen, der Platz ist begrenzt, und links und rechts von deinen Füßen fällt die Welt in die Tiefe, dort, wo die Gletscher vor Jahrtausenden den Stein abgeschliffen haben. Doch vor einem, hinter einem, über einem ragt das Gebirge wie eine außerirdische Wirklichkeit auf, und zumal jetzt, in der Spätnachmittagssonne, ist es, als wanderte man über den Mars oder Jupiter, eine Wanderung mit nichts als Stein und Himmel ringsum, keine Pflanze mehr, kein Tier – es sei denn der Gänsegeier, der im leeren Raum schwebt. Hier gibt es nichts als den monotonen Schlag der Schuhe auf dem Stein, das Gewicht des Rucksacks, das einen den Körper vergessen läßt, die Atmung, die immer rhythmischer wird, die eins wird mit dem Schritt, dem Herzschlag; ein Gleichmaß, das das Denken in andere Regionen drängt, bis das Bewußtsein völlig verfliegt.

Die Jungs sind vorausgegangen, ich sehe ihre kleine Gruppe

in der Ferne stetig vorankommen. Xenia ist zurückgefallen, ist nicht mehr im Bild. Im nachhinein bin ich froh über meine Entscheidung: Der Weg ist lang, und die Sicht bietet erst ganz zuletzt einen Anhaltspunkt – aber genau das wollte ich ihnen zeigen: diesen Weg über die Moräne.

Genausowenig wie die Witwe, La Viuda, ausschließlich ein Berg ist, ist ihr Mann ausschließlich ein Esel – und doch stimmt beides. Rachel muß sie angerufen haben, sie warten schon auf uns: El Marido, der nach ihrem verstorbenen Mann benannte Esel, grinsend neben der jungen Witwe, noch bepackt mit den Einkäufen.

Einst war dieses Lokal trotz der großen Höhe ein vielbesuchtes Ausflugsziel, doch seit der Stausee gebaut und die Regionalstraße verlegt wurde, ist vom früheren Wohlstand nur noch wenig zu merken. Damals stellten ganze Familien ihr Auto unten an der E 322 ab, um die kurze Wanderung zu machen und bei der Witwe das Sonntagsmahl einzunehmen oder, nur die Männer, freitags von hier aus ein Wochenende lang illegal Jagd auf Steinböcke und Gemsen zu machen. Doch ohne die E 322 verlangt die Wanderung dorthin dem normalen Sterblichen zuviel Anstrengung ab, und die Witwe beherbergt nur noch Touristen und Bergsportfanatiker – und dann und wann Geologen, dank mir.

Es fragt sich, ob es ihr schadet. So abgeschnitten von der fortschreitenden Moderne zu sein macht ihren Gasthof nicht nur zu einer Sehenswürdigkeit, sondern hat ihr auch die Legitimität verschafft, die Welt so zu konservieren, wie sie sie gekannt hat: als Ehefrau, als Schwiegertochter, als Mädchen aus dem Tal. Denn auf der Witwe (ja, genau: *dem Berg*) ruht gleichermaßen Fluch und Segen – je nachdem, aus welcher Perspektive man es betrachtet. An diesem Berghang knapp oberhalb der Baumgrenze hat noch nie ein Mann lange genug gelebt, um seine eigenen Kinder heiraten zu sehen, und seit Generationen sind es die Frauen (ja, genau: *die Witwen*), die hier den Laden schmeißen. Söhne gibt es, sogar reichlich – auch das scheint vom Schicksal so gewollt. Noch nie ist hier ein Mädchen gezeugt oder geboren worden, so daß die Erbfolge seltsamerweise von Schwiegertochter auf Schwiegertochter springt: Mädchen aus dem Tal – und das schon seit Jahrhunderten.

Der Ort verdankt diesem Umstand seinen Namen, und das gleiche gilt für die vielen Esel namens Marido, die seit Menschengedenken die Frauen auf ihrem Weg ins Tal für Gemüse und Getreide begleiten oder auf ihrem Weg zum Gletscher hinauf, wo das Eis für den Eiskeller neben dem Haus herausgehackt wird. Die moderne Stromversorgung ist hier oben ein zweifelhaftes Vergnügen, zu oft unterbrochen durch Lawinen oder Blitzschlag, um den Keller überflüssig zu machen.

Dagegen hat der Sprechfunk in der derzeitigen Witwe eine große Befürworterin gefunden. Ihr wird es nicht passieren, daß sie mit dem Esel vier Kilometer den Berg hinuntergeht, nur um festzustellen, daß das Holz ausverkauft ist, und sie wird sich beim Eishacken auch nicht von einem Bergrutsch überraschen lassen, wie es ihrem Schwiegervater passierte, übrigens lange bevor sie ihren verstorbenen Mann heiratete: Der örtliche Wetterdienst meldet sich viermal pro vierundzwanzig Stunden über Satellit.

Rachel hat Zimmer für uns reserviert, wir sind tatsächlich zu spät dran, um nach dem Essen noch ins Tal zurückzukehren. Ich weiß nicht, ob ich mich darüber freue, doch zugegeben, das Essen hier ist gut. Víola, die derzeitige, noch nicht mal vierzigjährige Witwe, verfügt über bedeutend größere Kochkünste als ihre Vorgängerinnen. Wir essen ein Gericht aus Kichererbsen mit Wurst und einen Schmortopf mit Ziege. Den Käse zum Abschluß hat einer ihrer Söhne selbst gemacht, der sich in den Sommermonaten ein Zubrot als Hirte verdient; der Honig stammt aus dem Vorrat ihres verstorbenen Mannes. Als wir bei der dritten Flasche hiesigen Weins sind (einem weniger gelungenen weißen oder einem unbeabsichtigt hell ausgefallenen Rosé), schwindet meine Unruhe, ich lege die Beine auf das Terrassengeländer, zünde mir eine Zigarette an (*yes, but I didn't inhale*) und blicke auf meine Kinder: Es ist gut so.

Was ich erwarte: Barry wird schon heute zuviel trinken, so daß ich ihn morgen an der Bushaltestelle von Tula absetzen werde (stimmt). Justus, der Asperger, schließt sich ihm an, er hat Nachricht aus Uppsala erhalten, daß er die unergründliche theoretische Studie fortführen kann, die er während seiner Praktikumszeit entwickelt hat (stimmt). Joël wird heute abend versuchen, Xenia zu vernaschen (spätestens morgen, am Feuer beim Wasser), und ich saufe mir schon allein beim Gedanken daran die Hucke voll (stimmt). Wilbert sieht nichts, kapiert nichts, verpaßt jeden Anschluß und wird klebenbleiben.

Was Xenia tut, weiß ich nicht.

Doch bevor das alles so kommt (bevor ich zu besoffen bin), lege ich die Karten auf den Tisch: Hier sind wir, dort müßt ihr hin, und die nächsten Tage werde ich euch beibringen, wie ihr dorthin kommt. Nacheinander beschreiben sie mir die Aufgabe, die sie mitbekommen haben, wir notieren die Koordinaten auf der Karte, ich gebe einen kurzen Überblick über die Schwierigkeiten, die jeden erwarten: Kletterwände, Eisfelder, hier und da ein Geröllfeld. Ich bin selbst Geologe, sonst hätte ich die Feldarbeit viel zu ernst genommen. Den Schweiß zu spüren, das Geröll unter den Sohlen, die Einsamkeit und völlige Sinnlosigkeit der Arbeit im Lichte der Gesamtgeologie, darum geht es im Grunde bei diesem Unternehmen. Mit Wissenschaft hat das keinen Deut zu tun (beiß dir auf die Zunge, Woods, jetzt mal nicht einen auf interessant machen), und für die Karriere – sollten sie eine anstreben – ist es auch von keinerlei Bedeutung.

Xenia steht am Terrassenrand und deutet mit dem Fernglas vor den Augen auf einen Fleck in der Ferne, der mit bloßem Auge kaum wahrnehmbar ist: »Was ist das?«

»Was?« ruft Joël und nimmt ihr das Glas ab. »Wo?«

Ich folge der Blickrichtung und weiß, was sie gesehen hat. »Was siehst du?« frage ich einfältig.

»Nichts«, brummelt Joël, als er das Fernglas weitergibt. »Ein Murmeltier?«

»Es kann nie nichts sein. Irgendwas ist immer da …« Das ist Barry, mit dicker Zunge. »Oder?«

»Steinlawine?« plappert jetzt Wilbert rein.

Und ich denke: Montsec. Xenia hat Montsec entdeckt. Was hat dieses Kind im Kopf? Was hat dieses Kind *nicht* im Kopf?

(»Der Geologe befindet sich immer im Rückstand zum Berg«, dozierte Jutta, »und dieser Rückstand ist nicht aufzuholen. Dessen ganze komplexe Persönlichkeit hat sich nicht nur durch das Einwirken von Kräften im Verlauf von Jahrmillionen gebildet, sondern auch durch die Augen, die irgendwann auf ihn geblickt haben, die bereits eine Ansicht über ihn hatten, lange bevor du anspaziert kamst. Du, Abel – jawohl, Herr Professor –, bist lediglich ein armseliger Sammler, der sich mit den Brosamen begnügen muß, die vom Tisch fallen. Es sei denn, du hörst auf, Geologe zu sein, und schaust dir erst einmal den Berg an. Schaust dir wirklich den Berg an. Siehst du?«

Aber ich glaube nicht, daß ich es sah. Ich schlug meinen Hammer in die Wand und mauerte an meiner kleinen Mauer – der Berg wurde zu einem Ort und nicht zu einem Ziel: unendliche Sehnsucht, erstickt in unendlicher Angst.)

Der Wein steigt mir in den Kopf. Dies ist keine Verliebtheit; Himmel, wär's das nur, das kenne ich, das läßt sich notfalls abwehren. Es ist eine giftige, habsüchtige Lust, mich ihrer zu bemächtigen – nicht im perversen, pornographischen Sinn, sondern so, wie man auch, und sei es nur für den Bruchteil einer Sekunde, in die Tiefe einer prächtigen Schlucht springen will, wie von einer Sirene gelockt, um das eigene Schicksal zu suchen, das einen Moment lang genußvoll erscheint.

Nein, Schlafen ist unmöglich in dieser Nacht. Trotz der Höhe bilde ich mir ein, es sei warm; ich stehe auf, dusche, lege mich wieder ins Bett, drehe mich um, stehe wieder auf. Gehe auf die Terrasse. Gehe wieder zurück.

Es ist Vollmond – auch das noch –, und der Mond ist hier von einem ganz anderen Kaliber, als wir es gewöhnt sind. Riesig und kalt steht er am Himmel, verändert die Landschaft je nach seiner Höhe in unwirkliche Schauspiele, mal lieblich, mal schaurig, mit Schlagschatten, die ganze Wände verhüllen und Zacken aufleuchten lassen wie Stahlblech vor dem schwarzen Hintergrund.

Das große Badezimmerfenster steht offen, und ich lasse die nächtliche Kühle über meinen erhitzten Leib gleiten. Von hier aus sehe ich, was Xenia sah – ich sehe nichts, ich weiß, daß es da ist. Ich habe es gesehen, vor acht, neun Jahren, als Rachel mich hierher mitnahm: das erste Mal, daß sie mich durch die Klamm mitnahm, daß ich die Moräne unter meinen Füßen zerbröseln fühlte und den eisigen Mond über dem Tal aufsteigen sah …

»Es gibt nur eine erste Begegnung mit dieser Landschaft«, sagte Rachel damals. »Von jeder Begegnung gibt es nur ein erstes Mal. Danach bleibt einem nichts anderes, als sich danach zurückzusehnen – oder sich vielleicht auch nach der Sehnsucht vor diesem ersten Mal zurückzusehnen. Auch Liebe machen ist nur Heimweh nach dem, was nie mehr wiederkehrt.«

»Willst du deswegen nicht mit mir schlafen?«

Rachel schwieg und schlang die Arme um mich, und gemeinsam sahen wir, wie das Mondlicht tief in der Ferne den Weiler beschien.

»Montsec, nicht?«

Rachel nickte. »Ich habe dort ein Haus, du kannst da wohnen.«

»Montsec?«

»Es ist deins, wenn du willst.«

»Ich will dich«, sagte ich pathetisch.

»Du mußt erst Wurzeln schlagen. Dann sackt die Begierde von selbst.«

»Ein Ort ist ein Ort, keine Frau.«

»Glaubst *du.*«

Glaube ich, ja – oh, hör doch auf rumzusülzen. *Ich will dich, blöde Kuh!*

Inzwischen kämpfte ich mit einer zunehmenden Erektion, die ich an der kalten Außenmauer wegzudrücken versuchte, inzwischen kämpfte ich mit meiner Scham wegen dieses großen Schwanzes (wegen meiner maßlosen Geilheit). Schließlich drehte ich mich doch zu ihr um. Im Schein des Mondes war ihr Unterkörper grau und uneben wie der trübselige Kahlschlag hinter mir, und alles, was ich gesagt hatte, klang wie unsinniges pubertäres Geschwätz.

Du hast mich schon gehabt, hörte ich sie sagen.

Und ich dachte: Laß sein, Rachel, schon gut. Aber, tja, wie sagt man das zu einer Frau?

4

Einsamkeit ist ein merkwürdiges Phänomen

Ich weiß nicht, ob ich je verliebt war in Rachel. Meine Erinnerung an sie ist gefärbt vom sonderbaren Umstand unserer ersten Begegnung, die Verliebtheit oder etwas, das sich leicht damit verwechseln läßt, fast wie von selbst zu wecken schien. Den Verlust von Sofietje (oder was es auch war, das mich so durcheinanderbrachte, entwurzelte) ließ ich verwehen wie eine Dunstwolke, weggeblasen durch eine simple, souveräne Handbewegung Rachels: wie sie mir eine Locke aus den Augen strich, einen Stapel frisch gewaschener Kleidungsstücke auf den Stuhl am Fußende meines Bettes legte, ihre Hand zwischen meine Beine gleiten ließ, wenn wir im Wasser standen. Sie sprach nicht viel und gab in der Regel keine Antwort auf meine Fragen. *Erst zu dir kommen*, sagte sie, um mir den Mund zu stopfen, auch als ich schon drei Wochen bei ihr wohnte, auch als ich wieder voll bei Sinnen war und fast verrückt vor Unruhe. *Erst zu dir kommen, Woods.*

Aber auch die Welt um mich herum schien mich mit etwas zu erfüllen, das Verliebtheit sehr nahe kommt, wodurch sich das Bild weiter verwirrt. Ich habe hier im Laufe der Jahre viele Menschen Opfer einer Art von akutem Wahnsinn werden sehen, der sich einstellt, nachdem sie ungefähr vierundzwanzig Stunden in der Gegend zugebracht haben. Die Schönheit, die Unnahbarkeit dieser Landschaft ist mitunter so überwältigend, daß das große romantische Klischee – die bodenlose Angst vor dieser Naturkraft und die bodenlose Furcht, nein, die fürchterliche

Gewißheit, sie erforschen, besteigen, bekämpfen zu müssen, denn sonst wäre man ja nicht hier – wie eine Lawine, eine eigenständige Naturkraft in dich fährt. Die Sinne spielen gleichzeitig verrückt und schärfen sich, wie bei einem Tier auf Jagd. Die Beute, dieses Gebirge, dieses tausendmal größere und stärkere Monster als du selbst, muß gezähmt werden und wird gezähmt werden. Und während du es unterjochen willst, willst du es umarmen, lieben (ja, richtig: eins werden), in ihm aufgehen, als wäre es die Frau deines Lebens. Es ist besser als der beste Sex: das Verlangen, die Schuhe an diese Bergwand zu setzen, die Finger in den Fels, den ersten Hammerschlag in den Stein …

Verschlingen oder verschlungen werden – was in diesem Fall nicht viel Unterschied macht. Ich habe es gesehen, ich habe sie total verrückt werden sehen vor Begierde. Und vielleicht war ich es damals selbst auch, denke ich im nachhinein.

*

»Wie ist dein Plan.«

Rachel. Rachel kann eine Frage stellen, als stellte sie eine These auf, als wäre mit dem Stellen der Frage jede Antwort überflüssig geworden: Wie wird das Wetter (Hitze); wie war deine Nacht (unruhig); was wollen wir essen (Gartenbohnen und Forelle). Sie hat es gesehen, bevor sie etwas sagt.

Aber nicht immer verstehe ich sie, meist verstehe ich sie nicht, wie zum Beispiel jetzt.

Wie ist dein Plan – was weiß ich.

Ich versuche ihre Taktik zu übernehmen, indem ich die Antwort in meine Frage einbaue: »Es wird wohl Zeit, daß ich abhaue?« Und während ich das sage, schäme ich mich meiner kindischen Reaktion, schäme ich mich, daß der Ton verletzt und vorwurfsvoll ist anstatt selbstsicher: Das entscheide ich schon selbst, Rachel, oder notfalls: Das weiß ich nicht, du merkst es dann schon – irgendwas Kerniges. Aber nein.

Eigentlich will ich möglichst schnell weg, in die Berge, mit meiner Forschungsarbeit anfangen, bevor das Geld alle ist und die Tage knapp werden, bevor die Saison zu Ende ist und ich mit einem halbabgeschlossenen Projekt nach Hause zurückmuß – das will ich. Aber ist das auch mein Plan?

Es gab einen Plan, bevor ich hierherkam. Es gab den konkreten, ausgearbeiteten Plan, in dem verlassenen Weiler dort oben am Hang mein Quartier aufzuschlagen, einen Schafstall auszuräumen und für die Dauer meines Aufenthalts bewohnbar zu machen. Es gab den Plan (da sind die Ausrüstung, das Material, die Karten, dort oben wartet verdammt noch mal ein halbes Basislager auf mich!), mich in aller Ruhe und Einsamkeit auf meine Arbeit zu konzentrieren, nicht gestört von irgend jemandem oder irgend etwas – und schon gar nicht von einer Frau.

Es gab den Plan, innerhalb von drei Jahren zu promovieren, ein Ehrgeiz, legitimiert durch mein Talent, unterstützt von Herrn Prof. Dr. Jutta, von der ganzen altbackenen Geowissenschaftlichen Fakultät, die dringend auf junges Blut in den Reihen der Dozenten und Professoren wartet. Es besteht die Aussicht auf eine Professur noch vor meinem dreißigsten Lebensjahr (okay, um mein dreißigstes Lebensjahr herum) – nicht, daß wir darüber gesprochen hätten, Jutta und ich, aber dieser Auftrag kommt einem ersten *assessment* beängstigend nahe, das weiß er so gut wie ich.

Es gab nicht nur einen Plan, sondern auch eine Zielgerichtetheit, einen eindimensionalen Blick auf Zeit und Raum, der ausschließlich im Dienste dieses einen stand – eine Zielorientiertheit, die ich in weniger als drei Wochen komplett aus den Augen verloren habe, die sich aufgelöst hat in einer Wolke der Vergessenheit, der Zeitlosigkeit und, schlimmer noch, einem Verlust des Bewußtseins, was Wirklichkeit ist und was Illusion.

Wie sie da sitzt auf dem Stuhl am offenen Fenster, einen großen Becher Tee mit beiden Händen umfassend (Rachel trinkt den ganzen Tag Tee, Liter müssen es sein, aus einem scheußlichen großen Trinkgefäß, das eher aussieht wie ein Meßbecher, Gebräue oft aus dem eigenen Garten – auch ich bin inzwischen ganz süchtig danach), das rote Haar zu einem wirren Wust aufgesteckt, die Knie unter dem viel zu großen T-Shirt hochgezogen, das sie von mir trägt. Sie blickt hinaus, über den Garten hinweg zum ruhigen Fluß, der am Haus entlangfließt, auf das bläuliche Licht, das so früh am Morgen über dem Land und um die Berge herum liegt. Ich habe gelernt, daß der Tag hier im kühlen Steinhaus um fünf Uhr beginnt. Egal wie die Nacht war, egal wie der Schlaf war, um fünf werden die Läden geöffnet, und ich höre ihre nackten Füße auf dem Steinfußboden in meinem Zimmer, rieche Minze oder Zitrone oder Senna oder Hibiskus, spüre einen sanften Hauch Morgenkühle über meine Laken streichen.

»Wie ist dein Plan.«

Rachel schläft nicht bei mir. Aber jeden Morgen seit dem Tag, an dem ich hierherkam, gegen fünf, wenn ich noch tief schlafe und nur aus großer Ferne den Kräutergeruch wahrnehme und die Brise von draußen mich unmerklich streift, kommt sie in mein Zimmer und kniet an meinem Bett nieder, schlägt das Laken zurück und beginnt mich zu streicheln. Schlanke, kräftige Hände, die meinen Rumpf betasten, sanft an meinen Brustwarzen drehen, die der Linie meiner Muskeln folgen von Schultern und Rücken abwärts zu Gesäß und Schenkeln, bis sie zu meinen Hoden kommt, die sich bereits hochgezogen haben. Und dann, als habe sie erst feststellen wollen, ob alles noch da ist, dann kommt die Zunge hervor wie ein göttlicher elfter Finger und beginnt ihr Spiel mit meinem grotesken Verlangen. Gebieterisch umkreist die Spitze meinen Anus, bis ich dort so weich bin, daß ihre ganze Zunge darin verschwinden kann – härter und muskulöser, als ich mir je eine Zunge vorgestellt habe –, bis ihr Finger die Sache übernimmt und Nase und Mund sich zwischen meinen Sack und den bretharten Schwanz drängen, schnüffelnd, an dem Fleisch leckend, das nicht noch mehr schwellen kann und es doch tut, bis ich endlich, *endlich!* in ihrem Mund verschwinden darf, dieser Höhlung, mit der sie mal fast grausam stramm, mal warm und üppig und trostreich meinen Schwanz umfängt. Und während die eine Hand mich hinten mit dem Gleichmaß eines Rammpfahls fingert, der in den Boden getrieben wird, zieht sie mir vorn mit Lippen, Wangen, Gaumen langsam und unausweichlich den Samen zwischen den Beinen hervor, so quälend langsam, daß ich jedesmal Angst habe, sie zu verlieren, immer mehr Angst habe, sie zu verlieren, bis sie zulegt und ich ihr mit einem gewaltigen Schrei aus der tiefsten Tiefe meiner Eier den Samen in den Mund spritze, den sie mit geschlossenen Augen hinunterschluckt.

Dann wischt sie bedächtig ihren Mittelfinger ab, leckt sich das Sperma von den Lippen, schlägt das Laken wieder zurück und setzt sich auf den Stuhl am Fenster, wo sie einen Schluck von der Kamille, der Senna oder dem Hibiskus nimmt. Als wäre überhaupt nichts passiert.

»Wie ist dein Plan.«

Einsamkeit ist ein merkwürdiges Phänomen.

Wie um Himmels willen kannst du hier leben? fragte ich sie. Wer sind deine Freunde? Wovon lebst du? Doch was ich auch von ihr zu verstehen versuchte, eine Antwort bekam ich nicht. Warum schläfst du nicht mit mir – das war natürlich die unterschwellige Frage: Warum willst du mir deinen Körper nicht geben, mag er auch noch so schlimm zugerichtet sein? Ich hatte ihn nun schon so oft gesehen, wenn wir zusammen baden gingen, abwechselnd im wilden und im ruhigen Wasser. Ich hatte sie gestreichelt, den erschütternden Übergang unter meinen

Fingerspitzen gespürt, dort, wo sich ihre weiße Haut in etwas verwandelte, das noch am ehesten an unbehandelte Malerleinwand erinnerte. Ich hatte die Narben unten an ihrem Rücken mit sanftem Öl massiert, ihre Zehen, kaum mehr als kleine Stümpfe, mit Schafsfett eingeschmiert. Ich liebte das. Warum willst du nicht mit mir schlafen? (Idiot! Wie, glaubst du, fühlt sich ein derart zugerichteter Unterkörper? Ist er noch zu irgend etwas nutze? Aber will denn nicht jeder Körper, ungeachtet seiner Wunden, liebkost werden? Oder übersah ich da etwas?)

Aber Rachel schwieg und blies mir einen.

Und ich begriff, daß, wenn schon alle diese simplen Fragen auf eine unbeugsame Mauer des Schweigens stießen, die eine wirkliche Frage wahrscheinlich eine endlose Stille hervorgerufen hätte: Wie kommt es, Rachel, daß du so verbrannt bist?

(Denn abgesehen von meinem Mitgefühl gab es auch die wollüstige Neugier nach der Ursache dieser Verunstaltung. Ich kannte Geschichten von Menschen, die vom Blitz getroffen worden waren – aber die verbrannten nicht vom Nabel abwärts, sondern waren total verbrannt. Oder von Bräuten in Pakistan, die, wenn sich ihr Jungfernhäutchen nicht als unversehrt erwies, von Kopf bis Fuß mit Benzin übergossen und angezündet wurden. Oder Verletzungen als Folge eines Autounfalls, von Salzsäure, notfalls Naturgewalt: Nie habe ich von Brandwunden gehört, die so schön – *excusez le mot* – an der Taille beginnen, als hätte man den Körper in einen Topf mit kochendem Öl getaucht ...

Was Rachel nicht verstand, nicht verstehen zu wollen schien, war, daß mein Verlangen nach ihr nur weiter angefacht wurde durch diese Verunstaltung, durch das »Geheimnis«, das sie darin hütete – und womit sie mich reizte, so schlau war sie schon, während sie sich an meiner Unterwerfung aufgeilte –, durch einen verletzten Körper, den ich betasten, aber nicht besitzen durfte. Der aber jeden Morgen Besitz von mir nahm.

Je hartnäckiger ihre Stille war, um so nachdrücklicher wurden meine Fragen – anfangs mit Worten, danach mit Schweigen, zum Schluß ...)

... zum Schluß nahm ich mein Tagebuch, das ich seltsamerweise auf meinem Stolperweg nach unten zusammen mit einer Handvoll Buntstifte und meiner Trillerpfeife mitgenommen hatte. Ich schaute vom Tal auf die Bergwand, die ich untersuchen sollte, peilte die Vertikalprofile an, die von mir Schicht um Schicht analysiert werden mußten, und begann zu zeichnen.

Ohne einen Fuß zu rühren, aber mit der Karte als unzuverlässiger Koordinate in meinem Gedächtnis und meinem theoretischen Wissen als Hammer, schlug ich fiktive Handstücke aus Granit und Schiefer; zeichnete, numerierte, bestimmte – und ließ mich auf der Blicklinie des Stuhls am Fenster von Rachels Haus im Gebirge verschwinden.

5

Kein Gedächtnis für Steine

Lange vor Tagesanbruch klopft es an meine Zimmertür: Xenia.

»Ich will auf den Monte Perdido hinauf.«

»Das hättest du früher sagen müssen. Ich schlafe noch«, knurre ich. »Wer ist dein Partner?«

»Joël sollte mitgehen. Der schläft aber auch noch.« *Luder.*

»Gibt's Kaffee?« frage ich.

Sie macht die Tür auf, in den Händen zwei dampfende Becher. Auf dem Flur steht ihr Rucksack, gepackt. Xenia stellt den Kaffee auf den Tisch; ich gebe ihr einen Becher zurück und deute mit dem Kopf zur Tür: draußen warten.

»Du kennst den Berg?«

Xenia nickt.

»Steigeisen?«

Nicken.

»Gurt? Seil?«

»Yep.« (Verspottet sie mich?)

»Frühstück?«

»Hier oder unten, wie du willst«, sagt sie und zeigt auf das Tablett, das vor der Tür auf dem Boden steht.

»Zehn Minuten«, sage ich und nehme das Tablett entgegen. »Wie spät ist es?«

»Fünf vor halb vier.«

Sie schließt die Tür hinter sich. Ich reibe mir den Schlaf aus den Augen und fluche. Warum zum Teufel stehen diese Frauen alle so früh auf?

Doch nach dem ersten Mißmut wegen der scharfen Kälte an meinen Wangen, wegen der Sprödigkeit meiner Lederschuhe, dem Mißmut wegen der unangenehmen Strecke bis zum Bergsee, die lang ist und öde und ausgetrampelt von Touristen und anderen Trotteln, wegen des allzu grellen Lichts meiner Stirnlampe und des billigen Weins von gestern abend (wegen dieses Mädchens, neben dem ich mich so verdammt alt und mißmutig fühle) – nach all diesem unnützen Geknurre beginnt das Frühstück zu wirken, steigt mein Zuckerspiegel auf Tagesniveau und erstreckt sich dort vor mir der ungekräuselte Spiegel des hochgelegenen Gewässers, in dem eine Familie kleiner Schwäne (*Cygnus columbianus bewickii*) reglos dümpelt.

Ich blicke zu Xenia. Xenia blickt zu mir. Zwei Stunden sind vergangen. Der Tag hat angefangen.

(Wieso sollte es nur *ein* erstes Mal geben? *Es gibt nur eine erste Begegnung mit dieser Landschaft, danach bleibt einem nichts anderes, als sich danach zurückzusehnen.* – Diese Rachelsche Heiligsprechung des Einzigen Ersten Mals ist lediglich der Phantomschmerz von etwas, das es nie gegeben hat. Während ich zum soundsovieltenmal im Dunkeln auf den Monte Perdido steige, weiß ich, daß sich gerade darin große Schönheit verbirgt: Es gibt so etwas wie das einzige erste Mal überhaupt nicht. Jedes Mal ist neu, jede Besteigung ist wieder eine erste Begegnung mit dem Berg. Der Wert liegt gerade in der Vertiefung, der Verfeinerung, der Verstetigung – in Möbiusschen Kreisen, wobei man jedesmal wieder bei derselben Geschichte beginnt.

Rachelsche Angst ist es. Armut. Dummes Warten auf Erleuchtung.)

Es dauert lange, bis wir zu reden anfangen. Wir haben die kurze Pause am See eingelegt, die Sonne ist aufgegangen. Xenia machte sich Notizen in ihrem Buch, wir tauschten aus, was wir über den seltenen Schwan wußten, den wir sahen. Sonst war es still. Sie griff als erste wieder zum Rucksack. Ich folgte und genoß die Aussicht: die Waden, die sich, zunächst fest und geschmeidig, allmählich in eigenständige Muskelbündel verwandeln, beständig auf und ab gehend wie die Kolben eines Dieselmotors, der in Gang gekommen ist; die breiten Schultern, die den Rucksack tragen, als wäre es ihr Rücken selbst, nicht dahintrottend wie eine Gans (was bei Frauen meist der Fall ist), sondern mit einer Eleganz, als hätte sie nie etwas anderes getan, wie eine eriträische Wasserträgerin ... Und dann dieses Haar, locker um den Kopf, ein schmuddeliges Schweißband als einzige Vorkehrung gegen den Wind, kein resoluter Zopf, keine praktische Kurzhaarfrisur – und doch auch wieder nicht zu weiblich, nicht zu verführerisch. Scheinbar absichtslos, könnte man sagen.

Es ist nicht das erste Mal, daß ich hinter einem weiblichen Wanderer hergehe, und auch nicht das erste Mal, daß der Anblick mir gefällt. Aber dies hier ist doch anders. Diese Frau fesselt. Diese Xenia legt eine Perfektion an den Tag – ihr Körper, ihr Wissen, ihre Technik, ihr Tempo –, eine ärgerliche Perfektion sogar, insofern als sie dem Bild beängstigend nahe kommt, wie ich mir eine Frau vorstellen könnte. Eine, mit der ich leben könnte ...

Kann man das nach einem Tag wissen?

Nach wenigen Stunden des Schweigens?

Ich fragte: Wovon machst du dir Notizen? Sie sagte: Ich mache keine Notizen, ich skizziere. Ich habe kein Gedächtnis für Steine. Ich sagte: Was machst du dann als Geologin? (Begleitendes Lächeln.) Geologie ist mehr als Steine, antwortete sie gönnerhaft, und im übrigen zeichne ich keine Steine. Ich traute mich nicht zu fragen: Was dann? Hier war spürbar keine Rede von Gegenseitigkeit. Warum wolltest du auf den Monte Perdido? startete ich den letzten Versuchsballon (und warum mit mir – sagte ich aber nicht). Weil dieser Berg da ist und weil ich hier bin – antwortete sie. Dann griff sie wieder zu ihrem Rucksack.

Weil du da bist zum Mitgehen, ertönte es kurz darauf.

Dann drehte sie sich um und lachte mich an. Zum erstenmal lachte Xenia mich an.

Bei jeder Besteigung gibt es eine Passage, einen Punkt auf der Strecke, wo man den *point of no return* erreicht. Selten ist das auf halbem Weg, und selten ist es das schwierigste Stück, und, noch komplizierter, dieser Punkt ist für jeden Bergsteiger ein anderer. Man kann Erfahrungen austauschen, aber letztlich ist es deine eigene Planung, dein eigenes Material, sind es die jeweiligen Wetterbedingungen, das Gehtempo, dein Kumpel – dieser ganze Faktorenkomplex, der bestimmt, wann du abzuwägen beginnst: weitergehen oder umkehren. Den erfahrenen Wanderer erkennt man daran, daß er diesen Moment anscheinend intuitiv erfaßt; die Trottel daran, daß sie immer über ihn hinausgehen (und wir dann ausrücken müssen, um sie zurückzuholen, bevor die Dunkelheit oder der Schneesturm oder die Erschöpfung ihren Tribut fordern); die Selbstüberschätzer daran, daß sie weit vor dem Umkehrpunkt zu argumentieren beginnen, warum der Rückzug in absehbarer Zeit unabwendbar ist. Am leichtesten durchschaubar sind der Angsthase, der falsche Beweggründe anführt, aber ohnehin nicht losgeht, und der Selbstschinder, der ganz nach Plan bis zum Gipfel weiterstapft, sein Butterbrot ißt und wieder absteigt. Aber das sind die Exoten. Die tönen im Tal nicht groß von ihren Vorhaben rum.

Wie Xenia sich verhält, weiß ich nicht – ich weiß, daß ich dabei bin, das beruhigt mich.

Inzwischen sind wir in der Garganta, einer kilometerlangen Schlucht aus rötlichem Kalkstein, auf einem Pfad, der in der Höhe entlangführt, nicht mehr als eine schmale Aussparung im Fels. Unter uns tost der Fluß in immer größerem Abstand, während das Wasser die Wände hinauf ein immer eindringlicheres Rauschen erzeugt. Über uns ist der Himmel straff, schmal, flimmernd. In der Wand gehen wir in der Kühle, konzentriert, in einigen Metern Abstand voneinander. Meist geht man hier gesichert – entlang der Wand läuft ein Stahlseil –, Xenia offenbar nicht. Wer hier fällt, fällt und ist weg, egal ob man eingehakt ist oder nicht – das ist anscheinend ihr Bild: Wirklichen Halt gibt es nicht.

»Du weißt, was du tust?« rufe ich ihr aus der Entfernung zu, mehr um Kontakt zu suchen, als um sie zu beunruhigen.

»Wie lange gehst du hier schon?« fragt sie zurück.

»Ungefähr zehn Jahre.«

»Vielleicht könnte das die Antwort sein«, kommt es etwas schnippisch von vorn. »Oder traust du einer Frau nichts zu?«

Ui, denke ich. »He, so hab ich's nicht gemeint!«

»Weiß ich«, sagt sie und bleibt abrupt stehen. »Ich dreh um.«

Erstaunt blicke ich auf (so falsch war es doch nicht, was ich gesagt habe?), Xenia hat sich tatsächlich umgedreht. Ich sehe, daß ihr Gesicht leichenblaß geworden ist, sehe, daß ihr der Schweiß in Strömen von Stirn und Schläfen trieft. Ihre Pupillen sind so groß wie bei einem Kokser, und aus den Lippen scheint alles Blut gewichen. Ihr linker Fuß zittert heftig und unkontrolliert. Unwirklich langsam streckt sie mir eine Hand entgegen: *Halt mich, halt mich fest!*, aber bei der leisesten Bewegung meinerseits zuckt sie zurück.

»Weg!« schreit sie dann völlig panisch. »Bleib weg!«

Akute Höhenangst.

Von allem, was ich mir auf dieser Tour, bei diesem Mädchen hatte vorstellen können (spannende Enthüllungen über Exfreunde, eine wilde Nummer in freier Natur, notfalls Klatschgeschichten von der Fakultät), war dies das letzte, womit ich gerechnet hatte. Und es scheint auch kein gemäßigter Fall zu sein. Sie steht da wie angenagelt, aus Furcht, auch nur irgendeinen Muskel zu bewegen, die Augen in Todesangst auf mich fixiert, und jetzt zuckt nicht nur der Fuß, sondern das ganze linke Bein unkontrolliert. Reden ist zwecklos: Sie wagt nichts zu sagen, und sie wagt nicht auf das zu hören, was ich sage, aus Angst, jedes Wort könne zuviel sein, selbst diese minimale Luftbewegung könne sie in die Schlucht pusten.

»Kannst du dich hinsetzen?« frage ich nach kurzer Zeit.

Ich werfe meinen Rucksack ab und stelle mich breitbeinig vor sie – nicht zu nah, das schüchtert ein, nicht zu weit, denn dann hilft es nicht. Diese Situation ist lebensgefährlich, und sie weiß es: Die Kontrolle auf einem nur neunzig Zentimeter breiten Pfad und in einigen hundert Metern Höhe so komplett zu verlieren heißt, dem Tod in die Augen zu sehen. Mag die Angst auch phobisch sein, die Gefahr ist um so realer. Und nicht nur für sie. Denn was soll ich tun, wenn sie wankt? Stürze ich mich dann reflexartig hinterher, in einem unsinnigen Versuch, sie zu retten?

Aber Xenia wankt nicht. Xenia dreht sich: Zentimeter um Zentimeter schiebt sie die Fußspitzen in Richtung Schlucht, bis sie mit dem Rucksack an der Wand und der Nase über dem Abgrund ist. So bleibt sie stehen. Ich sehe sie arbeiten, tief atmen; sehe, wie das Blut furios durch ihre Halsschlagader gepumpt wird. Den Blick hat sie zunächst abgewandt und senkt ihn dann ganz, ganz langsam in die Tiefe. So steht sie minutenlang da und starrt in den Abgrund, bis sich nach und nach die Atmung beruhigt, der Puls verlangsamt, das Bein unter Kontrolle ist. Das Blut kehrt in ihr Gesicht zurück, und wie bei einem Wesen, das wundersamerweise aus dem Koma erwacht, sehe ich, wie die kleinen Bewegungen wiederkehren: das Blinzeln der Lider, ein Kräuseln der Oberlippe, um den Schweiß wegzulecken, der Fuß, der sich ein winziges Stück verschiebt, um fester zu stehen.

»Ich bin wieder da«, sagt sie dann mit einem Stimmchen, so

schwach wie bei einem Kind nach langem Weinen, »wir können weiter.«

»Wir gehen zurück«, sage ich autoritär, »und zwar gesichert.«

Jetzt bin ich es, der durchdreht. Jetzt schlägt bei mir die nackte Angst zu vor dem, was hätte passieren können, vor dieser unkontrollierbaren Kreatur hinter mir, vor meinen Impulsen, die, wäre alles anders gelaufen, möglicherweise nicht die klügsten gewesen wären. Und mit jedem Schritt abwärts schwillt meine Wut über diese Frau, über diese unverantwortliche Hysterikerin mit ihren großen Anmaßungen, die sich und mich in Lebensgefahr gebracht hat. Und sie hätte es wissen müssen! Sie muß es gewußt haben! Sie hat, ich weiß nicht, welche Besteigungen hinter sich, Viertausender in ganz Europa. Als ob sie nicht schon vorher an einem Abgrund entlanggegangen wäre, eine kleine Schlucht passiert hätte, über eine Gletscherspalte geklettert wäre! Was fällt diesem Weibsstück ein, sich an so was zu wagen?

Oder ... oder sollte diese saubere Xenia die ganze Geschichte zusammenphantasiert haben? Wieso Geologin (*ich habe kein Gedächtnis für Steine*)? Wieso Mont Blanc und Eiger und Presanella (*weil dieser Berg da ist*)? Bingo, Woods, du hast wieder mal einen Borderliner unter deinen Fittichen und bist sauber drauf reingefallen.

Wie lange machst du das schon, Woods? Gute Frage. Aber ich bin verdammt noch mal kein Verhaltenstherapeut und auch kein Gruppenleiter von ungelenkten Projektilen und schon gar kein lieber Hausfreund mit breiten Schultern, an denen man sich ausflennen kann, wenn's ein bißchen viel wird.

Laßt mich in Frieden, ihr Trottel!

Und scher dich zum Teufel, *Ms. X.*, mit deinem Geschwätz und deinen wohlgeformten Waden.

Aus dem *Schlauen Buch des Jungpfadfinders*: 1) Gehorche stets dem Großen Gruppenführer. 2) Sei für deine Kameraden da. 3) Ignoriere die Rotkäppchen in jeder Hinsicht. 4) Laß deine Gruppe nicht im Stich. 5) Klau keine Bucheckern von A-Hörnchen & B-Hörnchen.

Zweifellos hat die Fakultät mir irgendwann so ein Rundschreiben mit den *dos* und *don'ts* für den Praktikumsbetreuer bei der Feldarbeit zukommen lassen – keine Ahnung, ob ich es noch habe, jedenfalls weiß ich, was ich mir merken muß: keine Techtelmechtel mit den Mädchen (fristlose Kündigung); darauf achten, daß die Gruppe zusammenbleibt (Haftung bei Personenschäden); kein Biwak ohne Begleitung (dito, denke ich).

Doch als ich wieder bei der Witwe bin – eine eingeschüchterte Xenia im Schlepptau –, ist da ein so fürchterlich besoffener Barry, daß ich ihn sofort per Esel ins Tal schaffen lasse, damit er dort in einem Gästezimmer seinen Rausch ausschlafen und morgen früh beim ersten Morgengrauen den Bus nach Hause nehmen kann. Dann ist da Justus, der mit seinem Kumpel Wilbert einen ersten Erkundungsgang unternommen hat und aus irgendeinem Grund so nervös geworden ist, daß er sich die Haut an seinen Innenarmen blutig kratzt. Als ich vorschlage, er solle mit Barry zusammen ins Tal gehen und morgen ebenfalls den Bus nach Hause nehmen (*halt die Gruppe zusammen*), beginnt er zu strahlen und kratzt sich vor Erleichterung die Kniekehlen auf.

Zehn kleine Negerlein.

Joël, Wilbert und *Ms. X.* gebe ich die Karte und zeige ihnen darauf den Biwakplatz für die kommende Nacht, einen kleinen Strand am Ufer des Río Noguera (da kann dann Xenia, die zarten Füßchen im Eiswasser, Räuberpistolen über dort oben erzählen). Ich erteile ihnen Instruktionen für den Abstieg, heiße sie das ganze Gepäck mitzunehmen, da wir nicht zur Witwe zurückkehren werden, und bestelle bei Víola ein Essenspaket.

»Bleibt zusammen. Morgen früh bin ich da, um euch weiterzuhelfen. Und kein Lagerfeuer, es ist zu trocken.« (Neben dem Fluß, so ein Schwachsinn.)

Ich gehe in mein Zimmer und knalle die Tür so gnadenlos hinter mir zu, daß der Putz einen Riß bekommt. Aus der Flasche von gestern abend nehme ich ein paar ordentliche Schlukke, lege mich ins Bett und falle in einen tiefen, aufgebrachten Schlaf.

Ich weiß nicht, was mit dem Wetter wird – wie kommt es, daß ich nicht zugehört habe? Daß ich nicht hingeschaut habe?

Es ist dunkel, aber noch nicht Nacht, als ich aufwache. Das Wetter ist umgeschlagen, und unheilverkündende Wolken jagen über die Gipfel, ballen sich zusammen, verdichten sich zu bleigrauen Massiven. Es regnet noch nicht, jedenfalls nicht hier, aber das kann nicht mehr lange dauern. Der Wind fällt mit hoher Geschwindigkeit die Bergwand hinunter. In ganz kurzer Zeit wird der Fluß um Meter steigen. Mir bleibt nichts anderes übrig, als ihnen zu folgen, beschließe ich im Bruchteil einer Sekunde. Ich kann die Parkwacht anrufen, aber die wird vom Dorf aus nicht schneller da sein als ich vom Gasthof – sofern ich mein Gepäck hier oben lasse. Außerdem ist es nicht ihre Angelegenheit.

Aber Víola kann ich nicht umgehen: Jemand muß wissen, daß ich der Gruppe folge, jemand muß mein Gepäck ins Tal schaffen lassen (jemand muß mir sagen, daß der Umschlag unverhofft kam, daß schon alles gutgehen wird ...).

Doch Víola sagt nichts. Sie steht, den Morgenmantel fest um sich gezogen, in der offenen Schlafzimmertür und sieht mich schweigend an. Ich habe die Seile in den Rucksack geschmissen, ein paar Thermodecken, eine zusätzliche Stirnlampe – alles, was nicht unbedingt notwendig ist, habe ich aufs Bett geworfen, in der Hoffnung, sie kommt damit zurecht.

»Das ist dir noch nie passiert«, stellt sie fest.

»Wie ist die Prognose?« frage ich.

»Nicht gut«, sagt sie und zupft einen imaginären Fussel von meiner Jacke. »Schlecht.«

Sie umarmt mich lange. »Du bist gut«, sagt sie dann, »wird schon klappen.«

Dann mache ich mich auf den Weg durch die Dunkelheit.

6

Sofietje sagte ja

»Machst du das öfter?«

War zu erwarten. Es ist die Frage, die ich nicht hören wollte und von der ich wußte, sie würde kommen. Ich schweige. Ich habe diese Frage noch nie angemessen beantworten können.

»Ist auch egal«, sagt Xenia dann.

(Wieso, was ist egal?)

Sie hat ihr Gesicht in meine Achselhöhle gelegt und drückt mir den Zeigefinger auf den Mund. *Pscht.* Wir lauschen dem Nachtröpfeln des Regens auf der Zeltplane, dem Gewitter, das über die Berge wegzieht. Das Schlimmste ist vorbei.

Oder: kommt noch. Denn in meinen Armen liegt ein Mädchen. Und zwischen meinen Beinen glüht es noch. Und ich bin so kaputt, daß ich heulen könnte: vor Müdigkeit, vor Erleichterung, daß ich die Gruppe nach dieser wahnwitzigen Nacht gefunden habe, in der meine Welt in der denkbar kleinsten Wirklichkeit von dreißig Quadratzentimetern Boden zu versinken schien. Weiter reichte der Schein meiner Stirnlampe nicht, während meine Augen sich mit Regen füllten und die schweren Schuhe, vollgesogen mit dem Schlamm, der unter meinen Füßen in dem Moment weggeschwemmt wurde, in dem ich ihn berührte, mit jedem Schritt schwerer wurden. Zum Schluß löschte ich die Lampe: lieber das, als in einer Hoffnung zu gehen, die es nicht gibt – Hoffnung auf Aussicht oder auf Sicht. Lieber völlige Dunkelheit, als mir bei jedem Schritt bewußt zu sein, daß ich nichts sehe und nicht weiß, wo ich bin.

Doch mein Körper erkannte den Moment, in dem mein Kopf aufgab. Mein Körper übernahm und machte sich mit jeder Faser daran, diesen gefährlichen Wahnsinn in Verzweiflung zu verwandeln, Verzweiflung in Verbissenheit und Verbissenheit in Wut – dumme, blinde Raserei wie bei einem Gefangenen in der Todeszelle, der zwölf Stunden erhält, um zu entkommen, um seinem Schicksal zu entrinnen.

Und so verwechselte ich Verzweiflung mit Leben – wie ich es schon mein ganzes denkbares Leben lang tue: verwechsle Verzweiflung mit Leben – und erreichte kurz vor Tagesanbruch unversehrt das Lager.

»Ich wußte, daß du kommen würdest. Ich habe auf dich gewartet.«

Es war Xenia, die beschlossen hatte, die Zelte weiter oben aufzuschlagen. Es war Xenia, die mir entgegengelaufen kam; sie hatte mich am Hang entdeckt. Es war Xenia, die im Morgengrauen auf dem Petroleumkocher Tee kochte. Und sie war es, die, als ich Anstalten machte, meinen Biwaksack auszurollen, mir bedeutete: Laß nur, mein Zelt ist groß genug.

Wieviel Zärtlichkeit kann ein Mann nach einer solchen Nacht vertragen? Begreift sie denn nicht, daß ich meiner Erschöpfung nicht Herr werde, wenn sie mir den Schweiß von der Stirn wischt? Begreift sie denn nicht, daß die Wärme dieses jungen Körpers meine ganze Konstitution zusammenbrechen läßt, daß ich keine andere Antwort habe, als meine Männlichkeit noch einmal einzusetzen, um zu verhindern, daß ich mich doch noch verliere?

Machst du das öfter – Du begreifst es nicht, Xenia: Ich habe keine Wahl aufgrund dessen, *was du machst.*

(Fünfunddreißig und noch immer keine Ahnung – nicht weil ich nicht nachdenke, sondern weil meine Gedanken ständig von zärtlichen Händen und Tassen warmem Tee und Frauennasen torpediert werden, die sich begierig in meine Achsel drängen. Wann ist es bloß verkehrt gelaufen, wann ging dieses denkbare Leben verloren? Oder hat es nie angefangen? Irgendwann stimmte es noch, dieses Schmerzen: Siebzehn, achtzehn war ich vielleicht, und durch und durch Verletzbarkeit, durch und durch verletzbare Gleichgültigkeit. Kein Junge mehr und noch lange kein Mann, die ganze Körpersprache erfüllt von Paradoxa: zu verhüllen, was da wächst und sprießt – und die Scham dabei! Die Scham über diesen Körper, der sich nicht bremsen läßt, über den Geruch aus jedem Loch, über die unappetitlichen Unebenheiten der Haut, über diese Haare überall ... Und dann dieses unberechenbare, unkontrollierbare, unerforschliche Organ, das keinesfalls gesehen werden darf, das gesehen werden *muß* in all seiner Pracht, um über die Scham hinauswachsen zu können ... Ist das denn das Stadium, in dem jeder Mann schließlich steckenbleibt? Aus dem Frauen sich herauszukämpfen (herauszuwinden) verstehen mit ihrem Gebären und Säugen und Sorgen – während wir armen Kerle nicht weiterkommen, höchstens zündeln und Klingelmännchen spielen und manchmal eine gute Tat vollbringen als Ablaß für Nutzlosigkeit und zielloses Herumlungern ... Hätte das denkbare Leben dort beginnen müssen – oder hat es da aufgehört zu existieren?

Warum läßt du mir meine Würde nicht, Xenia? Stellst das in Frage, wovor ich zu stehen glaube?)

»Darf ich jetzt schlafen?« frage ich, aber sie ist schon dabei aufzustehen.

»Du darfst«, sagt sie und streicht sanft mit den Handflächen über meine Augen.

»Xenia, ich möchte noch mal darüber reden«, sage ich, als ich wieder wach bin.

»Von mir aus müssen wir über gar nichts reden.« Sie reicht mir lachend Kaffee, den ich ihr nicht abnehme.

»Ich will aber darüber reden.« (Irritation.) »Ich war völlig erschöpft.«

»Weiß ich. Das war dir anzusehen.«

»Nachdenken ist dann nicht mehr drin.«

»Weiß ich.«

»Ich zweifle nicht daran, daß du alles weißt, Ms. X. Was ich wiederum weiß, ist, daß du gebumst werden wolltest. Aber es ist schofel, daß du mich dafür benutzt.«

»So 'nen Schwachsinn hab ich noch nie gehört«, sagt sie schmunzelnd, »die Variante ist mir neu.«

»Hauptsache, du hältst den Mund«, fauche ich giftig – wenngleich ich glaube, daß man dir vertrauen kann, denke ich dann. Aber das brauchst du ja nicht zu wissen.

»Was war das denn?« fragt sie später am selben Tag. »Warum warst du denn so giftig?«

»Hab ich dir doch gesagt. Ich komme mir benutzt vor.«

Trotz der Sonne, die wie eh und je die Landschaft martert, trotz des Feuers, das schon den ganzen Tag leise schwelt, sind meine verschmierten Klamotten noch immer nicht trocken. Wilbert und Joël albern im Wasser herum, nachdem sie den ganzen Tag lang Proben im Flußbett gesucht haben. Ich spalte Holz. Und Xenia kommt auf mich zu und schlingt die Arme um mich: *Was war das denn.*

»Du erzählst nicht viel von dir.«

»Ist auch nicht nötig.«

Ob die Jungs wohl gern angeln, denke ich, in der Kiste gibt's Angelgerät.

»Du wohnst doch auch in den Niederlanden?« beharrt sie.

»Kannst du Forelle zubereiten?«

»Du gibst keine Antwort.«

»Deine Befragung gefällt mir nicht. Aber: ja. Meine Freunde wohnen in Amsterdam, und ich ein paar Monate im Winter.

Sie kommen auch hierher, aber niemand mischt sich hier ein. In meine Arbeit. Mein Haus. Dieses Leben.«

»Deine Frauen.«

»Von manchen Dingen mußt du die Finger lassen, Xenia.«

»Ich finde dich nett«, sagt sie und steht auf.

Ich sehe ihr nach, als sie zum Fluß geht (*ich weiß nicht, ob ich dich so nett finde*); schaue zu, als sie sich in Gegenwart der Jungs auszieht. (Ich habe sie noch nicht nackt gesehen. Ich habe sie noch nicht richtig betrachten können. Und diese Jungs … laß gut sein, Woods. Wie alt bist du eigentlich?)

Dennoch trifft mich ein Stich von Melancholie wegen der drei, die sich da offenbar so sorglos im Wasser vergnügen, noch kaum durchdrungen von der schmerzlichen Erkenntnis, daß ihre Möglichkeiten nicht unbegrenzt sind und daß sich die Allmacht dieser ersten zwanzig Lebensjahre lediglich als Startstufe einer Rakete entpuppen wird, die, einmal abgeschossen und in ihre Bahn gebracht, abgesprengt wird, um in der Atmosphäre zu Staub zu zerfallen.

Irgendwie ist mir die Vorstellung von Zukunft abhanden gekommen, und das drückt mir aufs Gemüt: als wäre mit dem Verlöschen eines Teils meiner Vergangenheit auch prompt die Tür zur Zukunft zugeknallt.

Von manchen Dingen mußt du die Finger lassen, Xenia – aber dafür ist es jetzt zu spät. Das war einmal.

Der Geologe kartiert, hackt, notiert und deckt zu. Und der Berg bleibt der Berg. Nicht einmal seinen Schatten nimmt er zum Schluß mit nach Hause.

*

Sofietjes Mutter war kaum zehn Jahre älter als ich und schminkte sich die Lippen, wenn ich ihrer Tochter Nachhilfe in Physik oder Algebra gab. Einen Vater gab es nicht, und es erschien mir nur taktvoll, nicht nach ihm zu fragen. Ich nahm an, es war ein

Durchreisender gewesen, einer mit einem exotischen Teint – ein griechischer Autowerkstattbesitzer, ein Matrose auf großer Fahrt, das war der Mutter durchaus zuzutrauen. Außerdem war Sofie am ganzen Körper, vom Scheitel bis zu den Fußsohlen, olivfarben getönt, und das mit einer blonden, blauäugigen Elske Zijlstra als Mutter, sahneweiß und wohlgeformt. Dennoch war sie unverkennbar deren Tochter: Beide sprachen mit diesem affektierten »rrr« einer Ank van der Moer, und beide schielten mit dem linken Auge, wenn sie in Verlegenheit gerieten – vollkommen identisch, nicht im Verhalten, sondern im Reflex.

Ich fand es reizend, wenn ich sie beide auf dem Sofa sitzen sah, ein Auge auf mich und das andere auf die Vorhangschiene gerichtet, aber ich sagte nichts. Sofietje war unendlich eifersüchtig.

Ich sollte ihr zweimal die Woche Nachhilfe geben, nicht, wie Sag-bitte-Elske betonte, weil ihre Tochter dumm sei, sondern um sie mal ein bißchen ranzunehmen – eine Formulierung, die mich grinsen ließ, was sie nicht verstand (Auge auf der Hängelampe). Neben ihr am Küchentisch saß ein mürrisch dreinschauendes Kind, Arme verschränkt, Strubbelfrisur bis über die Brauen, Beine hochgezogen bis über den Tisch. Ich fand sie umwerfend, wenn sie böse war.

Doch sobald wir im sonnendurchfluteten Arbeitszimmer saßen, entpuppte sie sich als wesentlich weniger kindlich – das war eindeutig die Pose, die sie für ihre Mutter reservierte –, und dumm war sie schon gar nicht. Bald waren Pi und Quadratwurzel Nebensache, und ich erzählte ihr Stories von meiner Feldarbeit in der Sierra de Arana. Sie mache seit ihrem fünften Lebensjahr Ballett, erzählte sie ihrerseits, wolle aber Biologin werden. Also nahm ich sie mit in den Zoo, wo ein Freund von mir, der zwischen den aufgespießten Schmetterlingen einen Nebenjob als »pädagogischer Mitarbeiter« versah, den Schlüssel zu einer Seitentür hatte.

Unbemerkt glitt ich in einen Herbst, in dem ich immer seltener in meiner zugigen Bude hockte und immer häufiger in der sonnigen Wohnung in der Breslauerstraat – anfangs auf ein Glas Wein nach der Nachhilfestunde, bald aber auch zum Abendessen bis hin zu *Avros Wochenendquiz* im Fernsehen. Elske lud mich an ihrem Geburtstag zum Käsefondue mit Freunden ein. Mit Sofie streunte ich durchs Aquarium, aß Pommes an der Ecke, diskutierte über Fellini und Wolkers, über Ballett und über ihre Pläne für später. Es war alles ganz harmlos, dachte ich, und lieb: dieses hübsche Mädchen neben mir mit dem grauen Wollschal, das durch die Herbstblätter im Plantage-Viertel schlurfte und über das Leben schwatzte, wie sie es sah – wie es werden mußte, sein mußte.

Eines Tages sagte sie: »Abel, ich will nächstes Jahr mit dir ins Feld. Nach meinem Abi.«

Und später fragte sie: »Hast du schon viele Freundinnen gehabt?«

»Und du?« fragte ich, aber das Auge schweifte ab.

Es wurde Winter, und wir tranken Glühwein im Eik & Linde. (Guck mal, sagte sie ungläubig, da sitzt Adriaan Morriën! Und Simon Vinkenoog, und auch noch nebeneinander!) Ich wärmte ihre Hände in meinen, Hände, die trotz der selbstgestrickten Fäustlinge kalt geworden waren, und sie schlüpfte aus ihren Schuhen, streckte die Beine mit den dunkelrosa Beinwärmern aus und legte die Füße in meinen Schoß, und ich wärmte ihre Füße in meinen Händen und legte sie in meinen Schritt, ganz vorsichtig schob ich sie auf meine Erektion.

Als ich aufsah, lächelte sie – nein, es war kein Lächeln, sondern durch und durch Strahlen, mit Augen, so groß wie die eines Tiers, mit dunklen Winterlippen, mit einer Haut, die von der Kälte draußen und vom Glühwein nachglühte, und ich sagte: Kommst du mit zu mir? Und Sofietje sagte: Ja.

Noch bevor der Schnee geschmolzen war, wohnte Sofietje in einem möblierten Zimmer. Sie arbeitete wie eine Besessene für ihre naturwissenschaftlichen Fächer, gefesselt von den unergründlichen Büchern, die ich für meine Zwischenprüfungen durchackerte. Ihr Ballett gab sie auf und hing statt dessen an jedem Wochenende an den Seilen der Kletterhalle Zwischen Himmel & Erde, um dort in vertikaler Position ihr Ballett aufzuführen. Sie strickte als Überraschung einen grauen Schal für mich, nachdem ich ihr gesagt hatte, wie gut ihr der stand, und ließ sich die Haare wachsen.

Doch eines Nachts, als ich nach einem Kneipenabend mit Studienfreunden nach Hause kam, fand ich sie zusammengekauert und völlig verheult auf dem Fußboden meines Zimmers, um sie herum ein wüstes Durcheinander von Briefen, von Büchern mit Widmung, von Fotoalben und uneingeklebten Bildern. Sie war nicht ansprechbar und weinte die ganze Nacht weiter, anfangs wüst um sich schlagend inmitten all dieses Papiers, später winselnd wie ein Hundebaby auf meinem Schoß, zum Schluß traurig auf den Laternenpfahl vor dem Fenster starrend, wonach ich auf dem Sofa einschlief.

Meine Reaktion am nächsten Morgen schwankte unschlüssig zwischen Wut und Gelassenheit – der Kater tat mir auch nicht gerade gut. Mitgefühl empfand ich nicht, dafür war ihr Verhalten zu unverständlich, auch zu chaotisch. Entschuldigungen murmelnd, bis es mich wahnsinnig machte, räumte sie alle Schränke wahllos wieder ein, die sie am Abend ausgeräumt hatte. Und noch immer hatte ich keinen blassen Schimmer, was in das Mädchen gefahren war.

»Ich hasse es, daß du eine Vergangenheit hast«, war alles, was ich aus ihr herausbekam.

»Komm, du hast zu hart gearbeitet«, sagte ich und nahm sie mit ins Kino.

Trotzdem schien etwas verändert. Sofietje begann zu fragen.

Bis dahin hatten wir uns, wie im Anfangsstadium jeder Verliebtheit, endlos über unsere Eltern und unsere Kindheit unterhalten; über die heimliche Schwärmerei für die Deutschlehrerin und den Turnlehrer; über die Dörfer, in denen wir aufgewachsen waren, den Tod des ersten Hundes. Doch jetzt wurden ihre Fragen gezielter. Zu Nanny. Zu Diane. Zu Sara vor allem, mit der »es« etwas länger gedauert hatte als beim Rest. Was ich damals dachte. Was ich damals fühlte. Davon gehalten hatte. Im Bett gesagt hatte. Im Bett getan hatte. Und was nicht.

Ihre Hingabe nahm zu. Daß Diane kochen konnte, brachte sie dazu, sich das Kochbuch zu schnappen für den Grießbrei mit Graupen, den ich so mochte, an einem warmen Spätsommertag einen umständlichen Gazpacho zu machen, Bœuf bourguignon, wenn es draußen stürmte. Sie besuchte das Filmmuseum, um sich die Klassiker anzusehen, nachdem ich erzählt hatte, daß Sara die Regieausbildung an der Filmakademie machte. Sie begann sich die Beine zu rasieren wie Lotte (oder Nanny oder Germaine oder Babs) und benutzte zögernd Lippenstift, wie ihre Mutter.

Unter dem Vorwand, sie seien so kindisch, stieß Sofie ihren Freundeskreis ab und schloß sich meinem an, auch wenn ich mit den Männern allein sein wollte, auch wenn es nicht paßte. Dann und wann gelang es mir, sie davon zu überzeugen, sie habe wirklich nichts auf dieser oder jener Fete zu suchen; daß ich da besser allein hinginge. Aber damit war es schnell vorbei, nachdem sie während einer wüsten Fete bei Peter de Wildt die Haustür eingetreten hatte, weil wir das Telefon nicht gehört hatten und sie, mit nassen Haaren vom Duschen und bereits im Nachthemd, in Panik durch die Stadt geirrt war, um mich zu suchen. Sie war davon überzeugt, mir sei etwas zugestoßen. Schließlich radelte sie zu Peters Adresse. Eine Klingel gab es nicht, und Sofietje trat sich die Füße an dem Glasteil der Tür kaputt und fiel mir blutend und außer sich in die Arme.

»Ich will nie mehr ohne dich sein«, heulte sie. Und es war ihr ernst.

»Wirst du mich immer zurückholen, auch wenn ich von dir weglaufe?« flüsterte sie, als ich sie an jenem Abend nahm.

Als das Abitur nahte und Sofietje mit Glanz und Gloria bestand, sah ich zum erstenmal seit Monaten ihre Mutter wieder, die sich in der ersten Reihe hinter einem großen Sonnenblumenstrauß zu verstecken schien.

»Herrgott, siehst du aus«, war das einzige, was sie ihrer Tochter gegenüber herausbrachte. Sofietje ihrerseits gab ihrer Mutter den Blumenstrauß prompt zurück und verließ mit mir die Aula.

»War das denn unbedingt nötig?« fragte ich draußen vorsichtig.

»Du bist meine Zukunft«, strahlte mein Mädchen, »der Rest liegt hinter mir.«

Ich gab ihr einen Kuß und wußte, ich war ein Judas.

Ein paar Monate nach unserem Abschied kam Nachricht von Elske Zijlstra.

Es sei ein schöner Tag gewesen, schrieb sie: nicht zu warm, ohne Wolken, ohne Wind. Sofietje sei glücklich. Sofietje lebe schon seit einiger Zeit in Sonnevanck, allerdings in der geschlossenen Abteilung. Aber sie habe Freiraum: um spazierenzugehen, um auf Bäume zu klettern, um das Gelände zu verlassen. Das Dorf meide sie, sie wähle immer den Weg über die Bahnlinie in den Wald, wo sie manchmal Rehe sehe. Im Park der Einrichtung kümmere sie sich um die Igel – auch um die, die auf der Provinzstraße überfahren worden seien. Sie kratze sie vom Asphalt, um ihnen ein Grab zu geben. So sei es gewesen seit dem Tag, an dem ich gegangen sei (schrieb Elske), und es sei gut: Sofietje habe Ruhe. Der Druck sei raus.

So auch an diesem Montagmorgen im Oktober, als alles

schön gewesen sei, ohne Wolken, ohne Wind: Sofietje sei früh in den Wald gegangen, um Rehe zu sehen. Warum ... und warum jetzt ... niemand verstehe es: daß sie sich auf die Gleise gelegt habe, über die ab und an ein Regionalzug fahre, daß sie sich mit den runden Kieselsteinen bedeckt habe, die zwischen den Schwellen lägen, wie ein Kind das am Strand mit Sand tue, die Zehen noch frei.

Danach sei der Zug gekommen.

»Es gibt einen Brief«, schrieb Elske unbeholfen, »ich schicke ihn Dir.«

Wenn man irgendwo die Zukunft nicht suchen darf, dann beieinander. Mein Leben habe ich eingesetzt, um Dich für mich zu gewinnen. Aber sofern es überhaupt eine Zukunft gab, hätte ich sie in dem suchen müssen, was ich selbst bin oder bereits war – geworden war.

Ich bekomme die Gegenwart nicht in den Griff. Vielleicht ist es das.

Du bist das Leben für mich. Du bist mein Leben. Mein Einsatz ist mein Verlust.

Elske, dachte ich: *Für wen ist dieser Brief bestimmt?* Für mich? Oder für dich?

7

Ich bin Elske Zijlstra

Ich bin Elske Zijlstra, und ich glaube, es gibt Wahrheiten, von denen man sich besser fernhält.

Mein Vater hat mir diese Geschichte erzählt:

In dem Lager, in dem er interniert war, gab es einen Kommandanten – Yamamoto oder Kawasaki oder Hirohito, ich habe diese Namen nie auseinanderhalten können –, der jeden Morgen den Appell abnahm, wobei alle Gefangenen stundenlang auf dem Innenhof des Lagers stehen mußten. Fester Bestandteil des Rituals war, daß der Mann jedesmal fünf beliebige Gefangene für die »Morgengymnastik« herausgriff, was soviel bedeutete, wie öffentlich geschlagen zu werden wegen nichts, sagen wir mal, zur Aufrechterhaltung der Stimmung. Aber im Gegensatz zu den Gepflogenheiten in anderen Lagern wollte dieser Kommandant Yashimoto nicht, daß die anderen Gefangenen Zeuge der Züchtigung waren. Stärker noch: Auf Zuschauen stand die Todesstrafe. Also machte jeder nach Ende des Appells, daß er wegkam, bevor die »Morgengymnastik« begann. Nun gab es Gefangene, die trotz dieses Verbotes doch den Innenhof überqueren mußten, wie zum Beispiel die Zwangsarbeiter, zu denen mein Vater gehörte, die sich, ebenfalls unter Androhung der Todesstrafe, rechtzeitig zum Tor zu begeben hatten. Und so hatten mein Vater und seine Gefährten die Angewohnheit entwickelt, während der Marterung ihrer Mitgefangenen den Hof im Trab zu überqueren, mit abgewandten Köpfen und unter dem lauten Singen von »Wo der weiße Kamm der Dünen« oder

»Das Mädchen vom Gesangsverein«. Darin genau bestand der große Spaß des Kommandanten, sagte mein Vater: Er dressierte die Gefangenen so, daß sie nichts sehen, nichts hören und nichts wissen sollten – indem er sie sehen und vor allem hören ließ, was sie nicht sehen und nicht hören durften.

Mein Vater hat mir diese Geschichte bestimmt hundertmal erzählt.

Ich habe sie nie so richtig verstanden. Mir erscheint es logisch, daß man von sich aus nicht hinschaut, wenn man etwas lieber nicht sehen will.

Ich weiß eigentlich nicht, warum ich das erzähle, aber irgendwo muß man ja anfangen.

Ich bin Elske Zijlstra, Taufname Elisabeth, Rufname Els, woraus ich später Elske machte. Ich habe eine Tochter namens Sofietje Antonia, benannt nach ihrem Vater Anton (und nach Sophia Loren), aber sie beging Selbstmord. Auch das habe ich nie verstanden, so etwas hätte ich nie getan. Aber Sofietje war mir auch nicht sehr ähnlich, wobei ich nicht weiß, ob sie ihrem Vater sehr ähnlich war, denn den habe ich nur vierundzwanzig Stunden gekannt, obwohl es mir immer viel länger vorgekommen ist. Ihr Vater war Steuermann auf großer Fahrt. Von ihm hat sie wohl auf jeden Fall den Grips mitbekommen – etwas zuviel, habe ich manchmal gedacht –, denn von mir hat sie ihn nicht. Zweiter Steuermann ist nicht wenig, dafür muß man gut lernen können, und das konnte Sofietje.

Aber auch das wollte ich nicht erzählen.

Ich lernte Anton im Toffe Joffer kennen, wo ich damals öfter hinging, um zu flirten (weiter gingen wir damals noch nicht), zusammen mit meiner Freundin Babar (Barbara), die ich so nannte, weil sie ziemlich dick war und auf ihren Flirt meist bis kurz vor der Sperrstunde warten mußte. Mir fiel sofort auf, daß Anton anders war als die Männer, die dort immer rumhingen.

Er war nicht nur hübscher und größer, sondern bemühte sich auch wirklich, mich zu verstehen, und allein dadurch war mein Englisch viel besser als sonst. Und so war er in jeder Hinsicht: Ich konnte schon immer gut tanzen, das sagten alle, doch in seinen Armen schien es, als schwebte ich auf Flügeln. Ich wußte, daß sich mein Busen sehen lassen konnte, doch unter seinen Blicken blühte er auf wie die Riesenseerose, die ich einmal auf einem Foto gesehen habe. Anton nahm mich sogar mit hinaus, wo es ruhig war, und fragte mir Löcher in den Bauch, während er mit breitem Lächeln eine Flasche Wein unter seiner Jacke hervorzog, die er mit mir im Park trinken wollte.

Ich fand es daher auch gar nicht schlimm, ihn in dieser Nacht in mein Zimmer mitzunehmen.

Nun war ich schon immer ziemlich gut entwickelt und hatte eine unregelmäßige Menstruation, das heißt, als ich was merkte, war es schon zu spät, und ich hielt einfach den Mund. Ich glaube nicht, daß jemand was spitz bekam, und ich selbst kümmerte mich auch wenig darum. Ich tanzte, rauchte und trank fröhlich weiter (was im übrigen schon damals als nicht eben gut bei Schwangeren galt) und ging einfach davon aus, daß die Frucht unter meinen Vergnügungen schon nicht leiden würde. Später habe ich manchmal gedacht: Vielleicht nur gut, daß die Dinge gelaufen sind, wie sie gelaufen sind, sonst hätte sie noch mehr Grips und ein noch schwereres Leben gehabt.

So hielt ich meine Schwangerschaft gut verborgen, bis bei einer Fete an Silvester 1963 unerwartet die Fruchtblase platzte und alle um mich herum glaubten, ich würde verbluten, während ich zwischen den Wehen vom Küchenfußboden aus den Feiernden erklären mußte, daß möglicherweise ein Kind im Anmarsch war. Komisch, aber ich war genauso durcheinander wie alle anderen.

Im Krankenhaus wurde sie geboren, und ich war stolz wie ein Pfau. Gerade achtzehn und schon Mutter! Aber der Spaß war schnell vorbei, als ich das Kind gewogen und gewaschen in die Arme gelegt bekam: Irgendwas war völlig verkehrt. Zuerst dachte ich, es sei ein Mongölchen, aber dem war nicht so, das Kind lag da und starrte mich an, als hätte es das ganze Leben bereits begriffen, bevor es als Baby in meinen Armen lag. Gruselig klar war dieser Blick. Nicht weise, sondern einfach *gruselig*.

Trotzdem hat es mir nie leid getan. Das einzige, was mir hinterher wirklich leid getan hat, ist, daß ich, als Anton mir beim Abschied seine Telefonnummer sagte, die falsch aufgeschrieben haben mußte, denn jedesmal, wenn ich die Nummer wählte, hatte ich eine polnische oder russische Stimme dran, und Anton war mit Sicherheit kein Pole oder Russe. Aber er weiß, daß er eine Tochter bekommen hat, ich habe ihm postlagernd eine Karte über die Adresse seiner Reederei geschickt. Der Gedanke hat mich durchhalten lassen: daß er eines Tages mit seinem Seesack über der Schulter und einem Kabinenkoffer neben sich vor der Tür stehen würde, um bei seiner Frau und seiner Tochter einzuziehen.

Wenn ein Mann so schnell wieder fort ist und nie mehr zurückkommt, ist es schwer, ihn nicht zu idealisieren, sofern man nach einiger Zeit überhaupt noch etwas von ihm weiß.

Ich kann ganz ehrlich sagen, daß ich eine gute Mutter geworden bin. Das klingt vielleicht komisch, aber ich kann es beweisen, es liegt alles schriftlich vor. Anfangs fand ich es lästig. Ich wußte nichts von Kindern und noch weniger von Babys, und obwohl meine Freundinnen alle sagten, sie beneideten mich, war keine einzige da, mir zu helfen, obwohl ich doch die ganze Nacht über stillen und am Tag Wäsche waschen und was sonst noch alles machen mußte, denn ein Baby bedeutet eine Menge Arbeit, und das scheint niemand zu sehen. Aber nachdem wir uns aneinander gewöhnt hatten, Sofietje und ich, verschwand etwas von der Spannung, und es gelang mir, stolz mit ihr im Park spazierenzugehen und mit erhobenem Haupt der Dame vom Grünen Kreuz Rede und Antwort zu stehen, die's nicht so hatte mit unverheirateten Müttern und das auch nur allzu deutlich zeigte. Weil ich mich als Mutter mehr entspannte, begann ich mich als Person mehr zu langweilen, denn nun hockte ich ganze Tage nur zu Hause, und nachdem die Routine erst mal da war, hatte ich plötzlich eine Menge Zeit übrig. Ich kaufte einen Packen Papier und schrieb einen Brief an Anton, um ihm von Sofietje und unserem Leben in meiner kleinen Wohnung zu erzählen und von Babar, die immer dicker wurde, aber trotzdem zum Tanzen ging, jetzt mit Moniek, die weniger Busen hatte als ich und ihr Haar blondierte. Aber auf der Post passierte etwas Komisches: Ich wollte den Brief gerade abgeben (c/o Reederei Besant & Leadbeater, Cristóbal, Panama), als ich zögerte, mein Zögern in Gereiztheit umschlug wegen der Ungeduld der Frau am Schalter, die auf die Schlange hinter mir deutete, und ich, noch böser, den Umschlag vom Schaltertisch grabschte und hinausstolzierte. Von dort marschierte ich schnurstracks zur Buchhandlung Bron, kaufte einen dicken Packen Durchschlagpapier und begann, zu Hause angekommen, von neuem mit einem Brief, jetzt auf der Olympia, und am nächsten Tag mit dem zweiten, dem dritten, dem siebzehnten ... Erst als ich Anton zu schreiben begann, spürte ich so richtig, wie sehr ich ihn vermißt hatte. Und je mehr ich ihm schrieb, desto näher kam er. Auch wenn er nie zurückschrieb, konnte ich mir seine Fahrten genau vorstellen, weil ich jeden Freitag, wenn die Schiffsmeldungen im *Telegraaf* standen, mit Sofietje zur Öffentlichen Bibliothek spazierte, um dort die Zeitung nach dem Namen seines Schiffes zu durchforsten, der *Dolorosa*: Lissabon. Colombo. Singapur. Mombasa. Montevideo. Alles wußte ich, nur nicht, welches sein Heimathafen war.

Dann kam der Moment, daß Sofietje in die Schule mußte.

Fünf war sie nun und mordsmäßig gescheit, und ich war rasend stolz auf sie, als ich sie Fräulein Trudy übergab, ohne daß sie weinen mußte wie die anderen Kinder. Aber ich selbst war noch nicht um die Ecke, da flossen bei mir schon die Tränen. Nicht wegen Sofietje, die würde schon klarkommen. Sondern meinetwegen. Ich hatte keine Entschuldigung mehr, mich zu Hause einzuigeln. Ich hatte kein Alibi mehr, zwischen Wäsche und Abwasch mit Anton zu plaudern. Da war nichts als eine gähnende Leere, und ich kniff in meine Brüste und spürte, sie waren alt und schlaff geworden.

Man kann Freundinnen nicht erklären, was es bedeutet, Mutter zu sein, wenn sie selbst noch nicht mal einen Freund haben. Folglich konnte ich es auch Babar nicht erklären, als ich sie am selben Tag anrief und vorschlug, im Toffe Joffer tanzen zu gehen. Das Toffe Joffer existierte nicht mehr, hieß jetzt Witte Ruiter, und abgesehen davon: Auch Babar ging nicht mehr tanzen, dafür war sie jetzt wirklich zu dick. Und außerdem: Ich sei doch Mutter?

Bei der blondierten Moniek blitzte ich jedoch nicht ab, und Babar ließ sich überreden, einen Abend auf Sofietje aufzupassen, nachdem ich ihr versichert hatte, sie sei ein ideales Kind, das schläft, sobald es im Bett liegt, und erst bei Tagesanbruch aufwacht.

Hier möchte ich eigentlich am liebsten aufhören zu erzählen.

Denn obwohl ich (abgesehen von den Brüsten – und auch mit denen war's nicht so schlimm) keinen Fatz älter geworden war, jedenfalls keinen Fatz älter als meine Freundinnen von damals, hatte ich nicht mehr die geringste Chance. Nicht in dem, was jetzt der Witte Ruiter war, und nicht im Pastoors, dem Tanzlokal mit Bowling, und nicht im Langejan, wohin ich früher manchmal von den Studenten zum Tanzen eingeladen worden war, weil ich wirklich gut tanzen kann. Es war, als ob die Männer riechen würden, daß ich vergeben war. Und auch meine Freundinnen, oder was von ihnen übrig war, schienen sich anders zu verhalten. Nicht, daß ich die Pest hatte, aber ihre Geschichten sagten mir nichts mehr, und meine sagten ihnen nichts. Sie sahen mich sogar etwas mitleidig an, als ich alles mögliche von Durban und Port-au-Prince und was sonst noch alles erzählte, was immerhin bedeutend mehr war als ihr Geschwätz, bis eine mir im Vertrauen sagte: »Els, damit das klar ist: Dein Anton, das ist genauso ein Mistkerl wie alle anderen. Wir haben ihn hier öfter gesehen.«

Danach bin ich nie mehr tanzen gegangen. Ich habe noch manchmal mit dem Typ vom Gemüsestand auf dem Markt geflirtet, wenn wir im Café gleichzeitig Kaffee tranken. Und auch bei meinem Schreibmaschinenlehrer funkte es kurzzeitig – ich hatte mich für einen Tippkurs eingeschrieben, weil Datentypistinnen sehr gefragt waren –, aber in seinen Augen sah ich das Elend wieder doppelt so klar: daß ich zu alt für ihn war. Oder, besser gesagt, er zu jung.

Mein Name ist Els Zijlstra, vierunddreißig und Mutter, und ich sah ihn hereinkommen, den Nachhilfelehrer meiner Tochter, die außerordentlich klug war, aber null Leistung brachte, und der Atem stockte mir dermaßen, daß ich vor Aufregung fast in Ohnmacht fiel. Denn dieser junge Mann, Abel Bovenlander, kaum zehn Jahre jünger als ich, hatte alles an sich, was Anton auch hatte, als der so alt war wie er.

Ich weiß nicht, woran man sich noch bei einem Gesicht von vor siebzehn Jahren erinnern kann. Aber ich weiß, daß eine Erinnerung erst im nachhinein Bedeutung erlangt, wie ein Foto auch erst ein Foto wird, nachdem man das Negativ hat abziehen lassen (das habe ich mal gelesen und fand es so schön, daß ich es Anton oft geschrieben habe). Hier stand der Abzug meines Fotos, dessen Negativ ich in diesen ganzen Jahren zwischen all meinen Briefen und Papieren nicht mehr hatte finden können – und meine Tochter verliebte sich in ihn.

Ich habe sie gewähren lassen, denn ich wußte als Mutter, daß die eigene Tochter, schubst man sie in die eine Richtung, in die andere gehen wird – und umgekehrt. Manchmal war mir das Herz schwer vor Angst, wenngleich ich nie genau wußte, warum. Weil ich Angst hatte, daß auch sie sich schwängern lassen würde (das liest man ja öfter, daß Töchter unbewußt das Leben ihrer Mutter kopieren, wenngleich ich die Erklärung dafür nie ganz kapiert habe)? Oder weil ich Angst hatte, sie würde mit ihm durchbrennen?

Doch ich war beruhigt, als ich sah, daß es nicht gut lief. Ich wußte genau, daß es nicht gut lief, nachdem Abel auf ein Glas Wein zu mir gekommen war, um mich wegen Sofietje zu befragen, weil er sie nicht immer verstand. Ich beruhigte ihn und sagte, er könne jederzeit mit seinen Fragen kommen, es gebe niemanden auf der Welt, der sie so gut durchschaute wie ich.

So ist es gekommen, und so ist es gelaufen. Ich weiß nicht, ob ich stolz darauf bin, aber es hat mir doch geholfen, Antons Gesicht zu vergessen.

Ich weiß nicht, ob Sofietje je etwas davon gewußt hat. Es war schon fast Morgen, als er mein Haus verließ und mich, glückselig, im Bett zurückließ, das endlich wieder mal nach Mann roch. Ich hoffte, daß er ein wenig Anteil an meiner Glückseligkeit hätte, etwas davon nach Hause mitnähme, und beim eiligen Abschied sprühte ich schnell etwas von meinem Chanel N°5 auf sein Hemd.

8

Was heißt »Hure«

Elf Wochen dauerte es, bis es mir gelang, mich Rachels Griff zu entwinden – und noch immer war ich nicht am Ziel. Denn der Grund und Boden, den sie für meine Verbannung ausgesucht hatte, war ihr Grund und Boden: Montsec. Eine Ruine, die ich mir bei meiner Ankunft zwar kurzzeitig angeeignet hatte, die mir, einmal geschenkt, aber wieder von ihr genommen worden war. Dennoch mußte ich etwas tun, um nicht in Tatenlosigkeit zu ertrinken, irgend etwas: aufbauen, niederbrennen, nachjagen, notfalls erschießen – alles besser als dieses ergebene Warten. Und ich wußte nicht einmal, worauf ich wartete. Es war, als steuere Rachel nicht nur meine Sexualität, sondern führe Regie über mein gesamtes Leben, lasse Vergangenheit und Zukunft gleichermaßen im Abflußloch dieses einen göttlichen Moments verschwinden.

Und sogar die Sexualität war von ihr pervertiert worden, meine ganze Männlichkeit auf eine Art nutzloser Abstraktion reduziert (mal abgesehen von meinem Schwanz in ihrem Mund), mein Samen genauso fruchtlos wie ihre Frigidität, eine Kastration, deren Auswirkung nur mühsam in mein Bewußtsein drang. (Denn auch wenn ich ein moderner junger Mann sein mag, die *Möglichkeit* der Fortpflanzung scheint mir doch wesentlich für die Bedeutung der Penetration – oder, spezieller, für die Bedeutung des Samenergusses. Auch damals schon regte sich bei mir die Vermutung, es gebe einen gewissen zwingenden Zusammenhang zwischen dem einen und dem anderen: Männchen ... Weibchen ... Samen ... Ei ... einen Zusammenhang, der weiter reicht als nur der Akt um des Aktes willen.)

Nein, loszukommen war nicht möglich. Ich war völlig infiziert von ihrem unsichtbaren Leben. Und auch ihre Sexualität (oder was immer es war, das sich rund um diesen gespenstischen Unterleib abspielte), diese Geilheit, die nur durch mich Gestalt annahm, gehorchte die nicht demselben Prinzip? Selbst unsichtbar zu bleiben und erotische Genugtuung durch die Erregung eines anderen zu erleben?

Ich war zu ihrem Pornoheftchen geworden, gut versteckt unter der Matratze, auf der ich schlief. Und ich war zu jung, zu dumm, zu geil, um in Worte fassen zu können, was es meiner Meinung nach war, was sie da mit mir trieb.

Take me to oblivion – und *oblivion* war es, was ich bekam.

Und dann kam Peter de Wildt über die Berge.

Unter normalen Umständen ist Peter de Wildt der letzte, den man über die Berge kommen sehen will, aber jetzt mußte ich schrecklich grinsen, als er sein Auto am anderen Flußufer parkte.

»Du Arsch!« schreit er mir, ein Bein aus dem Auto geschwungen, zu. »Du unglaublicher Arsch!«

Ich habe keine Ahnung, mit was für einem Auto er da gekommen ist (und von wem: geliehen? geklaut? so einen Schrotthaufen will kein Mensch haben): eine orange Karre unerkennbarer Provenienz, das Dach hoch beladen mit selbstgezimmerten Holzkisten, die von einem fransigen Strick zusammengehalten werden. Und auch die Stoßstange, die Heckklappe, die Anhängerkupplung scheinen nur durch diesen Strick mit dem Auto verbunden; genau besehen hängt das ganze Ding nur dank Tesafilm und Gummibändern zusammen.

»He, du Arsch!« sage ich, als ich auf ihn zugehe, um ihn zu

umarmen (*was bin ich erleichtert, dich zu sehen, du Arsch, irgend jemand zu sehen*). »Was machst du hier?«

»Das frag ich mich auch«, sagt er, wild gestikulierend. »Bier? Wein? Was trinkt man in dieser Einöde?« Und er beginnt umständlich, den Strick aufzuknoten. Die Heckklappe geht hoch, und aus einer farblosen Kiste quellen die Heineken-Dosen von daheim, von denen er mir eine reicht.

»Prost, du Arsch.«

Salud, proste ich zurück, und eine Fontäne lauwarme Brühe spritzt über meinen Oberschenkel. »Wahnsinn, daß du da bist, Mann.«

»Nie deine Post abgeholt?« fragt er, als wir uns ans Wasser gesetzt haben. »Ich hab dir doch bestimmt eine Karte geschickt. Postlagernd. Aus Appelscha. Schöne Grüße von deiner Mutter, sie schreibt dir jede Woche. Sagt sie.«

Die Post. Nein, natürlich habe ich keinen Moment daran gedacht, die Post abzuholen. Genauso wie ich in den vergangenen Wochen an überhaupt nichts gedacht habe, auch nicht an zu Hause, als gäbe es kein Hinterland – keine Herkunft, kein Ziel, keine Bindung.

»Mensch, bin ich froh, daß du da bist«, sage ich noch einmal, albern, angeschlagen.

Und Peter, bestimmt nicht der Sensibelste, guckt kurz zur Seite, ob alles okay ist. Das klingt nicht gut, sehe ich ihn denken.

Ich weiß nicht, ob Peter ein Freund ist, dafür kennen wir uns zu lange. Außerdem ist ein Freund doch jemand, den man sich aussucht, und wir haben uns nie ausgesucht. Wir sind einander zugestoßen – genau so war es – und nicht mehr losgeworden. Ich war sechs oder sieben, als meine Mutter ein Verhältnis mit seinem Vater anfing. Meine Mutter war die Witwe eines Luftwaffenpiloten, der, noch bevor er richtig Vater geworden war, seine Maschine in eine Stromleitung flog. Er ließ sie mit einer Frucht im Schoß zurück und mit einer anständigen Lebensversicherung, so daß sie keinen Tag ihres Lebens mehr arbeiten mußte. Peters Vater war kein Witwer – obwohl er sich gern als solchen bezeichnete –, vielmehr hatte ihn seine Frau wegen des Fußballtrainers ihres gemeinsamen Sohnes verlassen. Den Sohn durfte er behalten, Frau und Fußballtrainer zogen in einen Vorort von Neapel, wo sie einen Campingplatz übernehmen konnten, und ließen nichts mehr von sich hören. Und so kam Peter, rasend und völlig aus dem Gleis, in unser Leben gestürmt. Ich war froh über diesen Verrückten in meinem Leben, eine depressive, arbeitslose, verwitwete Mutter ist zu nichts nutze, vor allem für ein Einzelkind.

Ein großer Bruder ist er nicht, dafür ist er zu gefährlich, aber genausowenig ein Freund, dafür kennen wir uns wieder zu gut. Wir schliefen die ganze Zeit in einem Zimmer, er brachte mir das Masturbieren bei – mit einer Plastikbutterbrottüte drum herum, das war seine Idee, um meiner Mutter keine Unannehmlichkeiten zu bereiten. Wir verbündeten uns freudig gegen unsere Eltern, die wir, wenn auch in unterschiedlicher Konstellation, mittlerweile aus tiefster Seele verabscheuten. Eine glückliche Ehe ist nie daraus geworden, doch einen Ausweg schienen sie auch nicht zu finden, so daß sie eben beieinanderblieben, bis er ihr durch die Folgen von Nebenhodenkrebs genommen wurde. Um diese Zeit zog Peter aus und wurde Künstler, zunächst als Student der Kunstakademie, dann in einem besetzten Gebäude am Hafen, wo sein Leben als solches sein Künstlertum zu legitimieren schien, denn malen, das tat er nicht mehr. Und ich zog mehr oder weniger bei ihm ein, wenn ich nicht bei meiner Mutter rumhing, um meine Klamotten zu waschen oder die Essensreste abzustauben, die sie in Tupperware-Dosen im Kühlschrank aufbewahrte.

In der Zeit schien es mit uns kurzfristig total schiefzulaufen. Vielleicht machte sich der Altersunterschied jetzt doch bemerkbar, vielleicht war doch eine häßliche Rivalität zwischen uns entstanden, gerade weil wir keine leiblichen Brüder sind; weil mehr zu beweisen war, als wir selbst dachten, mehr Männlichkeit auf dem Spiel stand, als eine Brüderbeziehung verträgt.

Peter arbeitete damals an einem *Gesamtkunstwerk* (Beuys war schwer im Kommen), das ihn außerordentlich beschäftigte. Denn was macht ein Mann Mitte Zwanzig, der sich selbst als Künstler bezeichnet? Der bumst. Und tut er das mit seinem eigenen Mädchen? Nein, das tut er mit allem, was er kriegen kann, denn eigene Mädchen bumsen, das ist bürgerlich. So sah es jedenfalls für mich in seinem Atelier am Hafen aus, und Peter bestätigte es frohgemut, jedesmal, wenn er wieder so eine eklige Latexvorhaut in den Papierkorb beförderte. Anfangs führte er noch ein etwas ödes Gästebuch der Eroberungen, suchte aber nach einer umfassenderen Form, seiner »Sexualität als autonomes Forschungsgebiet« Gestalt zu verleihen: Er bumste sich dumm und dämlich und schnitt links und rechts Schamhaarbüschel ab, fertigte Gipsabgüsse der besten Titten an, fotografierte sein Bett *before* und *the day after* – verhedderte sich aber mit dem Konzept, wenn er mehr als ein Mädchen gleichzeitig im Bett gehabt hatte oder mehr als eins innerhalb von vierundzwanzig Stunden. Außerdem – waren diese Aktionen nicht allzu klischeemäßig, fast schon bürgerlich? Ganz New York schien schließlich das eigene Bett zu beschmutzen und dann zu registrieren, ganz zu schweigen von Berlin …

Abends, im Kreise von Freunden um den selbstgebastelten Allesbrenner und mit ungenießbarem billigem Whisky in Nutella-Gläsern, erzählte er in allen Einzelheiten von seiner künstlerischen Krise, und jeder griff sich in die Hose, weil wir oberaffengeil wurden von seinen Geschichten.

Aber ich sagte, er tue das nur, um seinen Freunden zu imponieren.

Und ich sagte, er benutze die Mädchen nur, um sich interessanter zu machen.

Er sagte, ich sei ein Blödhammel, und die Schnepfen fänden es toll, für ihn zu arbeiten.

Ich sagte, das alles habe nichts mit Kunst zu tun und noch viel weniger mit Arbeiten und alles mit Selbstfickerei. Und daß er überhaupt nichts tue, außer aus sich selbst einen großen Totempfahl zu machen.

Und daß er nicht so *pathetisch* tun solle (denn dieses Wort hatte ich gerade aufgeschnappt).

Arrogant tat er meine Einwände ab, und wenn auch nur deswegen, weil ich ein ganzes Stück jünger war und kaum Erfahrung mit Frauen hatte und außerdem nicht das geringste von Kunst kapierte. Aber trotz meiner Kritik war ich insgeheim sehr stolz auf meinen kompromißlosen Bruder und auch stolz auf mich, daß ich mich getraut hatte, den großen Peter de Wildt in Frage zu stellen, während seine Freunde sich in stiller Bewunderung mit seinem gepanschten Whisky besoffen. Darum fand ich eigentlich gar nicht so schlimm, was er tat, und er eigentlich gar nicht so schlimm, was ich sagte.

Bis Silver in unser Leben trat.

Ich war überzeugt davon, daß Silver eine kleine Nutte war, aber vielleicht fand ich auch nur die Vorstellung spannend. Peter hatte sie in der Kneipe aufgegabelt. Sie kam aus London (sagte sie), war dreiundzwanzig (sagte sie) und studierte Romanistik (sagte sie). Und jetzt wohnte sie eben bei uns. Sie log wie gedruckt und konnte unglaublich hübsch sein, wenn sie aus der Dusche kam und das nasse Haar über ihre ungewöhnlich grünen Augen fallen ließ; wenn sie, spinnenmager und nackt, auf hohen Absätzen durchs Atelier schlich wie ein Panther auf der

Suche nach Beute; wenn sie sich berechnend die Fußnägel auf der Fensterbank lackierte, wobei sich ihr Kimono öffnete ... Silver besaß alle Eigenschaften einer falschen Katze, die jeden Moment durchs Dachfenster verschwinden konnte, wenn es ihr nicht mehr gefiel. Und wenn sie stoned war, konnte sie wahnsinnig tanzen. Ohne einen Funken Scheu setzte sie ihren ganzen geschmeidigen Körper für die Botschaft ein, man brauche nichts weiter als Augen, um sich gegenseitig zu befriedigen; dann tanzte sie vor uns und Peters Freunden, während wir unseren Spaß an ihrer Schamlosigkeit hatten, und meist war es Peter, der dann mit ihr abzog.

Ganz selten tanzte sie nur für mich, und dann spürte ich, wie ich in den Biegungen dieses geschmeidigen Körpers wie in einem Strudel verschwand, den Kräften, die sie freisetzte, machtlos ausgeliefert, bis es kein Entrinnen mehr gab. Dann bot sie mir zum erstenmal ihren Po an, das runde Fleisch, hinter dem sie ihre Geilheit verbarg, und ich sah die dunkelrosa Rose, in die ich verlegen meine Zunge steckte; suchte ihre nasse Möse, die sie zuvor für mich rasiert hatte und jetzt bereitmachte, um meinen Schwanz zu empfangen, mit fester Hand zugreifend, um mich hineinzugeleiten: *How would you like to have me* – flüsterte sie, *medium or rare?*

O ja, Silver war eine gute Hure. Und ich verliebte mich in sie.

Peter ließ es zu. Und sie ließ alles zu. So versank ich in Tage und Wochen, die weder Anfang noch Ende kannten; ein einziger langer Körpertrip, mit Alkohol und Hasch und Pillen und Sex mit anderen Mädchen und mit Männern, die sie vögelten, wobei ich zuschauen durfte; aber auch ganz still und zärtlich, nur wir beide, einander liebkosend am Wasser in der lauen Meeresbrise, während meine Finger ihren Körper lasen wie ein Sextant den Sternenhimmel und ihre Zunge das gesamte Spektrum meiner Männlichkeit abtastete.

This has a dreamlike quality, sagte Silver, und wir liebten uns abwechselnd gewalttätig und grob, neckend und schmerzhaft, erschöpfend, unersättlich, halb schlafend. Und obwohl ich wußte, daß sie nicht nur mir gehörte, festigte ich gerade dadurch meine Macht: Es war an mir, sie zu nehmen, zu steuern, zu teilen, abzuweisen. Silver war meine Frau und meine Hure. Und Peter sah zu und lächelte.

So plötzlich, wie sie gekommen war, war Silver eines Morgens verschwunden, als hätte sie nie existiert, wäre nie dagewesen. Dafür hing an der langen Wand des Ateliers, die Peter in der Nacht offenbar neu geweißt hatte, eine Serie großformatiger Porträts, brillant abgezogen nach einem achromatischen Verfahren, das nicht sofort erkennen ließ, ob es sich um eine Schwarzweiß- oder eine Farbaufnahme handelte. Ich mußte würgen, als ich hinschaute, denn hier hing, von Peter vierundzwanzigfach fotografiert, bearbeitet, vergrößert, ihre (*meine!*) Muschi-Möse-*cunt*-Vulva-Vagina in Nahaufnahme unmittelbar nach dem Akt, der Samen hier und da sichtbar wegkriechend wie ein dicker glänzender Wurm zwischen ihren aufragenden tiefrosa Lippen. Und unter jedem Porträt der Name des Mannes, der sie gerade penetriert hatte: *PtdWdt* – mit Datum, Ort und Zeit.

*

Protokoll des weiblichen Orgasmus – vierundzwanzig Porträts ohne Liebe (Travelling exhibition, Jan. thru May 1974: Amsterdam – Madrid – San Francisco – Guadalajara, Mx.)

When form becomes concept, we are in a situation which requires intelligence and imagination. When sex becomes the form, neither is sufficient to be considered as an artistic or intellectual salvation (absolution), nor can we avoid the fact that form is the embodiment, the physical transmitter of ideas and feelings, of all those things that can hardly be expressed. What is censored is what is not understood, what unravels power.

Silver is the model, not a human being. She isn't even woman, mainly the embodiment of the concept of cunt. Through this particular cunt the artist envisages female sexuality *as she has shown it*; [nicht das Weich-Runde, Empfangende, Verfügbare, wie das jahrhundertealte Klischee die weibliche Sexualität darstellt, sondern der harte, eindimensionale Genuß, die Jagd nach dem Orgasmus, die pure Geilheit – bloßgelegt aus der Sicht des weiblichen Lustorgans. Der Künstler betrachtet den sexuellen Egozentrismus, der aus seiner Sicht auch Frauen beherrscht: das Männliche, der stehende Phallus, ist nicht per definitionem die vergewaltigende Entität; das Weibliche, die offene Vulva, entpuppt sich hier als Raubtier, als versengendes Fegefeuer, als Trog.

Silver hat, als Bestandteil dieser Performance und auf Bitte des Künstlers, im Verlauf der Arbeitsperiode Sex mit jedem, der sich zur Verfügung stellt, insbesondere mit Assistent Abel Bovenlander – wenngleich ihre Gemeinschaft lediglich als Vorspiel dient: Das Objekt wird gefickt, *aber der Künstler vollendet das Werk.*

Das Resultat ist dieses *Protokoll* in vierundzwanzig Porträts, aufgenommen während oder unmittelbar nach ihrem Orgasmus.]

© Cooperation Peter de Wildt / Silver X. / Abel Bovenlander, 1973

9

Montsec

Ich weiß, daß es nicht anders hätte laufen können, und ich hätte es auch nicht anders gewollt. Aber ich suhle mich nicht gern in der Wahrheit, und schon gar nicht, wenn sie mich den kürzeren ziehen läßt. Hatte ich Peter etwas vorzuwerfen? Ich zog ihn ins Vertrauen, widerstrebend, beschämt über mein Unvermögen: Zwischen den vielen Stunden, die wir schweigend angelten, erzählte ich ihm von dieser Frau, die sich meiner erbarmt hatte und von der ich nicht lassen konnte (wovon übrigens nicht: von der Frau oder von ihrem Erbarmen?). Und er, mein Freund, mein Bruder, hatte geschwiegen, zugehört und zugeschaut. Nach anfänglichem unschlüssigem Aufenthalt in seinem blödsinnigen kleinen Zelt (*ich bin auf Durchreise, weißt du noch*) zog er ohne allzuviel Widerstand in das Gästehaus beim Beet mit den hochgebundenen Bohnen; genoß Rachels stillschweigende Gastfreundschaft, genoß Rachels Fisch und Wein, genoß unsere Gespräche am Feuer und das Baden im Fluß. Peter war da und schaute. Und ich war froh, daß jemand mit hinschaute, daß Augen, die nicht die meinen waren, das Leben registrierten, das ich nicht mehr einnorden zu können schien: das Leben im Steinhaus in der Gabelung der beiden Flüsse.

Nichts änderte sich, wie es schien, außer daß Peter Luft brachte. In der Zeit, während der er mit Rachel die Forellen ausnahm, die wir in den Stunden davor brüderlich gefangen hatten, fand ich Raum, um Notizen zu machen. Es waren nach wie vor Trockenübungen, solange ich nicht *da* war, nicht dort oben, sondern hier unten im Tal; und dennoch füllte sich die Kladde, und auf Papier nahm meine Suche Gestalt an. Und auch bei Spaziergängen fiel mir auf, daß meine Gedanken immer öfter bei der Landschaft und immer weniger bei all dem anderen waren und daß ein schwacher Rezeptor in meinem Hirn alte Signale aus den Bergen registrierte. Intrusionen. Falten. Brüche. Die Umgebung begann zu sprechen, und wieder im Tal, zeichnete ich das Gesehene mit einem Stöckchen in den Sand: umfangreiche Strukturen in dünnen Linien, imaginär durch geologische Prozesse von Jahrmillionen miteinander verbunden, die ich nun wieder mühelos benennen konnte, die sich vor meinem Blick entfalteten.

Schließlich traute ich mich, das Steinhaus loszulassen, und ging nach oben, erst für eine kurze Erkundung, dann für einen Tag, mehrere Tage, in dem Vertrauen, daß Peter die Frau für mich bewahren würde, als ließe ich ihn stellvertretend ein Bedürfnis befriedigen, das ich ihr zuschrieb – nicht mir.

(Später sagte Peter: »Ein Mann weiß verdammt gut, was er tut, wenn er mit einem anderen über seine Geliebte zu sprechen beginnt. Er weiß, daß er Intimität überträgt, die er selbst nicht mehr genießen will.«

»Das läßt sich hinterher leicht sagen. Aber ob das auch zutrifft, möchte ich bezweifeln. Es lag nicht in meiner Absicht, sie zu verlieren.«

»Aber auch nicht, sie zu behalten«, sagte er, »und dafür hast du mich eingespannt.«

»So kommst du gut dabei weg«, höhnte ich – und wußte, daß er recht hatte, aber tja, wie gesteht man sich das ein? Denn gibt es etwas Feigeres als den Mann, der seine Frau im Ausverkauf anbietet, noch bevor er sie abgetragen hat? Meine Frau war sie nicht, das stimmt. Aber daß sie *nicht* meine Frau gewesen wäre, stimmte das auch?)

Sollte Verrat in der Luft gelegen haben, so kam er eher von mir als von ihm. So sehr war ich in meine eigenen undurchschaubaren Beweggründe verstrickt – um dort zu sein, um nicht wegzukommen, um nicht hier sein zu wollen (für immer zu vergessen, daß es auch ein »Anderswo« gegeben hatte) –, daß ich vergaß, nach ihm zu schauen: meinem Bruder, der mich aus ... ja, aus welchem Motiv eigentlich? besuchen kam. War es Besorgtheit, die ich in seinen Augen hätte lesen können? Altruismus? (Kleiner Scherz.) War es Neugier auf mein abenteuerliches – oder asketisches – Leben? Eine Flucht aus seinem eigenen sumpfigen Dasein, nach dem zu fragen ich vergaß, weil ich schlichtweg vergaß, ihn zu fragen, was ihn zu mir getrieben hatte?

So unsichtbar ich für mich selbst geworden war, so unsichtbar blieb auch der andere für mich, nicht nur Peter, auch Rachel. Ebenso das, was wir miteinander hatten und was sie miteinander hatten.

Doch Peter ist nicht der Mann, der selbst unsichtbar bleibt. Es dauerte nicht lange, bis er den alten Pferdestall konfiszierte, der kein Stall war, sondern eine Ruine, indem er als erstes die Schieferplatten auf dem Dach so zurechtrückte, daß es nicht durchsickerte, sollte es mal regnen, und dann die Löcher in den Mauern mit Eselsmist und Lehm zuschmierte. Er nahm Besen und Eimer und spülte die Eingeweide des Stalls so lange, bis es dort roch wie nach Rachels Kräutermischungen, und zum Schluß schleppte er den Inhalt seiner Holzkisten vom Dachgepäckträger in seine Unterkunft: Staffelei und Paletten, Töpfe mit Farbe und mit Latex, Leinwandrollen, sogar eine komplette Drehscheibe. Peter richtete sich häuslich ein, klappte einen Stuhl auseinander, der aus einer der Kisten zum Vorschein gekommen war, und setzte sich darauf, nicht willens, fürs erste von dort wieder wegzugehen.

He, Arsch, wie ist dein Plan?

Es war aber nicht so, daß ich sie nicht behalten wollte. Ich wollte nur mein eigenes Leben wiederhaben – nein: meine Zukunft. Deswegen war ich nach Montsec gekommen, das war der Plan (jawohl), mit dem ich nicht nur in die Berge gezogen war, sondern auch, viel wichtiger, an dem ich alles aufhängte, was mir bis dahin Perspektive zu bieten schien ...

Manche Menschen, und Peter ist einer von diesen, tragen einen solchen Plan in sich. Manche Menschen wissen, was sie wollen, und scheinen einfach das Programm abzuspulen, das zu diesem Ziel führt, oder, wie in Peters Fall, sehen im Abspulen des Programms schon das Ziel an sich. Das Ausmisten eines Pferdestalls, das Aufklappen eines Stuhls, das Fangen eines Fisches ... als leiste jede Handlung einen festlichen Beitrag zu seiner Vorstellung vom Leben. Er erträgt sogar eine Frau in seiner Nähe, als sei die Liebe nichts weiter als die vier Wände eines Schlafzimmers, eine Gegebenheit, in der man ein und aus gehen kann, ohne davon berührt, erfaßt, mitgerissen zu werden.

Ich dagegen lebe ständig in der Annahme, daß das Leben sich woanders abspielt oder an mir vorbeifließt wie die Ríos am Haus oder daß es erst noch beginnen muß, und suche eifrig Andockstellen, an denen ich mich einklinken kann. Ich dagegen scheine, mit einer Frau in der Nähe, ausschließlich die vier weißen Wände zu sehen, als wäre das die Welt, die mir bleibt, und als gehörte der Rest der Welt mir nicht mehr.

Die Berge, denke ich, dann eben die Berge. Und gehe los.

Bei der Rückkehr auf den Montsec war alles noch so, wie ich es hinterlassen hatte, und das verwirrte mich. Es war wie nach einer Segeltour auf dem Atlantik, bei der man Orkanen getrotzt hat, Genuas in Fetzen hat gehen sehen und die Sonne unendlich lange über dem Horizont zaudern, bevor sie unangekündigt ins Wasser plumpst und verschwindet – so, nach einer solchen Tour, erwartet man nicht, daß der Kai, an dem man angelegt hat, sich unter den Füßen stabil verhält, erwartet man nicht, daß der Rauch aus einem Schornstein sich senkrecht in die Höhe kringelt oder die Möwen um einen einzigen Punkt kreisen. Nicht nur der Geist, auch der Körper greift dem vorweg, was hinter einem liegt, was nicht mehr da ist, ein physiologischer Atavismus, der sich angenehm verfremdend anfühlt, aber auch Angst einjagt: die Angst, nie wieder Fuß zu fassen im Hier & Jetzt, an diesem Ort, in diesem Moment.

Das aber, so wurde mir klar, galt auch für den Weiler, daß er das Hier & Jetzt konserviert zu haben schien wie der Bernstein ein Insekt – und außerdem, was hat das zu bedeuten, wenn die Vergangenheit, die er umschließt, von niemandem mehr gesehen oder geteilt wird? Dort also, in der klaffenden Lücke, die zwischen dem letzten Bewohner, der dort gestorben und begraben worden war, der die Geschichten mitgenommen hatte, die niemand nacherzählen kann, und meiner Ankunft gerissen worden war, auf diesem Streufeld der Vergänglichkeit, sollte ich meine Zukunft aufbauen, sollte ich meiner Vorstellung von Zukunft Gestalt verleihen …?

Die zerzauste Katze war es, die mir die Entschuldigung lieferte, nicht auf der Stelle kehrtzumachen und schreiend den Hang hinunterzuflüchten, zurück in den sicheren Schoß des Rachelschen Fluchs; die Katze, die während meiner Abwesenheit sechs Junge geworfen hatte, die spindeldürr und jämmerlich zitternd auf den letzten Strohbüscheln dessen lagen, was einst der Ziegenstall gewesen sein mußte, *three blind mice* (die übrigen drei lagen tot und verschrumpelt in einer Ecke), für die es nichts mehr herumzurennen gab, weil es für die Mutter nichts zu holen gab. Sogar die Mäuse hatten sich auf dem Montsec aus dem Staub gemacht.

Wenn die Katze und ihre Jungen nicht gewesen wären, hätte ich dort vielleicht nichts zu suchen gehabt – hätte ich mich bestimmt gefragt, was ich dort zu suchen hätte, und wäre bestimmt zu dem Schluß gekommen, daß es nichts war, Null Komma nichts, tristes *nada* – doch dafür war keine Zeit. Die Kätzchen waren halb tot, und noch bevor ich mich daranmachte, meine Sachen zu inspizieren, die, anscheinend unversehrt, in meinem Rucksack und darum herum vor sich hin kümmerten, weichte ich mein Brot in Wasser ein und stopfte es in winzigkleinen Brocken in diese zahnlosen Mäulchen, während die Katze abwechselnd schreiend und rollig um meine Knöchel schnurrte.

Als es Abend wurde, hatte ich den Mechanismus kapiert: Die Mutterkatze fraß das Essen, das ich ihr gab, kaute es, verdaute es und spuckte es aus, um das halbverdaute Erbrochene mangels Muttermilch an die Babys zu verfüttern. Als der große, kalte Mond schließlich sein Licht über Montsec scheinen ließ, schliefen drei gut gefütterte kleine Ungeheuer in meinem Rollkragenpullover, und die Mutterkatze zeigte sich grenzenlos verliebt und dankbar.

Ich stand auf und sah mich um. Willkommen in der Welt, Abel. Definier jetzt mal, warum du hier bist.

»Stille nur, warte nur, alles wird neu, der Himmel und die Erde« – es war ein Lied von der Sonntagsschule, das mir in jener verwirrten Nacht unaufhörlich im Kopf herumging. Verwaist im Schlafsack, eine verliebte Katze auf den Füßen, weshalb ich mich nicht zu bewegen traute, im Mondlicht, das verschwenderisch durch das Blechdach schien – ein delirischer Schlaf, gesteuert durch den Tag, durch meinen Aufbruch aus dem Tal, durch meinen Marsch auf den Montsec –, fand ich mich in der Klasse von Fräulein Pimentel wieder. Fräulein Pimentel mit ihren Pergamenthänden, die in meiner Einbildung schon damals die Hundert weit überschritten hatte und trotz ihrer salbadernden Stimme durch das schwarze Mal auf ihrem Kinn, aus dem ebenso schwarze Haare sprossen,

mein unendliches Mißtrauen erregte ... Ich spürte wieder, wie ich auf dem klebrigen Stuhl saß, der eine Nummer zu groß für mich war, so daß meine Füße nicht ganz an den Boden herankamen (aber Baumeln war verboten), spürte, wie ich pinkeln mußte, unbedingt pinkeln mußte (aber Pinkeln war verboten). Und vor allem verspürte ich einen fast körperlichen Abscheu vor diesem Lied, »Stille nur, warte nur«, mehr noch, ein Grauen, denn ICH WILL NICHT, DASS ALLES NEU WIRD! Ich will nicht, daß der Himmel und die Erde auf einmal neu sind, wenn ich morgen aufwache, mit einer neuen Mama und einem neuen Peter und in einem neuen Bett in einem Haus, das ich nicht kenne. Laut schreien könnte ich, daß schon genug neu ist, daß nichts noch neuer werden darf, nix stille nur warte nur, ich will nicht warten, ich will nicht! Sollte ich vielleicht aufstehen und aus der Klasse gehen? Den Wintermantel, den wir gestern bei Peek & Cloppenburg gekauft haben, vom Haken reißen und ins Freie rennen, wo die Bäume stehen? Aber Mama holt mich erst in einer Stunde ab, erst wenn es zu Ende ist, und mir fällt nichts anderes ein, als dieses elende Lied eben stumpfsinnig mitzuleiern, das den Untergang von allem zu besiegeln scheint ...

Doch während das Lied in der Ferne quengelig nachhallt, hat sich doch etwas getan – nicht in Himmel & Erde, sondern in mir; ich werde wach und sehe: Nichts hat sich verändert, und alles ist neu! Der frühe Morgen, der in dieser Höhe die Berge so anders anleuchtet als im Tal; das Wassergeräusch, das sich im Bach neben den Häusern so anders fortpflanzt; der Geruch, der von der Erde aufsteigt, der Stall, der riecht, als wäre er gerade erst verlassen ...

Montsec grollt nicht mehr, er lockt. Montsec lädt mich ein, ihn mir anzueignen, als sei das seine einzige wahre Bestimmung, als habe dieser Ort auf mich gewartet, geduldig gewartet, und diesmal war meine Aussicht nicht versteckt hinter den

Nöten dreier nackter Scheusale, sondern im vollen Licht des neuen Tages: *Montsec!*

Resolut schubse ich die Katze weg, wärme den Kaffee von gestern auf dem Petroleumkocher, lege die kalten Hände um den Becher und sehe mich gerührt um. Nein, von jetzt an ist es nicht mehr das Schicksal, das mich lenkt, sondern mein eigenes Verlangen. Oder, besser noch, mein Verlangen wird von jetzt an mein Schicksal sein, wird von nun an dem, was ich eigentlich tun will, Richtung geben – dachte ich.

10

Stein oder Leben

Wenn der Hirte mit seinen hundert Schafen zum tiefergelegenen Berghang zieht, wenn die kleinen Schwalben nervös um die Dächer der Dörfer flitzen, wenn der schwere Morgennebel, der vom Tal heraufgezogen ist, tagsüber um die Gipfel hängen bleibt, dann ist es Zeit, meine letzten Studenten nach Hause zu schicken. Die Arbeit ist getan. Nur Xenia ist dageblieben, und von meinem Küchenfenster aus sehe ich sie an den Flußbetten entlanggehen. Wir sprechen miteinander, sporadisch, wenn unsere Wege sich durch Zufall kreuzen. Wir treffen uns ab und zu in der lauten Kneipe an der E 322, um den Fortgang ihrer Untersuchung zu besprechen. Wir essen zusammen einen Fisch, trinken Wein, aber sie läßt sich nicht mehr fangen. So sichtbar Xenia inmitten der anderen Studenten schien, so schnell tauchte sie weg, nachdem die letzten in den Bus nach Barcelona gestiegen waren. Eigentlich war ihre Sichtbarkeit auch nichts weiter als Verschleierung gewesen: sich hinter Wissen und Tatkraft verstecken, um selbst nicht weiter schauen zu müssen als bis dahin (bis zu ihrer Nasenspitze) und um anderen Sand in die Augen zu streuen. Dieses Verhalten ist mir bekannt. Doch jetzt, wo alle weg sind, scheint auch sie zu verschwinden, und … ich vermisse ihre Gesellschaft.

Es gibt die Behauptung, in jedem Bergsteiger stecke eine gespaltene Persönlichkeit, die, hätte es keinen Berg gegeben, leicht in eine Störung entarten kann: individualistisch, aber nicht imstande, allein zu operieren; Kontrollfreak in einer Umgebung, die sich nie fügen oder nachgeben wird; ehrgeizig, aber ohne Richtung. Während ich Xenia beobachtete, dämmerte mir, daß meine Typologie der Geologen – Reisende und *settler* – möglicherweise nicht immer zutraf, daß auch Geologen mit so einer doppelten Persönlichkeit kämpfen. In der Wissenschaft monoman, zeigen sie im Leben die Neigung umherzuirren – Halt suchend an den Felsen, weil sie im Leben nicht wissen, wonach sie suchen.

Stimmt das?

Ich weiß es nicht, aber es könnte ein Einstieg dazu sein, Xenias Distanziertheit zu durchbrechen: *Wonach suchst du, Xenia?*

Aber ich habe die Zeit nicht mit einkalkuliert. Als wir uns wieder einmal in der Kneipe treffen, strahlt sie mich schon von weitem an: »Ich geb einen aus«, ruft sie, »ich bin fertig!«

Ich gratuliere ihr so herzlich wie möglich und hoffe, meine Enttäuschung ist nicht allzu sichtbar. Sie ist fertig zum Aufbruch, sagt sie, nur – der Simca steht vor der Werkstatt und sagt keinen Mucks. Morgen müßte er's wieder tun, die Jungs arbeiten hart daran. Ich nicke, bin aber nicht bei der Sache. Und wenn das Ding nie mehr einen Mucks sagt …

»Weißt du was«, entfährt es mir dann, als ich mein erstes Glas Wein runtergekippt habe, »ich geb auch einen aus! Bevor du fährst, nehm ich dich noch einmal mit nach oben.«

Es ist heraus, bevor ich mir klarmache, was ich sage. Die Jahreszeiten sind umgeschlagen.

Xenia runzelt die Stirn. »Da waren wir doch schon?«

Aber dann bricht ihre Miene auf, und ich weiß, daß ich den Einstieg gefunden habe.

»Also gut. Dann können sie noch einen Tag länger am Simca rumschrauben«, sagt sie praktisch.

Ich schlug vor, diesmal weit oben zu übernachten und die kurze Route zu wählen, damit wir nicht in völliger Finsternis aufbrechen müssen, aber trotzdem liegen die Berge an diesem Morgen in einer undurchdringlichen Wolke verborgen, und die Sicht auf dem Pfad beträgt lediglich wenige Meter, höchstens zehn. Xenia zweifelt. Ich weiß, was ich tue. Ich stecke Kompaß, GPS und Höhenmesser ein. Berge und Nebel vertragen sich schlecht, da hat sie recht, aber diesmal lasse ich mich durch ihre Angst nicht einschüchtern.

Schritt für Schritt führe ich sie an allen gottverlassenen Abgründen entlang, die sie jetzt ohnehin nicht sieht – angeseilt oder gesichert –, ohne ihr die Möglichkeit zu lassen, sich eine Meinung dazu zu bilden, ohne eine Pause einzulegen, in der Einwände formuliert und wohlüberlegte Bedenken geteilt werden können.

Das Seil hinter mir spannt sich, aber ich reagiere nicht.

Nach knapp fünfstündigem Marsch taucht das letzte Hindernis auf: La Catedral – eine Formation teils lockerer, teils fester Felsblöcke, so groß wie Autowracks, über die hinweg beziehungsweise zwischen denen eine sehr schmale Route verläuft, die nur der bewältigen kann, der sich seiner Hände und Füße sehr sicher ist. Kurz angeseilt, klettere ich voraus, so kurz, daß ich hören kann, wie Xenias Atemzüge in ein nahezu panisches Keuchen übergehen – aber sie bleibt nicht stehen. Als wir uns nach einer Stunde vom letzten Seil ausklinken, erweist sich meine Vermutung als richtig: Der Himmel bricht auf, und wir stehen auf einem sonnenüberfluteten Grat, unter uns die graue Wolkendecke und über uns ein strahlend blauer Himmel. Der Ausbruch ist groß.

»Du hast es gewußt!« ruft sie und umarmt mich wie ein Kind.

»Genausowenig wie du«, lüge ich, »bis ich mir sicher war.«

Noch vierhundert Meter über den schmalen Grat bis zum

Gipfel, dann kommt das Brot aus dem Rucksack. »Du bist ein verdammt tapferes Mädchen, Xenia«, sage ich und meine es ernst.

»Ich hab kaum was gesehen. Und auch nicht gemerkt. He, dafür war ja auch gar keine Zeit, du Sklaventreiber!«

»Wie war's?« frage ich. »Besser so – angeseilt?«

»Das ist egal«, kommt es etwas spröde, während sie ins Brot beißt.

»Aber warum um Himmels willen willst du mit deiner Höhenangst in die Berge?«

Auf diese (doch nicht so abwegige) Frage hin zieht eine Wolke vor die Sonne. »Ich habe keine Höhenangst«, sagt sie schroff. »Ich habe höchstens Angst zu fallen.«

Ich lache: »Dafür hast du doch das Seil!«

»Darum geht es nicht!« faucht sie mich an. »Oder doch. Was weiß ich!«

»Dann erklär mir doch mal den Unterschied.«

Sie reagiert so gereizt, als würde ich sie absichtlich ärgern: »Ich weiß den Unterschied nicht! Ich weiß nur, daß es mit Höhe wenig zu tun hat und auch nicht mit Gefahr. Ich starre lieber in einen Abgrund, als daß ich ihm ausweiche. Ich habe keine Angst. Ich habe eigentlich vor gar nichts Angst. Aber manchmal ist es so, als ob der Abgrund lockt, das ist alles.«

»Das ist alles?«

»Ich kenne meine Angst. Ich fürchte sie nicht.«

»Aber ich! Mir jagst du damit einen höllischen Schrecken ein!«

»Wenn mir irgendwas angst macht«, sagt sie nach einer Weile zögernd, »dann, daß irgendwann jemand anders fällt. Daß jemand anders wegen mir fällt.«

Xenia ist nicht die erste Frau, die ich in mein Haus lasse, aber die erste, der ich es wirklich zeige. Die Rucksäcke sind abgeworfen; der Sprung in den Bach liegt hinter uns. Es zeigt sich, daß sie über ein gewisses technisches Verständnis verfügt, das macht etwas aus. Das Bohren eines Brunnens interessiert sie und auch die kunstvollen Verzapfungen des Holzskeletts. Ich mache sie auf das abgerundete Mauerwerk des Rauchfangs aufmerksam und zeige ihr stolz den schweren Küchentisch, den ich aus den am wenigsten wurmstichigen Fußbodenbrettern anderer Häuser gebaut habe. Gegen meinen Willen komme ich mir nackter vor als sonst (mein Schwanz ist öffentliches Eigentum im Vergleich zu dieser Scheu): Welche Intimität beherbergt dieses Haus? Was von dem, was ich ungesagt lassen will, kann sie lesen? Durch ihre Augen sehe ich den Schweiß, mit dem es erbaut worden ist; Stunden und Tage meines Lebens, die sich wie beiläufig mit unbenannten Ambitionen gefüllt haben, ein einsamer Traum, der unter meinen Händen Gestalt annahm, einfach weil es keine Worte dafür gab, weil nichts anderes da war, keine andere Ausdrucksform als Knagge und Schwalbenschwanz, Stoßfuge und Kopfband.

»Erlaubst du?« fragt sie und taucht in die Schrankfächer in meiner Küche.

Da ich nicht weiß, wie ich damit umgehen soll (wer fragt denn schon: *Erlaubst du?*), setze ich mich an meinen großen Tisch und zünde die Kerzen an. Ich gieße mir ein Glas Wein ein und gebe ihr auch eins. Da steht eine Frau in meiner Küche, sie nimmt Teller vom Regal und deckt auf. Sie hebt die Pfannen vom Nagel, schneidet eine Zwiebel klein, schält eine Tomate, legt die getrockneten Fische erst in fließendes Wasser und dann in Weißwein. Es ist still. Ich gehe hinaus und rufe die Katzen. Ich streichle sie und schaue durchs Küchenfenster hinein, an dem die Fledermäuse vorbeiflitzen, und es ist, als sei ein Kaktus erblüht, als habe dieses Haus, dieser Berg auf sie gewartet.

Ein Haus wartet auf eine Frau – will ich sagen, als ich wieder auf der Küchenschwelle stehe, doch ich schlucke meine Worte hinunter. Es wäre die Hand, die die Hummel am warmen Widerrist eines Pferds totschlägt.

»Das Feuer ist fertig«, sage ich.

Als draußen die Flammen auflodern und sie sich, in einem dicken Pullover, auf die Mauer am Feuer gesetzt hat, wird es Abend.

»Erzähl mal«, sagt sie, »du warst Geologe. Nein, du bist Geologe. Aber du hast deine Promotion abgebrochen.«

»Wie kommst du denn darauf?«

»Du bist bekannter, als du denkst. Unter Geologen.«

Das wußte ich nicht. Oder vielleicht wußte ich es, hatte es mir aber nie klargemacht, war doch die Welt »unter Geologen« so weit von mir weggedriftet, daß ich darin keinen Platz mehr für mich sah. Und auch sie überbrückt die Kluft nicht, denke ich: als ob sie, ohne es zu wollen, eine andere Welt repräsentiert als die »der Geologen«.

Xenia hat sich mit dem Rücken zum Feuer gedreht, das Gesicht zum Tal, und ich sehe die Rückseite eines Mädchens, das die Beine hochgezogen, die Arme um die Beine geschlungen, die Nase zwischen die Knie gedrückt hat und auf die Landschaft blickt. Wie ein Findling sitzt sie da: unbeugsam, oval, Urgestein. Als hätte sie da immer schon gesessen und ginge nie mehr weg.

»Es war nicht weit von der Stelle, wo wir heute morgen waren«, beginne ich, »vor acht, neun Jahren. An einem Morgen, der ganz schön aussah, beschloß ich, eine stramme Tour nach oben zu machen für ein paar weitere Aufnahmen. Wirklich notwendig war es nicht, ich hatte genügend Material für meine Untersuchung gesammelt. Der Moment war gekommen, nach Amsterdam zurückzugehen, in diesem Sinn war es ein Abschied. Ich war fertig in den Bergen, fertig, um mit dem Schreiben meiner Dissertation anzufangen. Vielleicht mußte ich deswegen noch einmal nach oben: um noch einmal nach unten gehen zu können. Aber kurz vor dem Gipfel ging es schief. Über den Graten sah ich den Kumulonimbus aufsteigen, einen riesigen Wolkenamboß. Ich sah, nein, wußte, daß es rasend schnell gehen konnte, und machte mich, so schnell ich konnte, an den Abstieg. Aber ich hatte noch kein Drittel geschafft, da bezog sich der Himmel rundum, eine Sonnenfinsternis ohne Mond: mit Wolken, so schwer wie Ölflecke, und einer Windstille, in der alles Leben den Atem anhält.

Dann begann es zu wetterleuchten. Das war's: kein dünner Blitz, sondern ein Aufleuchten der Wolkendecke, bei der die gesamte Landschaft, die Wände auf beiden Seiten der Klamm, aber auch der Weg vor meinen Füßen, noch die kleinsten Einzelheiten überstrahlt wurden – um sofort wieder zu verlöschen. Trotz der Lebensgefahr war es in diesem Moment wie eine Halluzination, so in die Naturgewalt aufgenommen zu werden. Denn die Kraft des Wetterleuchtens ist so stark, daß jede Perspektive verschwindet. Es gibt keine Tiefe mehr und keine Entfernung, keine Höhe, kein Relief – alles fällt mit allem in diesem Bruchteil einer Sekunde zusammen, die gesamte Natur *ein* großes Nebeneinander. Es war ein phänomenaler Einblick in das, was diese Natur eigentlich mit mir vorhatte.«

Ich stehe auf. Der Abend wird tückisch kalt. Ich lege ihr eine Decke um die Schultern. Xenia bewegt sich nicht, fordert mich auf weiterzuerzählen.

»Schließlich gab ich nach, ich würde es an diesem Tag nicht mehr bis zu meinem Haus schaffen. Ich fand eine Hirtenhütte zum Unterschlüpfen und sah durch die offene Tür die Berggipfel aufleuchten, wie von Luzifer berührt. Hagelkörner, so groß wie Taubeneier, schlugen Löcher ins Dach, und von allen Seiten strömten Schlammlawinen die Hänge herunter. Und mit all dem, was ich wußte, mit allen Gewißheiten, die ich zusammengetragen hatte, allem Wissen von der Natur, der Geologie, der Meteorologie, stand ich dieser Landschaft mit leeren Händen gegenüber. In jener Nacht drängte sich mir die Frage auf, ob sich die Geologie letztendlich mit dem Ganzen befaßt oder mit den einzelnen Teilen des Ganzen. Mit dem Zusammenhang oder den Details? Geht es um die Karte oder um das einzelne Handstück? Um Verständnis oder um Beherrschung? Wollen wir Einsicht in die Veränderung oder die Entstehung?«

»Ist es Stein, oder ist es Leben?«

»Mehr noch: Es ging um alles oder nichts. Und ich wurde mir bewußt, daß das Stellen dieser Frage einen Wendepunkt in meinem Leben bedeutete. Als wäre mir unbeabsichtigt ein kurzer Einblick in meine Zukunft gewährt worden. Am nächsten Tag, als ich wieder auf dem Montsec war, habe ich meinem Professor einen Brief geschrieben. Und in den darauffolgenden Wochen habe ich mein Material geordnet, alle Handstücke, Aufzeichnungen, Filmrollen und Karten zusammengepackt, in Kisten legen und nach Hause verfrachten lassen. Ich habe meinen Auftrag mit der Mitteilung zurückgegeben, Geologie sei in meinen Augen einzig und allein Stein, nicht das Leben. Und ich schrieb ihm, daß unsere Hypothese zwar stimme, nur nicht auf *meinem* Berg. Ich schrieb ihm: Schick mir deine Studenten. Ich werde sie auf den Weg bringen. Ich werde ihnen helfen, die Landschaft zu verstehen, soweit ich sie durchschaue. Das hat er aufgegriffen. Und deswegen bist du hier.«

»Hast du noch Kontakt zu ihm?«

»Zu Jutta? Jutta ist tot. Von der Küchenleiter gefallen, als er eine Glühbirne auswechselte. So geht das.«

»So geht das. Komm«, sagt sie, »das Essen ist fertig«, und geht ins Haus.

Als wäre nichts gesagt worden, sitzen wir kurz darauf am Tisch. Schweigend.

»Bleibst du?« frage ich, als ich den von ihr zubereiteten Fisch esse.

»Willst du, daß ich bleibe?«

(*Willst du, daß dieses Haus bewohnt wird?*)

Ihre Gabel bleibt zwischen Teller und Mund hängen. Dann lacht sie. »›Der Hirte hat in jedem Dorf ein Liebchen, das ihn vergessen läßt, wie schön es ist, allein durch die Welt zu ziehen.‹«

»Das ist nicht von dir.«

»Stimmt's oder stimmt's nicht?«

»Ich bin kein Hirte.«

»Das war nicht die Frage.«

Nein. Das war nicht die Frage. Und es gibt auch keine Antwort. Schweigend beenden wir die Mahlzeit. Dann steht sie auf, setzt den Kessel aufs Feuer, um das Abwaschwasser warm zu machen, und ich … ich gehe in die Nacht hinaus, ich vermisse den Hund, den ich nie hatte, gehe den Berg hinauf, bis ich von dort oben mein eigenes Haus sehen kann – in dem Licht brennt.

Wenn man reist, freundet man sich mit immer neuen Menschen an, ohne daß man sich auf sie einlassen muß. Wenn man immer die gleichen Menschen um sich hat, werden sie zu einem Teil deines Lebens, und weil sie Teil deines Lebens sind, fangen sie an, dir zu sagen, wie du zu leben hast. Dann kommt ein Stück Stoff vor dein Küchenregal und eine Schürze an einen verirrten Nagel. Dann kommt die Frage, was jetzt und wie weiter und was hattest du selber gedacht.

Ich brauche nicht zu reisen. Mein Haus ist der Ort, an den ich zurückkehre wie ein Hirte, nach dem ich mich sehne, wenn ich weg bin, und von dem ich flüchten kann, ohne mich zu verabschieden.

»Nichts ist richtig fertig in diesem Haus«, lächelt sie, als ich von meinem Spaziergang zurückkomme. »Alles funktioniert und ist an der richtigen Stelle, und trotzdem ist nichts fertig.« Sie trocknet sich die Hände an ihrem T-Shirt ab.

»Wie ist dein Plan, Xenia?«

(*Ich will mit dir schlafen, aber ich will nicht, daß du mich ansiehst.*)

»*Eine* Nacht«, sagt sie.

Ich schüre das Feuer im Kamin. Sie zieht sich aus. Dann wird es Nacht.

11

Halbwertzeit der Wahrheit

Ein Abend in Barcelona, vier Jahre später. Ich bin auf dem Weg nach Hause, um zum erstenmal seit langem wieder in Amsterdam zu überwintern: die Kisten vorausgeschickt, die Taschen bereit im Schließfach auf dem Flughafen, die Verspätung meines Fluges unbestimmt genug, um mich in der Stadt vollaufen zu lassen.

Ich will nicht weg. Ich will nicht zurück. Ich will nicht bleiben, wo ich bin.

Ich suche die Frau, die damals kurzzeitig meine Liebste zu werden schien; die damals, vor vier Jahren, als ich noch an Später glaubte, mit ihrer Hingabe die Zeit in mir hatte stillstehen lassen. Liebe ist Zeit, sagte sie (*Liebe?*), und läßt die Zeit vergehen, ihr Verstreichen ist der Beweis, daß ich dich liebhabe, sagte sie, und auch vorhin und nachher. Aber ich verstand es nicht. Trotzdem war ich glücklich, ich dachte: Wenn du es verstehst, bin ich glücklich. Sie sagte auch: Ich kann nicht für uns beide lieben. Und wieder verstand ich es nicht. Ich dich auch, sagte ich und nahm sie an der Hand. Komm! sagte ich, wir heiraten, es ist noch Zeit, aber sie bog ab und bog in eine Gasse und fand eine Kneipe und bestellte Wein, und der Moment ging vorüber.

Und jetzt streife ich wieder durch die Stadt, diesen Abend meiner Erinnerung, die Stadt, in der Xenia vor vier Jahren ins Flugzeug stieg, und ich suche nicht sie, ich suche, was damals *Jetzt* war und sich jetzt anfühlt wie das ewig Vergangene, wie ein irreparabler Defekt am Fundament meines Hauses. Ich sagte: Ich halte dich fest, ich nehme dich für immer mit. Und sie sagte: Wenn ich nicht zurückkomme, bin ich weg. Das Flugzeug ließ die Motoren bereits warmlaufen, die Bahn war gefegt fürs Anrollen, ich hatte ihre Hand losgelassen, damit ich nicht in dem Augenblick, da sie hinter dem Zoll verschwinden würde, nicht dann ihre Hand loslassen mußte, zum allerletztenmal diese Hand aus meinen Fingern gleiten lassen mußte, wollte das *für immer* vermeiden, indem ich es schon vorher abschnitt. Ich will dich nicht mehr spüren, sagte ich, du tust mir weh.

Dann gab es einen Kuß.

Dann war sie weg.

So irre ich tastend (mein Körper erinnert sich) durch die schwarzen, schmalen Gassen des Bárrio Gótico, wo die Kinder noch Klumpfüße haben und hochbetagte Männer mit abgerissenen Gliedmaßen die Geschichte dieses zerrissenen Landes mit sich herumschleppen, wo die Huren und Transvestiten der Nacht auf die Morgenschicht des Hafens treffen, gleichermaßen resistent gegen die Trunksucht wie gegen die Krankheiten, die sie einander übertragen, und dort, verdammt, dort ist die Bar, in der wir vor vier Jahren saßen, als sie sagte: *Ich kann nicht für uns beide lieben.*

(Aber sie war noch nicht aus der Tür, da war mein Herz schon leergeraubt, und was noch an Leben übrigblieb, war wie ein schwarzes Loch, in dem Damals und Jetzt und Später widerstandslos verschwanden. Leere wurde zu meinem Universum: ein Haus, das mein Haus nicht mehr war. Die Landschaft, die ihre Unschuld verlor. Ein Leben, aus dem die Innenmauern herausgerissen waren und nur das Skelett noch stand.

Und dennoch: Auch auf dürrem Boden kann etwas gedeihen, wie zum Beispiel die fossile Wüstenpflanze *Calligonum commosum,* die bei Nahrungsmangel zu einem toten Gestrüpp einschrumpft, um alle paar Jahre einmal, wenn ein Tropfen Regen fällt, zu einem üppigen Strauch aufzublühen. Sie kann gar nicht so tot sein, als daß sie es, Hunderte von Jahren lang, nicht überlebte – und keinen Hund kümmert das.

Vielleicht ist das der Grund, weshalb die Pflanze es schafft.)

*

»Als jeder davon überzeugt war, daß die Erde flach ist«, sagte Xenia, »war sie schon eine Milliarde Jahre lang rund. Trotzdem war die Äußerung ›Die Erde ist rund‹ Grund genug, einen ins Gefängnis zu werfen, und die Vermutung, sie umkreise die Sonne, Grund für den Scheiterhaufen. Wenn ich sage ›Gott existiert‹, sagt jeder: Das kannst du leicht behaupten, denn beweisen oder widerlegen läßt es sich nicht. Aber ich glaube, daß aus Einbildung Wahrheit werden kann. Daß sie sogar der Wahrheitsfindung zugrunde liegt: Quantenmechanik, Relativität – Hervorbringungen eines Geistes, der sich von der Wirklichkeit nicht irreführen ließ.«

Ich ermannte mich: »Woran glaubst du denn?«

»Das ist mir, ehrlich gesagt, nicht so wichtig«, sagte sie ausweichend. »Was ich sagen will, ist folgendes: Je unwahrscheinlicher eine Hypothese, um so interessanter, sie zu beweisen. Etwas nachzuweisen, das wir alle irgendwie vermuten, ist öde, wie ein Krimi, in dem es wieder mal der Butler war. Eine Theorie, die nur nachweist und nichts verbietet, hat Popper mal geschrieben, ist nicht überprüfbar. Eine Aussage zur Wirklichkeit mit möglichst hohem Wahrscheinlichkeitsgrad birgt das geringste Risiko, widerlegt zu werden. Wer Risiken eingeht, lockt die Wahrheit aus der Reserve hervor. Erst dann wird es spannend.«

»Aber für den Beweis bist du auf deinen eigenen Ausgangspunkt angewiesen. Und der steckt nirgendwo anders als in deinem Kopf, in den Fragen, die du dir stellst. In den Unwahrscheinlichkeiten, auf die du unterwegs stößt.«

»Genau!«

»Also beginnen auch die Begrenzungen bei dir selbst. Als Beobachter. Oder als Fragender. Als Forscher, wenn du willst. Wir sind an unsere eigenen begrenzten geistigen Fähigkeiten gebunden, wodurch die großen Unwahrscheinlichkeiten ungeahnt bleiben. Unsichtbar! Wir stoßen mit unserem simplen Hirn einfach nicht bis dorthin vor. Wir nehmen die Fragen gar nicht erst wahr.«

»Deshalb sollst du ja deine Grenzen verrücken und nicht auf bekanntem Terrain hängenbleiben. Im Wissen, daß es diese Begrenzung gibt, mußt du sie herausfordern, mußt die Vorstellungskraft erweitern, über die neue Erkenntnisse Eingang finden können. Du unterläßt die Besteigung eines Berges doch auch nicht, weil es hinaufgeht!«

»Die Risiken, die du auf dich nimmst, sind geradezu selbstmörderisch. Das ist keine Bewußtseinserweiterung, sondern Kamikaze.«

Xenia ließ nicht locker. »Wenn ich an einer gefährlichen Stelle zu dir sage: ›Laß mich los, und sieh dich nicht um‹, dann ist das für mich das Resultat eines Prozesses der Beobachtung und Deduktion und in diesem Moment eine lebensrettende Wahrheit. Denke ich. Das heißt nicht, daß sich diese Wahrheit nicht entkräften läßt. Mit anderen Worten: Beweise mir das Gegenteil, indem du die Un-Wahrheit meines Ausgangspunkts aufdeckst. *Halt mich fest, und wir schaffen es.*«

»Wir sind keine Versuchsanordnung in einem Feldlabor, Xenia. Es gibt Dinge im Leben, die sich deiner Methode des *trial and error* entziehen.«

»Zum Beispiel?«

»Die Liebe.«

»Das ist eine riskante These. Beweis die mal.«

*

Seit Xenia von mir fortging, hat es in all den Jahren keine Frau gegeben, mit der ich mein Haus und mein Leben teilte. Das Bett schon, sogar das Frühstück oder auch eine Bergtour; Frauen, die blieben und ihren Rucksack auspackten, die Kuchen für meine Freunde backten, den Gemüsegarten jäteten und der Katze bei der Geburt halfen, aber keine, mit der ich mein Leben teilte. Sie kamen und gingen, und ich schneuzte mir die Nase wie nach einer tüchtigen Erkältung, verwahrte die zurückgebliebenen Reliquien ihres Aufenthalts im Keller, der, wie Blaubarts Schrank, vollgestopft war mit verstaubten Momenten der Lüge und der Liebe, eine Ansammlung von Versuchen, die bereits vom Ansatz her zum Scheitern verurteilt waren – aber, tja, wie sagt man so was? Ich habe das nie gekonnt.

Vier Jahre kostete es mich, das Haus wieder nach meinen Vorstellungen einzurichten. Vier Jahre dauerte es, bis mir bewußt war, daß sie fort war und nicht mehr zurückkehren würde, daß ich noch immer auf einen silbernen Streif wartete, der über die Berge kommen würde. Vier Jahre lang bin ich auf dem Montsec geblieben, um das Haus fertigzustellen, um auf jeden Fall dazusein, falls sie es sich anders überlegte. Und jetzt warte ich auf meinen verspäteten Flug nach Amsterdam (was heißt zu Hause?), und es wird Nacht in Barcelona. Der Wein fließt. Die Zeit verstreicht. Von der Kneipenwand starren mich Texte von Dichtern an, hinterlassene Botschaften über dem Spiegel, der trüb geworden ist:

Später sprach ich von der Geborgenheit der Berge und von der Stunde ohne Eile und ohne Widerrede, denn soviel Einsamkeit macht Zeit nebensächlich.
Ich hängte einen diskreten Schein an die Waage
nahm Abschied und ließ zehn Jahre hinter mir.

Wem der Mantel der Verzweiflung um die Schultern hängt, der sieht nichts und hört nichts als den Lidschlag dieses einen Moments. Xenia trug in sich die Liebe als Option – und ich ließ sie gehen. Das ist auch im nachhinein noch Grund genug, hier und jetzt und an dieser Stelle der grünäugigen *puta* aufs Maul zu schlagen, die schon die ganze Zeit ungeniert nach mir giert. Oder diesem zahnlosen Kerl neben ihr an die Gurgel zu gehen, der seine dreckigen Finger nicht von ihr lassen kann, während er die Spucke, die ihm aus dem Mundwinkel trieft, mit seiner fetten Zunge wegleckt, als wäre es Austernsaft.

»Ekel, Brüderchen, ist ein essentieller Bestandteil des kreativen Prozesses«, grinste Peter sadistisch. Ich hatte gerade die Fotos von Silver entdeckt und hing kotzend über der Kloschüssel. Danach schlug ich ihm einen zweifachen Nasenbeinbruch. Er verlor kurz das Bewußtsein, und ich, ein gerade mal siebzehn Jahre alter Trottel, rannte in blinder Panik auf die Straße, um ein Taxi anzuhalten, eine Ambulanz zu suchen, heulend zu fragen: *Gibt's hier irgendwo einen Arzt!?* Und er, der Arsch, schaute mit seiner blutenden Fresse schon wieder aus dem Fenster und lachte mich aus: Suchst du was, Brüderchen?

Suchst du was, Brüderchen?

Peter hat sich mir gegenüber hingesetzt und greift über den Tisch hinweg nach meiner Hand. In dem trüben Spiegel an der Wand sehe ich, wie mein Gesicht verkommt. Einst war es hübsch. Einst war ich ein Mann, in dessen Gesicht jeder, der mich ansah, das Versprechen las. Jetzt sieht er mich an mit diesen unbestimmten grauen Augen, die mich an einen Vogel erinnern, aber seine Hand läßt mich nicht los. Sein Haar ist Pfeffer & Salz geworden, seine Züge schärfer – aber auch mehr Mann. Mehr Vater, durchfährt es mich (wieso *Vater*?).

»Warum leidest du nicht unter Verlust?«

»Weil es ihn nie gegeben hat. Etwas, was es nie gegeben hat, kann dir schwerlich fehlen. Was suchst du denn, Brüderchen?«

»Ich weiß nicht, was ich suche. Ich weiß nicht, wo ich anfangen soll.«

»Du hast Heimweh nach etwas, was es nie gegeben hat. Fang bei dir an.«

»Warum habe ich Xenia gehen lassen?«

»Hast du sie denn je gehabt?«

Das Gesicht mir gegenüber kneift die Augen zusammen. Wie gut ich diese Triezerei kenne, ich muß mich beherrschen, nicht wieder auszuholen.

Inzwischen tanzt die grünäugige *puta* auf den Tischen, ihr silberfarbenes Kleid klebt wie armseliges Zellophan an den zu dicken Schenkeln. Sabberjan ist vom Stuhl gefallen und schläft, den Kopf am Heizkörper. Musik kommt. Wein kommt, mehr Wein.

»*Habe ich sie je gehabt?!* Kennst du denn gar keine Scheu, gar kein Mitgefühl?« schreie ich ihm ins Ohr. »Mußt du mir denn in allem überlegen sein, Peter? Warum läßt du mir meine Würde nicht?«

»*Get real!* Du baust ein Haus und träumst dir selbst eine Kathedrale zurecht. Du küßt ein Mädchen und denkst, es ist deine Braut. Im Leben geht es nicht um Liebe, Abel, wenn es so wäre, wäre die Menschheit längst dezimiert. Das wahre Leben liegt auf der anderen Seite der Schlucht. Fang bei dir selbst an! Was soll eine Frau mit dir, wenn du nichts zu bieten hast? Laber nicht von Liebe, wenn du nicht weißt, was Leben ist.«

»Ich habe gesehen, was du unter Leben verstehst, großer Peter de Wildt. Du löffelst es aus, als wär's ein Glas Erdnußbutter, lutschst das Mark aus allem, was sich in deinem Umkreis befindet, und schmierst es auf ein Stück Leinwand. Kunst! Scheiß drauf. Auch wenn du im *fucking* MoMa hängst – ich hab gesehen, wo du's herhast. Kadaver sind es. In Formalin konservierte Frauen.«

»Und keine einzige hat mir je einen Prozeß angehängt«, (wieder dieses gemeine Grinsen), »weil keine einzige es je aus eigener Kraft ins MoMa geschafft hätte – was glaubst du? Huren sind es. Sie geben dir ihre Möse und heimsen die Ehre ein. Es gibt keinen Verlust, weil es keinen Mehrwert gibt.«

»Und was ist mit Rachel? Was hast du mit Rachel gemacht?«

»Ich hab sie nicht gevögelt.«

»Erzähl das deiner Oma. Sieben Abdrücke im Sand. Sieben lebensgroße Abgüsse ihrer widerlichen Haut. Wie pervers bist du? Du hast sie vielleicht nicht gevögelt, aber Vergewaltigung kennt viele Vermummungen. *Du hast dir ihren Körper angeeignet* – klingt das besser? –, indem du sie zum Objekt deiner verklemmten Lüste abstrahiert hast.«

»Dein Problem ist, daß du nicht maßhalten kannst. Sobald du eine Frau siehst, flüchtest du über die Berge oder verschwindest im Gully. Liebe heißt nicht, sich selbst zu verlieren. Pathetisch! He, komm schon, kleiner Goldgräber, hör auf, dich in Selbstmitleid zu suhlen! Geh zurück in deine Höhle und fang von vorn an. Du hast noch jede Menge Zeit. Jede Menge.«

Aber meine Zeit ist alle. Über den Dächern der Stadt schimmert gnadenlos das Morgenlicht, und um die Turmspitzen der Kathedrale kreisen die Krähen zum Zeichen, daß der Tag begonnen hat. Diagonal zieht ein weißer Streif einen Riß durch die blaue Fläche. Da geht er: Flug KL 317 – nach Hause.

12

Mein Name ist Rachel

Erlösung hat nichts mit Befreiung zu tun. Erlösung hat mit dem Eingehen eines Bündnisses zu tun. Erlösung hat mit Glaube und Zukunft zu tun, mit Liebe und Hoffnung und Hingabe. Erlösung hat mit der Befreiung von den beengenden Fesseln der Einsamkeit zu tun, dem Abwerfen der falschen Lüge von der Freiheit, die nichts anderes ist als ein Schleier vor der allzu schmerzlichen Wahrheit: daß wir alle einsam sind und unsere Seele unverankert umherirrt.

Man kann die Frau erlösen von ihrem ungeborenen Kind. Man kann den Menschen erlösen von der Sünde. Aber man kann ein Kind nicht von dem Leben erlösen, das ihm bevorsteht.

Mein Name ist Rachel, und ich sah ihn über die Berge kommen, den übermütigen Jüngling mit der blonden Mähne und dem Körper eines Tiers. Ich sah ihn kommen und in weniger als zwölf Tagen von den unvergänglichen Kräften dieser Landschaft geschlachtet werden – meiner Landschaft –, die er besitzen zu können glaubte, die aber schon bald Besitz von ihm ergriff. Ich sah ihn zum freien Mann werden, nachdem er sich niedergelassen hatte, wohin er gehörte, und so hat es angefangen. Fünfundzwanzig war er, als ich ihn kennenlernte, fünfundfünfzig bin ich jetzt.

Aber das ist nicht die Geschichte, die ich erzählen wollte.

Mein Name ist Rachel, und ich lebe in dem Steinhaus auf der Landzunge zwischen den beiden Flüssen. Ich liebe den Mann auf dem Berg, werde ihn aber nie besitzen. Er läßt mich nicht in sein Haus, ich lasse ihn nicht in mein Leben – so war es, so ist es immer noch, und so ist es gut. Liebe hat nicht nur mit Nähe zu tun. Liebe hat auch mit Distanz zu tun. Mit Raum und Stille und Leere. Oft verleiht erst das Fehlende dem Vorhandenen Bedeutung: Die Vase ist durch ihre Höhlung Vase; die Glocke klingt nicht wegen des Klöppels, sondern wegen der Luftbewegung zwischen beiden. Der Mann ist nicht wegen des Kindes Vater, sondern wegen des vergossenen Samens.

Einst war ich ein Mädchen mit Träumen, wie es jedes Mädchen einmal war. Einst wollte ich Ballerina werden. Später Nonne in einem Kloster. Noch später Gastwirtin, Köchin. Einst hatte ich die Ambitionen, die jedes Mädchen hat, Ambitionen, schön und geliebt zu sein, Ruhm und Anerkennung zu ernten; notfalls Dornröschen, Schneewittchen, Aschenputtel. Ich war ein ganz normales Mädchen, die mittlere Tochter des Gastwirts von Tula (der fünf hatte), die einzige mit rotem Haar – immerhin –, aber gewiß nicht die hübscheste.

Folglich waren es meine Schwestern, die als erste heirateten: Die Jüngste und Hübscheste ging nach Barcelona wegen eines Geigers aus der Ukraine. Danach die zweite, vorzeitig geschwängert und in Schande verheiratet: überglücklich nach Sevilla mit einem Fassadenmaurer. Auch meine beiden älteren Schwestern heirateten vor mir, doch sie blieben mit ihren Männern in Tula und lieferten die Enkelkinder, nach denen sich meine Mutter so gesehnt hatte; Nachkommenschaft, die sich einzig und allein wegen ihrer großmütterlichen Zuwendung nach Belieben zu vermehren schien.

Weil ich schon auf die Fünfundzwanzig zuging und sich kein Mann ernsthaft für mich interessierte, beschloß mein Vater, für mich ein Häuschen in einem Weiler unweit Tula zu kaufen; Montsec hieß er, und er war dafür bekannt, daß dort viele junge Männer vorbeikamen, die keine Frau finden konnten. Der Boden kostete dort nichts, vertraute mir meine unverheiratete Großtante an, aber es läßt sich dort leben: *Liebes, ich wohne dort noch!* sagte sie geheimnisvoll.

Also zog ich in das Häuschen dort oben unter dem Bergüberhang und lernte Ramón kennen, der mich lehrte, daß der Boden dort nichts kostet, daß es sich dort aber gut leben läßt, wenn man ihn bearbeitet, düngt, fruchtbar macht, wenn man Fundamente für ein Haus aushebt, für ein noch größeres Haus, für einen Schuppen neben dem Haus, für ein Schaf im Schuppen, für einen Hirten für die Schafe – wenn man das alles als Investition betrachtet. Danach brach er auf, denn Ramón war ein Hirte, und ich war schwanger von Ramón.

(Warum gehst du fort? fragte ich. Weil ich gehe, sagte er, aber ich komme zurück. Warum kommst du zurück? fragte ich. Weil jeder Hirte jemanden braucht, der ihn für kurze Zeit vergessen läßt, wie schön es ist, allein zu sein, sagte er. Und das Kind? fragte ich. Das gehört dir, sagte er. Das ist für dich, sagte er – und er küßte mich und ging fort.)

Wäre Ramón ein Hirte gewesen, dann hätte ich jetzt ein Kind gehabt – einen Sohn, denke ich, ich hätte gern einen Sohn gehabt. Doch Ramón war kein Hirte und ich keine Hirtenfrau. So kam ich dahinter: Kurz nacheinander verließen alle Bewohner das Dorf, angeblich wegen der epidemieartigen Verbreitung des Bockkäfers im Gebälk (auch, so hieß es, weil eine Wölfin in das Gebiet gezogen war, die den Lämmerbestand bedrohte, aber auch, wußte ich, weil der Schnee bis Dreikönige auf den Gipfeln gelegen hatte, was ein schlechtes Vorzeichen ist), als erstes die jungen Männer, die keine Frau finden konnten, danach die Alten, die dort endlich den Tod fanden, auf den sie so lange gewartet hatten. Bis zuletzt hielt ich die Hand meiner lieben Großtante – sie war die letzte, die ging –, und auf ihrem

Sterbelager gestand sie mir, sie sei einst die Liebste eines Sohnes von der Witwe gewesen (*aber ich habe gerade noch rechtzeitig Schluß gemacht!*) und ich, nun im dritten Monat schwanger, würde Mutter eines Kindes ohne Vater werden. Denn, sagte sie, auf der Witwe sieht kein Mann seine eigenen Kinder aufwachsen, also sind es die jungen Männer von der Witwe, die nach Montsec ziehen, um dort ihrem Schicksal zu entrinnen!

»Kein einziger ist seinem Schicksal entronnen«, flüsterte sie mir zu, »von allen Männern, die hierherkamen, gibt es keinen mit Nachkommen, der seine eigenen Nachkommen gekannt hat.«

»Aber Ramón ist doch Hirte«, sagte ich zu ihr und befühlte meinen Bauch, »er wohnt nicht auf der Witwe. Er macht mich nicht zu seiner Frau. Ramón zieht umher und nimmt den Fluch mit!«

Und meine Großtante, mittlerweile fast tot, lächelte und seufzte. »Der Fluch steckt nicht im Menschen, sondern in seinem Samen, kleine Rachel. Nicht im Menschen, sondern im Samen.«

Da weinte ich. Und dann starb sie. Um mich herum sah ich das Dorf verfallen. Und ich spürte zum erstenmal, wie in meinem Bauch mein kleiner Sohn Luftblasen blies.

Mein Name ist Rachel, und einst hatte ich einen Sohn. Ich trug meinen ungeborenen Sohn den Berg hinauf und klopfte bei der Witwe an: »Mein Name ist Rachel«, sagte ich, »und ich trage den Sohn Ihres Sohnes.«

»Schaff es weg«, sagte die Frau. »Du mußt das Kind nicht austragen. Er muß es nicht wissen. Mach es weg, bevor es zu spät ist.«

»Es ist Ihr Enkelkind!« heulte ich. »Wir werden es in den Bergen verstecken. Ramón weiß es schon, aber das Schicksal braucht es nicht zu wissen.«

»Zu spät!« schrie die Frau. »Zu spät! Was hast du mit meinem Sohn gemacht! Nie werde ich ihn wiedersehen. Nie wird dein Sohn seinen Vater sehen. Geh mir aus den Augen, und komm nicht mehr auf den Berg zurück.«

Dann fiel die Tür vor mir zu.

Ich schlug mit den Fäusten gegen die Eichenpaneele und rüttelte am Messingklopfer, doch die Tür blieb geschlossen. Aber was ist denn schlimmer, flüsterte ich durch die Ritzen im Holz: der Tod deines Sohns oder der Tod meines Sohns, der noch nicht mal das Leben erblickt hat? Oder kennt der Tod keine Steigerung?

Ich wußte, daß das Schicksal meines Liebsten besiegelt war, und sie wußte es auch: Er war nun mal ein Sohn von der Witwe, auch ohne mein Zutun, auch ohne das Zutun unseres Sohnes. Aber das Schicksal unseres Kindes hatte ich noch in der eigenen Hand …

Die Tür blieb verschlossen, und der Abend brach herein, und in der Nacht sah ich auf den Bergen hier und da Feuer aufglühen, mit denen die Hirten die Wölfin auf Abstand hielten, und ich spürte, daß Ramón in der Ferne ganz nah bei mir war, daß er sich an den Flammen wärmte, daß er das Lamm in seiner Decke wärmte, das so früh im Frühjahr geboren war. Ein Feuer sah ich in jener Nacht hoch auflodern zum Abschied, einen Regen feiner Funken zum Himmel aufsteigen, wie die Seele unserer Liebe und wie die Seele unseres Sohnes. Und ich begriff, das Kind mußte sterben.

Für die Kinderseele sind Eltern eins und unteilbar. Man kann nicht zu seinem Kind sagen: Du existierst zwar, aber ich gebe dir nur zur Hälfte eine Abstammung mit. Das denke nicht ich mir so aus, das hat die Natur sich ausgedacht. Die Wölfin, sagte Ramón, tötet nicht um des Tötens willen, sondern um des Lebens willen. Trotzdem wird er sie umbringen, wenn sie seine Lämmer anfällt. Wir leben alle, um dieses unteilbare Selbst nicht verlorengehen zu sehen, um zu bewirken, daß unsere Gene bis zur Unendlichkeit reichen, weiter als das eigene Leben, weiter als das Echo des eigenen Namens. Das kann kein Mensch aus eigener Kraft. Und kein Kind kann aus eigener Kraft den Namen seines Vaters weitergeben, wenn es selbst nicht bei diesem Namen genannt worden ist. Es wird für alle Zeiten Halbwaise sein, noch bevor es geboren ist.

Der Tag brach an, brachte aber keinen Trost. Es gab kein Strahlen der Morgensonne. Es gab keine Erwärmung der Erde. Es gab kein Tier, das zum Leben erwachte. Es war, als ob die Dunkelheit kalt wurde, als ob der schwarze Himmel, der mir in der Nacht noch etwas Geborgenheit geschenkt hatte, jetzt seinen Schutz über mich aufhob: Kalt und hart wie eine Eisfalle schlug der Tag zu. Ich wußte, was ich zu tun hatte.

Dort, keine hundert Meter vom Gasthof entfernt, in einer tiefen Falte des Berghangs, so daß nie ein Sonnenstrahl darauf fiel, stand der alte, rundgemauerte Eiskeller der Witwe, knapp zwei Meter über und bestimmt vier Meter unter der Erde. Ich öffnete die niedrige Doppeltür aus Holz und schloß sie schnell wieder hinter mir. Drinnen roch es frisch und zugleich muffig, der Geruch frischen, jahrhundertealten Eises, zum Erstarren gebracht in einem sonderbaren Klima der Reglosigkeit, als wäre man in einer Gletscherhöhle gelandet. Ich ging die Treppe hinunter, bis ich das Eis unter meinen Füßen fühlte. Es war fest und weich zugleich, und ohne allzuviel Anstrengung gelang es mir, meinen Unterkörper langsam hineinsinken zu lassen, einzugraben, unter den Eisstücken zu begraben. Einen Augenblick noch hielt ich mir die Hände vor den Bauch, um das kleine Menschlein zu beschützen, in meinen Händen zu wärmen: So groß war es jetzt, daß es genau in meine Handflächen paßte. Ich hielt es fest, so lange ich konnte; hielt meine Hand auf dem Leben, das sich noch einmal drehte, reckte, zur Ruhe kam und einschlief. Dann habe ich gewartet, bis alles Leben aus meinem

Unterleib gewichen war. Kein Gefühl mehr, kein Körper, kein Blut, keine Haut.

Fünf Tage später hat man mich gefunden und im Haus der Witwe ins Bett gelegt. Fünf Monate lang hat sie mich gepflegt, meinen Unterleib mit Schafsfett eingerieben, meine gefrorenen Lippen mit Suppe und Honig aufgetaut. Nach drei Monaten lernte ich wieder zu gehen, nach einem Jahr war mir neue Haut gewachsen. Nur meine Zehennägel habe ich verloren; zehn unbedeutende Körperteile, die, zusammen mit dem Körper meines Sohnes, im Frühjahr auf dem höchsten Gipfel des Berges begraben wurden, eisesstarr, dort, wo es nie mehr Sommer wird.

Mein Name ist Rachel, und ich sah ihn über die Berge kommen, den übermütigen Jüngling, für den ich weder Mutter noch Frau bin. *Warum willst du nicht mit mir schlafen?* fragte er. Wer bist du, wovon lebst du? Aber er war zu jung, sich selbst noch ein Rätsel, ich konnte ihm keine Antwort geben. Statt dessen gab ich ihm mein Haus oder was davon übrig war. So gierig war er, sich der Liebe hinzugeben, daß er jedes Wort von mir für wahr gehalten und in jeder Geste eine Bestätigung gesehen hätte. Fünfundzwanzig war er und bereit, die Tür zur Zukunft vor der eigenen Nase zuzustoßen, hätte ich das von ihm verlangt.

Jetzt ist das Haus fertig und er fortgegangen. Er kam und bat mich, die Katzen zu versorgen, von denen eine kurz vor der Niederkunft stand: Komm, sagte er, dann zeige ich dir, wo ich wohne. Und zum erstenmal seit langer Zeit ging ich den Pfad hinauf, den steilen, gewundenen Pfad mit dem gelben Ginster zu beiden Seiten und den kleinen Vipern unter den Steinen, und ich sah, wie sich hinter mir das Tal zu schließen schien, wie das Steinhaus kleiner und kleiner wurde, das Wasser zahmer, das Grün milder, die Felsen sanfter, bis ich dort stand, wo ich einst, einen Bruchteil der Ewigkeit lang, überglücklich gewesen bin: Montsec. Und da stand er – Mann jetzt, nicht mehr Junge – mit der hochschwangeren Katze im Arm und reichte mir die Hand und sagte: Komm, ich zeige dir das Haus.

Wir streiften durch die Räume wie Waisenkinder durch einen Palast. Die alten Bretterfußböden knarrten unter unseren Schritten, durch die geöffneten Fenster wehte ein leichter Wind von den Bergen. Im großen Zimmer brannte das Kaminfeuer, und im kleinen flackerten Kerzen neben einem Lesestuhl; aus dem Stall waren Stroh und Mistrinne entfernt, er diente jetzt als Materiallager, die Seile an Haken aufgehängt, die Pickel, die Hämmer, die Eisen, die Gurte – und, noch weiter, das Gästezimmer mit Platz für viele, das Schlafzimmer, groß und blau, mit einer Badewanne auf Füßen direkt vor dem offenen Fenster. In der Küche stand der Wein bereit, es roch nach Zitronen und Forelle. Er hatte meine Hand nicht losgelassen, und mit ineinandergeschlungenen Fingern setzten wir uns an den riesigen Tisch, in dem ich – ein kurzer Schreck – die Einkerbungen wiedererkannte, die frühere Bewohner in die Hausschwellen geritzt hatten, um das Böse abzuwenden.

Dieses Haus wird dir nichts Böses mehr tun, sagte ich, und wir prosteten einander zu. Und er ging, wie er gekommen war, über die Berge, und ich wußte, daß die Zeit des Umherstreifens angebrochen war, denn jetzt kannte er den Weg zurück nach Hause.

II Die Tür

13

Wenn du eine Landschaft wärst ...

Es geht mir oft so, daß das Zuhören hinterher erfolgt, viel später als das Hören selbst, wie ein Tor, das erst in der Wiederholung fällt. Ob es dafür eine neurologische Erklärung gibt? Daß Informationen sozusagen stufenweise oder tropfenweise den richtigen Bestimmungsort im Gehirn erreichen, um dort eine Bearbeitung zu erfahren, die zu Erkenntnis führt? Ich sehe, und die Bedeutung entgeht mir. Ich höre, weiß aber nicht, was gesagt wurde. Ich schmecke, und erst später, viel später, in fiebrigen Träumen oder während einer unruhig durchwachten Nacht, begreife ich, daß es Liebe war, die ich schmeckte, oder Galle, oder Bedauern. Verlassen. Abschied. Verführung.

Einem Eindruck Bedeutung zu verleihen wird manchmal mit dem Überwinden einer Schlucht verglichen: Beim erstenmal erscheint es als unmögliche Aufgabe, beim zweitenmal ist das physische Geschick gewachsen, beim drittenmal schwindet die Angst, und so weiter, bis man sich der Tiefe unter sich nicht mehr bewußt ist oder der Kluft, die einen von der anderen Seite trennt. *Lernen* nennt man das. Aber bietet das nun die Garantie – vorausgesetzt, die Verbindung ist zustande gekommen –, daß die Interpretation dem Eindruck auch Bedeutung verleiht? Mit anderen Worten: Wird das Leben weniger nutzlos, je mehr man von ihm versteht? Ist der Geschlechtsakt lustvoller, wenn man weiß, daß Kinder daraus erwachsen? Macht es die Liebe sinnvoller, wenn man heiratet? Hat eine Warnung Aussagekraft, wenn sie sich als unwahr erweist?

Ist ein Hund glücklicher als wir?

Es war nichts von Bedeutung gesagt, keine Abmachung getroffen, nicht einmal ein eindringlicher Blick zwischen uns gewechselt worden. Wir waren eingeschlafen, und am frühen Morgen hörte ich Xenia aufstehen. Ich rührte mich nicht, ich wußte nicht, was von dem kommenden Tag zu erwarten war. Gespannt verfolgte ich ihre Bewegungen anhand ihrer Geräusche. Fingerspitzen, die im Morgengrauen die Wand abtasten. Füße, die Turnschuhe suchen. Ein T-Shirt, das über den Körper gleitet. Die Tür nach draußen öffnet sich knarrend. Und kurz darauf ist der Strahl einer Frau zu hören, die hinter dem Haus uriniert.

Das: Eine Morgenpfütze auf dem Steinboden draußen war alles, was ich hatte, um weiterzumachen, und ich wähnte mich unendlich glücklich.

Das Mädchen weiß zuviel, hatte Rachel gewarnt, doch in den Nächten, die wir danach teilten, verblaßten diese Worte. Was das Mädchen von den Bergen wußte, war genug, und was sie von der Liebe wußte, wollte ich nicht wissen. Ihre Fingerspitzen schmeckten nach Zitrone, mit der sie den Fisch eingerieben hatte. Ihre Lippen rochen nach frischer Luft. Ihre Haare waren strohig vom Bachwasser, in dem sie sich wusch. Es gab keine Fragen. Es gab wenig Worte. Nur wenn ich ihr in die Augen sah, ermaß ich eine unendliche Tiefe. Ansonsten gab es nur die Nacht.

Daß morgens gearbeitet werden mußte, verstand sich von selbst. Ich badete im Strudelloch des Baches und ließ meine Haut von dem eiskalten Wasser peinigen, während ich am Fenster die Frau mit dem großen blauen Kessel in der Hand stehen sah, mir Kaffeeduft entgegenwehte, der Duft von Orangen, von Brot aus dem Ofen, der Duft einer Frau in meinem Haus.

Vielleicht blieb Xenia deswegen: weil sie nicht fragte. Sie fragte nicht nach Damals und Jetzt, fragte nicht: Wie geht es nun weiter, und wie denkst *du* darüber. Sie ersparte es mir, ausweichende Antworten suchen zu müssen oder klare Antworten ohne Wahrhaftigkeit – wie ein Haus, erbaut aus Glaswänden, in dem die Wahrheit zu leuchten scheint, in dem alles durchsichtig ist und scheinbar stabil, bis man selbst darin wohnt.

Nein, eher das Gegenteil. Die Spätsommermonate waren ihr genug. Was sie an zusätzlichen Untersuchungen durchführte, tat sie aus eigener Kraft, während ich ein paar letzte Nachzügler ins Schlepptau nahm. Wenn ich nach Hause kam, stand die Schüssel mit Linsen und *chorizo* da, stand der Pudding mit Mandeln da, stand der heiße Kaffee auf dem Feuer. Vorsichtig, ohne zu fragen – aber doch, das fing ich auf, mit der Frage in ihren Augen –, mauerte sie eine kleine Mauer fertig oder nahm sich einen Teil des Verputzes vor, und dann fragte sie mich nach meinen Plänen in bezug auf das Haus und ob sie vielleicht DDT im Dorf holen solle, um die Stützbalken auszuräuchern. Und behutsam, um sie nicht vor den Kopf zu stoßen, besprach ich mit ihr die geplanten Routen fürs neue Jahr und hörte mir ihre Erfahrungen an diesem Berghang an, mit jenem Aufschluß, ihren Befunden bei dieser oder jener Formation.

Abends saß sie am großen Küchentisch und notierte in ihren Heften den Fortgang ihrer Untersuchung, zeichnete die Fundorte von Proben, überprüfte ihr eigenes Denken – ohne zu fragen, obwohl ich mehr wußte als sie.

Xenia sagte nicht, was sie dachte oder fühlte. Xenia erzählte höchstens, was sie tat oder getan hatte.

»Wenn du die Wahl hättest, entweder hierzubleiben oder mit mir mitzukommen, was würdest du tun?« fragte sie eines Abends, als sie im Licht des großen Kerzenleuchters am Küchentisch saß.

»Willst du denn weg?« Ich wollte nicht, daß sie wegwollte.

»Was würdest du tun?« fragte sie wieder.

»Wo würdest du hinwollen?«

Und so ging das noch eine Weile weiter, bis ich irritiert aus der Küche ging, in die Werkstatt, um das Graphitpulver zu holen, mit dem ich schon längst die Scharniere der Haustür hatte bearbeiten wollen. Daß es nicht um Gehen oder Bleiben ging, wollte mir nicht in den Kopf, oder vielleicht begriff ich doch, daß es darum nicht ging, was es noch leidiger machte, darüber nachzudenken. Gehen oder Bleiben – das spielte keine Rolle, solange ich war, wo ich war (solange sie war, wo sie war). Und außerdem: Was hatte sie anderswo zu suchen? Was konnte sie hier nicht finden? Oder lautete die Frage: Willst du bei mir bleiben, auch wenn ich gehe? Oder: Wie beweglich bist du?

Sie wohnte jetzt drei, vier Monate bei mir, und immer noch war der Rucksack nicht ausgepackt. Was mich anfangs rührte, ihre Scheu, sich in mein Leben einzufädeln, bekam im Laufe der Zeit schroffe Züge, zumal wenn sie mit solchen Fragen kam. Gehen oder bleiben – du bist doch da? Warum willst du nicht einfach hier *sein*? Obwohl ich ihr ein Brett an der Wand für ihre Sachen frei machte, obwohl ich sie ermunterte, sich einen Namen für die neue Katze auszudenken, die seit ihrem plötzlichen Auftauchen immer noch Katze hieß, obwohl ich sie stillschweigend aufforderte, sich wie zu Hause zu fühlen, wusch sie ihre Slips im Bach, hängte sie zum Trocknen an eine Leine und räumte sie wieder in ihren Rucksack; packte sie jeden Tag vor dem Schlafengehen ihre Lehrbücher zusammen und steckte sie in ihre Arbeitstasche zurück.

Das ist eine Form emotionaler Geiselnahme, dachte ich irgendwann. Sie kann jederzeit fort, wenn es ihr nicht gefällt, wenn ich nicht gut genug für sie bin oder nicht gut genug in ihren Augen. Solche Gedanken machten mich grob und abweisend, doch das änderte nichts an ihrer Zurückhaltung oder ihrer Zuwendung; dann schmeckte das von ihr zubereitete Kaninchen mit Trauben wieder genauso gut wie am Vortag.

Das ist ihre Art, Respekt zu zeigen, dachte ich in anderen Momenten. Rührung überkam mich, weil ich an den vorangegangenen Tagen so schroff gewesen war, weil mir klar wurde, daß sie keinen Anspruch auf mich erheben wollte, weder auf mich noch auf meine Vergangenheit, noch auf das, was ich selbst als Zukunft vor mir sah. Dann nahm ich sie mit auf eine Tour zu den romantischsten Orten, die ich kannte, und lauschte dem, was sie über ihre Untersuchung erzählte – was mich faszinierte und gleichzeitig langweilte, weil ich hoffte, sie würde mich umarmen, küssen, würde sagen: Was für eine schöne Sternennacht. Oder: Abel, danke, daß es dich gibt.

Aber ich vergaß, daß sie jung war. Sie hatte noch ein ganzes Leben vor sich, bevor sie an dem Punkt ankäme, an dem ich jetzt stand. Sie mußte dieser ganzen Zeitspanne Rechnung tragen, die ich in dem Leben vor ihr bereits ausgefüllt hatte, die sie nicht mehr kennen und sich nicht mehr aneignen konnte. Sofern sie etwas von mir wollte, mußte sie lernen, ihren eigenen Nullpunkt anzuerkennen, den Moment, in dem sie in mein Leben trat, als den Beginn einer »Zeitrechnung« zu betrachten. Dennoch war es, als schöbe sie diesen Punkt ständig vor sich her, als zögerte sie mit dem Zählen, wie das Kind am Rand eines kalten Schwimmbeckens, das vor dem Sprung zählt: 3, 2, 1, ½, ¼, ⅛, und so bis ins Endlose das Eintauchen hinausschiebt.

Den Gedanken, es könnte umgekehrt ebenso sein, auch Xenia könnte eine Geschichte haben, die sich mir noch nicht erschlossen hatte, der ich aber trotzdem Rechnung tragen mußte, hatte ich erwogen und wieder verworfen. Nicht nur wegen ihres Alters erschien es mir unwahrscheinlich – sie war gerade dreiundzwanzig –, sondern auch wegen der knappen Informationen, die ich über sie hatte und die kaum von großen Kindheits- und Jugendtraumata oder sonstigen Symptomen einer Beschädigung zeugten: mittlere Tochter einer stabilen Familie, einigermaßen gutsituiert, Vater Apotheker, Mutter Schulärztin, Naturmenschen. Keine Ehescheidungen, keine verstorbenen Geschwister, nur der unvermeidliche Hund Slofjes, der starb, als sie dreizehn war, und von dem sie anscheinend immer noch ein Foto besaß.

Dort durfte ich den Zugang folglich auch nicht suchen, erkannte ich. Wenn ich wirklich etwas von ihr wollte (eine Vorstellung, die ich wieder nach dem Muster 3, 2, ½, ¼ vor mir herschob), mußte ich verstehen wollen, womit sie sich befaßte. Und das, merkte ich, widerstrebte mir deutlich.

Meine Überlegung seinerzeit, mein *concept*, um der Geologie Lebewohl zu sagen, schien sie durch ihr manisches Interesse zu untergraben; ja, manchmal hatte ich sogar das Gefühl, sie veräppele mich ein wenig. Es war für mich eine Entscheidung gewesen. Die große Frage: »Geht es in der Geologie um Stein oder ums Leben?« erklärte ich zum Leitmotiv meines Denkens und Handelns und untermauerte damit meine Entscheidung zugunsten dieses Lebens in den Bergen. Xenia dagegen schien für die Geologie zu leben. Und, noch schlimmer: Sie hatte die Beweglichkeit des Phänomens *Sandkorn* zum Objekt ihrer Untersuchung gemacht, was mir so vorkam, als versuchte sie meine Argumentation gleichsam anhand von $v = \frac{2(\rho_s - \rho_f) g \cdot r^2}{9\mu}$ zu widerlegen.

So nahm sie mich eines Nachmittags aufgeregt an der Hand und zog mich zum Schuppen, in dem sie in den vorangegangenen Wochen eine Versuchsanordnung gebastelt hatte. Trotz meines Respekts vor ihrer Erfindungsgabe konnte ich ein Grinsen nicht unterdrücken. Was ich sah, erinnerte mich an einen kümmerlich zusammengeschusterten *Praxis*-Sandkasten, kombiniert mit Reststücken aus dem Chemiekasten, den Peter mal zu Nikolaus bekommen hatte und der dermaßen harmlose Chemikalien enthielt, daß er sie noch am gleichen Tag frustriert in der Toilette hinunterspülte.

Darum geht es doch nicht, sah ich Xenia denken, aber vor allem sah ich Verletztheit.

»Ich bin nicht so ein Softrocker«, versuchte ich mich reinzuwaschen, »das weißt du doch, oder?«

»Darum geht es nicht«, kam es hinter weit hochgezogenen Schultern zurück. »Im übrigen ist dieser ganze Unterschied zwischen Softrockern und Hardrockern ein hoffnungslos überholter Begriff. Was ich übrigens mit dieser Versuchsanordnung nachweise.«

Danach drehte sie das Licht im Schuppen aus.

Nicht, daß sie jetzt lange geschmollt hätte. Auf dem Weg zurück zum Haus sah ich, wie sie sich faßte, indem sie sich schüttelte wie ein Hund, der nach einem allzu kalten Plumps ins Wasser unwillkürlich sein Fell zittern läßt. Danach war sie wieder da.

»Tee?«

»Ja, mach mal«, murmelte ich, und im Vorbeigehen streichelte meine Hand unbeabsichtigt ihren Kopf, wie ich es bei einem Hund getan hätte.

Die meisten Frauen fangen nachts zu reden an, am liebsten nach dem Bumsen, wenn sie zumindest diesen Teil der Bestätigung eingeheimst haben. Die meisten Frauen neigen auch dazu, nachts über komplizierte Dinge zu reden, nicht über Belanglosigkeiten oder den nächsten Tag oder notfalls über die Ernte im Gemüsegarten, nein: Nachtgespräche handeln ausnahmslos von Themen, die man am liebsten an sich vorbeirauschen lassen würde – was in der Dunkelheit oft noch hinzukriegen ist, aber nichts hilft, da sie in der nächsten Nacht darauf zurückkommen wird: *Weißt du, jetzt, wo ich noch etwas weiter darüber nachgedacht habe …*, so daß man ihren Gedanken wenigstens in groben Zügen folgen muß.

Xenia nicht. Sie bumste zwar lieber im Dunkeln, war aber

keine von denen, die den Liebesakt mit schmusigen oder geilen Worten spicken, nicht einmal mit non-verbalem Getue, wie mir die Fingernägel ins Schulterblatt zu bohren oder mich ins Ohrläppchen zu beißen – geschweige denn, daß sie nach dem Akt ein »richtig gutes Gespräch« angefangen hätte. Sie stopfte sich ein T-Shirt zwischen die Beine, drehte sich um und schlief ein. Und ich, oft noch eine Weile wach, sah mir das an und dachte: Vielleicht sieht Glück ja wirklich so simpel aus.

Doch in jener Nacht machte sie den Mund auf. Es war warm. Und es war stockfinster. Sie saß aufrecht im Bett. Wir hatten noch nicht miteinander geschlafen – wonach ich, gespeist von Gewissensbissen, Bedürfnis verspürte. Ein kräftiger Wind wehte durchs Haus, keine Kerze hielt stand im Luftstrom. Und draußen war Neumond.

»Du hast dich gefragt, ob Geologie Stein ist oder Leben. Ich habe mich gefragt, ob das eigentlich die Frage ist. Bei meiner Untersuchung über die Beweglichkeit von Sand stoße ich ständig auf die Frage, ob es um die Materie geht, die Eigenschaften des Korns selbst, oder um die Elemente, das Medium, in dem sich das Korn bewegt. Wind. Wasser. Eis. Es gibt die essentiellen Kräfte, Schwerkraft, Strömung, Temperatur, aber was ist mit der Zeit? Ist die Zeit nicht der eigentliche Kern der Geologie? Oder, anders ausgedrückt: Könnte die Geologie als Wissenschaft existieren ohne eine Vorstellung von der Zeit, ohne eine Vorstellung von ihrer Unendlichkeit? Es gibt keinen Anfang und kein Ende, es sind Zyklen, die sich in der Zeit wiederholen, beherrscht von unveränderlichen Naturgesetzen, von denen wir allenfalls ein paar Phänomene wahrnehmen können, Momentaufnahmen. Verständnis von der Erde entsteht nicht, indem man lediglich ein Phänomen betrachtet. Das Jetzt – was andere als Wahrnehmung bezeichnen – ist das minimalistischste Glied zwischen dem, was war, und dem, was kommt.«

»Das klingt eher nach einem philosophischen Traktat als nach geologischer Relevanz.«

»Denk doch mal mit, Woods. Das Merkmal eines Sandkorns ist nicht nur Form oder Größe oder spezifisches Gewicht, sondern vor allem seine Beweglichkeit. Weder Schwerkraft noch Druck, noch Hitze hat je Einfluß auf dieses eine individuelle Korn, das ist längst weggeweht oder weggespült, bevor irgend etwas es zu fassen kriegt. Jede Bildung eines Clusters von Sandkörnern – jede Dünenmulde oder jeder Wüstenwall oder irgendeine Sandstruktur – ist das Resultat von etwas anderem, einem Hindernis. Erst gibt es nur das Vorbeistreichen von Sand und Wasser oder Wind, dann wächst ein Grasbüschel, oder ein Kadaver bleibt liegen, danach entwickelt sich die Form, weil sich der Sand in einer bestimmten Kurve um das Hindernis herumbewegt. Diese riesigen Längsdünen in der Wüste sind bereits im Pleistozän entstanden! Die Form hat sich in der Zeit konserviert, aber all diese Sandkörner bewegten sich daran vorbei, wurden weder zu Stein noch zu Fels.«

»Und jetzt die Relevanz?«

»Meine Hypothese lautet, daß die Zeit keinen Einfluß auf den Sand hat: Er bewegt sich, er verweht, aber die Struktur bleibt intakt. So wie außerhalb der Erdatmosphäre die Schwerkraft wegfällt, wird im Sandsturm der Zeitbegriff außer Kraft gesetzt.«

(Meine Freunde sagen, daß ein Umschlag von ganz allein kommt. Meine Freunde sagen, daß jede Beziehung einen Moment kennt, in dem die erste ziellose Geilheit in Verliebtheit umschlägt, Verliebtheit in Liebe, Liebe in Zuneigung, Zuneigung in Gewöhnung – und so weiter, wenngleich ich das nicht verifizieren kann, denn ich kenne niemanden, der es so weit geschafft hat. Meine Eltern? Tolerieren, bestenfalls. Peter? Benutzt. Ich selbst? Keine Ahnung. Ich habe die Ruhe nicht, mir darüber Gedanken zu machen, obgleich ich froh bin, daß sie da ist. Ob das dann Liebe ist? Ich bin froh, daß du da bist, denke ich. Ich bin froh, daß du nicht weggehst. Ich finde dich nett, weil du da bist, um ein Stück Wegs miteinander zu gehen, denke ich. Ob das genug für die Liebe ist?)

In jener Nacht gab es keine Liebe: In jener Nacht schlug das Wetter um. Der sieben Monate dauernde gnadenlose Sommer ließ binnen eines Tages seinen Mantel fallen, und kalte Winde zogen von Norden her auf. Wolkenfelder segelten wie eine finstere Kriegsflotte über den Montsec und setzten den Gipfel lichterloh in Brand. Als wäre die Uhr von einer unsichtbaren Hand vorgestellt worden, machte die Erde eine Vierteldrehung von der Sonne weg, deren Kraft mit einem Schlag um die Hälfte reduziert war. Blumen, die kurz vor dem Verdorren gewesen waren, verwelkten über Nacht, das Wasser in den Ríos stieg, Stauseen füllten sich, und tiefgelegene Wiesen wurden schleunigst geräumt. Der Herbst begann, und nach einer Woche waren der Berg, das Tal, der Hang ein einziges Feuermeer von Herbsttönen zwischen den Steinen, Fallwinden ausgesetzt, die die Blätter hochjagten und wie phantastische Zyklone umherwirbeln ließen.

Mit Mühe bahnte ich mir einen Weg ins Tal, um die letzten Übriggebliebenen unverzüglich nach Hause zu schicken, und wieder hinauf, wo Xenia aufgedreht das Haus mit allem sicherte, was sie in der Umgebung an Brauchbarem fand. Seite an Seite arbeiteten wir wie die Besessenen, Ästhetik war Nebensache. Mit den gröbsten Bolzen schraubten wir alles, was möglicherweise locker war, fest, legten Drahtseile ums Dach und nagelten Fenster zu: Rachel hatte von der Witwe die Nachricht erhalten, daß innerhalb der nächsten achtundvierzig Stunden ein Orkan im Anzug war, von dem das hier lediglich das Vorspiel war.

Oder *war* da Liebe?

Es war nicht das erste Mal, daß ich die Alarmglocke im Tal läuten hörte. Es war nicht das erste Mal, daß ich Stahlseile in die Erde trieb, um mein Haus zu stützen. Es war nicht das erste Mal, daß ich auf meinem Grundstück stand, ein Auge auf die Berge gerichtet, das andere aufs Dach, und abschätzte, wieviel Zeit noch blieb zwischen dem Wolkenbruch und meinem Haus; daß ich das Holz hineinschleppte, das mich an den Abenden wärmen sollte, wobei ich nicht wußte, wie lange das Unwetter dauern würde, nicht wußte, ob mir der Zugang zum Dorf versperrt würde.

Nur – damals war ich allein. Jetzt steht an meiner Seite eine Frau, die arbeitet, als wäre es *ihr* Haus, das Schutz vor den Elementen braucht ... Wie die Burgfrau, die sich bereit macht für den Kampf – so steht sie da.

Und Xenia strahlt. Es gibt was zu kämpfen.

Das Unwetter kam ohne Gewalt, es kam sanft, aber bedingungslos. Dieses eine Mal hatte die Witwe sich geirrt, und der Orkan wählte die östlichere Route, doch was er uns an seinen Flanken mitbrachte, war ein Schneesturm ungekannten Ausmaßes. Wir hatten unser Bett vor dem Kamin aufgeschlagen – das Schlafzimmer war für unbewohnbar erklärt und zugenagelt worden –, dicke Holzplatten hingen vor den Fenstern, davor schwere Vorhänge, die sich trotzdem blähten wie in einem Hitchcock. Xenia hatte einen Topf Suppe gekocht, der zum Wärmen im Feuer hing, ich hatte den Wein – immer empfindlich – unter der alten Bank verstaut. Die Kerzen brannten und verloschen, doch das Feuer glühte wie wir von der Suppe, Kürbissuppe mit dem letzten Büschel Rosmarin aus dem Garten, und auch die letzten Worte waren aufgebraucht, das letzte warme Wasser für das letzte heiße Bad, in dem wir uns gegenseitig schrubbten.

Wenn du eine Landschaft wärst, durch die ich gehen könnte …

In jener Nacht fanden wir einander, und es gab Liebe, wie es sie zwischen uns noch in keiner Nacht gegeben hatte.

14

… durch die ich gehen könnte

Überall war Schnee. Im Haus war Schnee. Ums Haus herum war Schnee. Im Grunde war das Haus kein Haus, sondern ein Hindernis für den Schnee, die Erde zu berühren, ein weißer Maulwurfshaufen in einer weißen Welt, deren Friedlichkeit Schein war, wie ich wußte. Nach lediglich einem Grad Temperaturänderung in der Atmosphäre würde die Masse sich in Bewegung setzen; würde gefrieren und brechen oder tauen und weggleiten. Gegensätzliche Prozesse mit gleicher Auswirkung: verheerend.

Doch wie im Auge des Sturms hielt die Welt den Atem an, und wir starrten atemlos auf diese Welt: handgelenkdicke Eiszapfen und Schneewehen, so hoch, daß das Profil des Bergs dahinter verschwand, tiefe Spuren eines Tiers hier und da, dem es nach neun Tagen Isolation in seiner Höhle zu eng geworden war. Und dann die Flüsse im Tal, die wie Bänder zerbrochener Spiegel das Sonnenlicht bis hoch in die Berge reflektierten, verführerisch und unheilverkündend, jetzt noch gebremst durch die Eisschollen, die die Masse aufhielten, aber bald …

So etwas hatte ich noch nie erlebt, und mit aller Kraft versuchte ich die nächste Phase aus meinen Gedanken zu verbannen: ein aufkommender Wind, eine einfallende Kaltfront, eine abrupte Erwärmung der Schneedecke … Xenia – wieviel wußte sie nun wirklich? – konnte sich nicht sattsehen an der Schönheit dieser unwirklichen Landschaft, die uns eine wundersame Fügung des Schicksals geschenkt hatte, eine Schönheit, die uns ans Haus und aneinander gefesselt hielt, entgegen allen Gesetzmäßigkeiten, die die Jahreszeiten mich gelehrt hatten. Ich wußte keine Antwort und wartete … wartete …

»So, wie es jetzt ist, muß es gewesen sein, bevor es etwas anderes gab«, sagte Xenia. Sie starrte ungläubig aus dem Fenster, und ich dachte: Halt es fest. Halt es fest. Ich weiß nicht, was danach kommt, aber halt es um Himmels willen fest.

Und nicht ich, sondern mein Körper wartete wie ein Tier auf das Zeichen, das kam.

Am zehnten Morgen des zu früh eingebrochenen Winters weckte Xenia mich, oder, besser gesagt, der Duft von Kaffee hatte mich bereits geweckt, aber sie war es, verzweifelt, die mich wachrüttelte: »Woods, ich sehe Rauch bei Rachel. Ich sehe etwas anderes als den normalen Rauch bei Rachel. Eigentlich weiß ich nicht, was ich da sehe, Woods.«

Und da wußte ich, was sie sah. Was ich noch nie gesehen hatte, wovon Rachel mir aber gesagt hatte, ich würde es vielleicht einmal sehen, das letzte Signal – das erste Signal –, bevor die Lawinen herunterrasen, wenn selbst die Alarmglocke schweigt, wenn der Schnee zum Leben erwacht …

»Wenn die Lawinen kommen«, sagte Rachel, »dann sieh dich um, Woods, bleib stehen und sieh dich um. Panik ist nicht genug. Trainiere jetzt dein Auge, wie ein Adler, an den kleinsten Details in der Umgebung. Lern den Berg kennen. Lern seinen Hang kennen. Lern jeden Felsen kennen, jeden Überhang, jede Falte und jede Stauchung – denn einmal (und es kommt selten vor) wird der Berg bedeckt sein und sich in Bewegung setzen. Gerate in Panik, die Angst brauchst du, aber halte sie im Zaum. Es ist alles, was du hast, wenn der Schnee ins Rutschen kommt und nicht du, sondern dein Instinkt dich retten muß.«

»Was weißt du?« sagte ich zu Xenia – mehr Gebot denn Frage.

Sie wußte viel, in ihren Augen sah ich, daß sie meine Worte verstand.

»Ich weiß nicht viel, Woods«, sagte sie, »aber ich denke, ich weiß, was ich tun muß. Wenn du weißt, wohin wir gehen müssen.« Auch das war keine Frage, sondern ein Gebot.

Sie verschwand nach hinten und begann, Material zu sortieren. Ich ging hinaus, zum erstenmal seit zehn Tagen, und stellte mich auf die Terrasse vor meinem Haus, von der aus ich die ganze Landschaft überblicken kann, deren Detailkarte in mein Gedächtnis gebrannt ist: Windrichtungen, Höhenlinie und Neigungswinkel – da stand ich, während mir der Himmel still und knallblau die größte Lüge meines Lebens vorspiegelte und in der Ferne, falsch wie eine schnurrende Katze, das erste Grollen ertönte.

Wenn alle Faktoren abgewogen sind und die Route festgelegt ist, bleibt nichts mehr als Glaube und Hingabe: Glaube ans eigene Können, an die Spannkraft deines Körpers, Glaube an die Zuverlässigkeit deiner Risikoanalyse – und Hingabe, um den Weg zu gehen, den du gehst, denn einen Weg zurück gibt es nicht, und jeder Zweifel kann tödlich sein.

Doch wann weiß man, daß alle Faktoren abgewogen sind? Daß man nichts übersehen hat?

»Xenia, sag mir, wie zuverlässig bist du?«

»Ich kann mich auf mich verlassen. Mehr weiß ich nicht.«

»Du kennst das Gebiet.«

»Ich kann es lesen.«

»Du bist mit den Verhältnissen vertraut.«

»Ja.«

»Ich kenne dich nicht.«

»Gibt es eine andere Wahl?«

»Wir haben keine andere Wahl.«

»Dann sieh dich nicht um.«

Sie legte ihren Finger auf die Lippen. Sie beugte sich vor und schnallte sich die Tourenskier an, die ich ihr gegeben hatte. Sie schnallte sich ihren Rucksack um. Danach schaute sie auf die Landschaft, dann auf mich: »Zeig mir jetzt den Weg«, sagte sie, und ich sagte: »Fahr einfach hinter mir her«, aber sie hielt mich an der Schulter fest: »Nein, zeig mir den Weg.«

Und ich zeigte ihr den Weg. So präzise wie möglich beschrieb ich die Schwierigkeiten, die ich vorhersah; die Passagen, bei denen ich die Lawinengefahr für groß hielt oder bei denen schon jetzt ein Schneewall zu erwarten war. Und Xenia schloß die Augen, konzentrierte sich, als versuchte sie, sich ein Bild von der Tour zu machen, als versuchte sie, alles Wissen und alle Erfahrung, die sie bis zu diesem Tag gesammelt hatte – nicht nur von der Landschaft, sondern von dem ganzen gottvergessenen jungen Leben, das hier jetzt auf dem Spiel stand –, miteinander zu verbinden.

Und als ich alles geteilt hatte, was ich wußte oder voraussah, als ich mich an die Abfahrt machte, als ich mich nicht mehr umdrehte, um zu sehen, ob sie folgte, ließ ich sie los.

Danach kam die Ruhe.

Es ist undenkbar, die Stille zu beschreiben, in die sich eine Landschaft hüllen kann, eine so intensive Stille, daß man sein eigenes Blut durch die Schläfen strömen hört, daß es scheint, als atme das gesamte Universum im Rhythmus deiner Atemzüge. Es war jetzt Nachmittag, und die tiefstehende Sonne lag über der vollkommen weißen Welt, in der wir voranzukommen versuchten, indem wir Ski um Ski den Osthang querten, langsam in der dicken Pulverschneeschicht, dann wieder gruselig instabil über vereiste Flächen, in denen die Spalten und Klüfte durch die Spiegelung des tief einfallenden Sonnenlichts kaum auszumachen waren. Hinter mir hörte ich das beruhigende Schurren von Xenias Skiern in meiner Spur, ihren regelmäßigen

Atem in meiner Spur, als fiele alles zusammen, als hielten die Welt und die Bedrohung und die Liebe und die Angst einander fest in einer euphorischen und tödlichen Umarmung.

So war es: ein symbiotisches Zusammenfallen von Schönheit und Angst, von Bedrohung und Sieg, von Erschöpfung und Kraft – wie eine Stockholm-Geisel, die ihren Geiselnehmer als Befreier sieht, die Welt als Gefängnis und die beengte Festung, in der sie festgehalten wird, als den freien Raum: Die Befreiung wird zur Niederlage. Obwohl mein Kopf sehr wohl wußte, daß wir uns auf der Flucht vor dem Verhängnis befanden, das jeden Moment zuschlagen konnte, flehte etwas anderes in mir darum, dieser Moment möge nie vorbeigehen.

Gegen Einbruch des Abends passierten wir den Nordgrat, und der stumpfe Turm von La Montañana kam in Sicht, wo wir Schutz suchen wollten, ein Weiler von kaum zwanzig Häusern, der sich seit altersher unter dem Überhang des Gebirges geschützt wußte. Noch waren wir nicht da, auch wenn der Abendhimmel klar war, legte der Wind doch über den Bergen zu und ließ den trockenen Schnee aufwirbeln. Angesichts der paar kärglichen Lichter von Montañana als einzigem Anhaltspunkt wurde der Weg heikler, nicht nur wegen der Kälte und der Erschöpfung, die unseren Gliedmaßen übel mitzuspielen begannen, sondern mehr noch wegen des bevorstehenden Schneesturms, dessen Vorboten diese Böen vermutlich waren.

Ich erwog die Möglichkeit, eine Schneehöhle zu bauen, Schutz zu suchen für die Dauer der Dunkelheit – in der Hoffnung, wir würden nicht einschlafen –, traute mich aber nicht. Solange der Berg begehbar war, war unsere Überlebenschance am größten, wenn wir in Bewegung blieben. Ich drehte mich um und sah, wie Xenia den Daumen hochstreckte zum Zeichen, daß es noch ging, zum Zeichen, daß sie, ohne Worte, meine Entscheidung teilte. Ich schätzte, wir hätten keine ganze Stunde mehr vor uns; es müßte zu schaffen sein.

Wann ist man sich sicher, ob alle Faktoren abgewogen sind? Wenn man weiß, daß man einen übersehen hat.

Es war nicht mehr die Dunkelheit, die es uns schwer machte (Augen gewöhnen sich), nicht der schneidende Wind, der meine Wangen geißelte (Schmerz betäubt); es war nicht der Zuckerspiegel, der unter den Nullpunkt sank, und auch nicht das unsichtbare Seil, das mich mit der Frau verband. In dieser letzten Phase unseres Weges war es das Verstreichen der Zeit, das sich mit dem Raum zu verschwören begann und jedes Gefühl für Entfernung außer Kraft setzte. Die Relation zwischen einem meiner Schritte, dreißig Zentimeter vorwärts, und seiner Dauer – in meinem Erleben eins zu eins, in Wirklichkeit eins zu zwanzig – war massiv gestört; wo ich glaubte, mein Vorankommen halte Schritt mit der Zeit, lagen die beiden bereits Meilen auseinander, ja, legte ich zweihundert Meter in einer Stunde zurück oder in zwei Stunden, vielleicht sogar drei, ohne eine Vorstellung davon zu haben.

Habe ich mich umgesehen? Ich weiß es nicht mehr. Von Überlegungen gesteuert, deren Logik mir nie klargeworden ist, habe ich mich auf diesen letzten Kilometern meiner Skier entledigt und bin zu Fuß weitergegangen, tief einsinkend unter meinem eigenen Gewicht und dem meines Gepäcks, wankend in der irrlichternden Spur meiner Stirnlampe, ohne auf die Lichter vor mir zu achten, die mir die Richtung hätten weisen können. Diese Lichter müssen erloschen sein – sogar die Bewohner eines Bergdorfs gehen irgendwann ins Bett –, und auch wenn das nicht so gewesen wäre, der Schnee kam: nicht wirbelnd wie in den vorangegangenen Stunden, sondern waagrecht über die Flanken der Sierra jagend. Nichts gab es mehr außer Schneesturm, Schmerz, Blindheit, Ziellosigkeit. Und einen unsagbar großen aufwallenden Kummer, der Einsamkeit heißt. Ich spürte Xenia nicht mehr. Das Seil war gerissen.

Ich habe es bis ins Dorf geschafft. Es muß irgendwann im Lauf des nächsten Morgens gewesen sein, denn zwischen den Wolken schien eine schwache Sonne, und der frisch geräumte Schnee lag hoch aufgetürmt an den Kirchenmauern. Ich sah die Verwüstungen, die zwei Lawinen auf der anderen Talseite am Hang angerichtet hatten, und ich sah das gewaltige Schneebrett am Hang hinter mir, über den wir gekommen waren. Sonst gibt es keine Erinnerung, nur noch Bilder: das eines einfachen Ladens, vor dem die Straße saubergefegt war, und von einer Glocke, die meinen Kopf explodieren ließ, als ich die Tür öffnete. Ferner der schale Geruch von Fleisch und von Räucherwürsten. Es gibt ein Bild von kräftigen Händen, mit Blut beschmiert, die mir von hinten unter die Arme greifen, von einem Vorhang, der aufgeht, und von einem Wohnzimmer, so warm, daß ich das Bewußtsein verliere.

Danach … ist Ruhe.

15

Hallo, Fremdling

Wie lange kann ein Gesicht ungesehen bleiben, bevor es sich verflüchtigt? Ich habe ein Bild und ich habe keins, höchstens ein Nachbild des Musters, das meine Finger über ihren Nasenrücken und die Augenbrauen zeichneten, die Linie hinunter zu einer Ohrmuschel, den Haaransatz rings um das Gesicht, Sommersprosse hier und Sommersprosse da – meine Gedanken folgen den Linien, denen meine Finger folgten; ein Suchbild wie im Große-Ferien-Rückbank-Spiel-und-Bastelbuch. (*Folge den Zahlen! Welches Tier erscheint dann?*) Keine Katze. Kein Elefant. Ein hoffnungsloses Knäuel Strickwolle. Seite raus. Zusammengeknüllt. Fenster auf. Weg. Fenster zu. MAMA! ICH WILL EIN BONBON!!!

Der Lehrer erzählte, früher habe man geglaubt, daß man die Seele wiegen könne. Er lachte dabei ein bißchen, und trotzdem klang es, als glaube er selbst daran, und ich war mir sicher, so müsse es sein. Ich hatte das Foto von dem Leichentuch in Turin gesehen, auch das konnte nicht wahr sein und war doch wahr, sonst hätten sie das Foto nicht machen können, und außerdem ist das Gesicht sehr gut zu erkennen, wenngleich etwas verschwommen.

Wir machten eine Wanderung in den Alpen, mein Freund Johan und ich. Es ist das erste Mal, daß wir zusammen losziehen dürfen, unsere Eltern warten unten auf dem Campingplatz auf unsere Rückkehr. Johan macht bei einer Höhle halt, um zu essen; er geht schon mal hinein (Vorsichtig! sage ich, neidisch, weil ich erst noch essen muß, man darf erst spielen, wenn man sein Pausenbrot aufgegessen hat, der Lehrer kontrolliert die Schachtel, bevor man sich seine Jacke schnappen darf: *Deine Mutter gibt dir nicht umsonst alle diese guten Sachen mit*).

Aber als er wieder herauskommt, ist er sehr blaß. Was ist los, frage ich, du siehst so blaß aus, und er sagt: Da ist jemand gestorben. Und ich sage: Woher willst du das wissen, liegen da etwa Knochen? und Johan sagt: Das nicht, aber der Rest liegt da noch, und ich sage: Was für ein Rest? Und er sagt: Das weiß ich nicht, das kann ich doch nicht sehen, Mann, aber da ist was. Jetzt weiß ich's aber ganz genau! lache ich ihn aus, leidest du unter Höhenkrankheit oder was? Und ich schiebe ihn beiseite und gehe in die Höhle, die stockfinster ist und doch nicht ganz, denn in der Decke ist ein großer Spalt, nageldünn, aber meterlang, und das grelle Licht von draußen strahlt nicht in einem schmalen Streifen auf den Boden, sondern läßt die Höhle aufleuchten wie eine Kirche. Ganz genau, Mann! rufe ich in Richtung Höhleneingang, aber der Klang läuft nicht weg, er hat kein Echo, bleibt zwischen den Steinen hängen wie ein Nebelfetzen.

Es ist keine kalte Höhle, sondern eine laue. Die gibt es. Die halten wie ein umgekehrter Kühlschrank die Wärme fest, die im Sommer durch die Öffnung hereinweht. Und es ist auch nicht feucht hier drinnen, sondern trocken, und die Trockenheit beißt mir ein bißchen in die Kehle, was unangenehm ist, aber meine Augen haben sich jetzt an das Dämmerlicht gewöhnt, und ich sehe mich flüchtig um, denn mir ist doch nicht so ganz wohl in der Höhle, da ich Johan draußen nicht hören kann. Ich rufe noch einmal *huhu* – nicht zu laut, denn ich will nicht kindisch sein –, aber nicht der kleinste Laut kommt zurück. Als ich beschließe, wieder hinauszugehen, fällt mein Blick auf einen großen, flachen Stein, hochkant an der hinteren Wand, und an diesem Stein sehe ich einen Mann lehnen, als wäre er eingeschlafen, einen Arm im Schoß, den anderen neben sich und die Beine lang ausgestreckt, als wäre auch er müde von der langen Wanderung – aber es ist kein Mann, es ist ein Schatten, und es ist auch kein Schatten, denn es gibt kein Licht. Es ist ein Fleck, ein Abdruck, eine Erscheinung.

Scheiße, Mann! schreie ich und renne hinaus, und da steht Johan noch immer leichenblaß, und ich sage: Scheiße, wir müssen was tun! Wir gehen wieder runter, nix wie weg! Und Johan sagt: Scheiße, es ist also echt, du hast es auch gesehen? Hast du es auch gesehen? Und ich sage: Ja, Mann, nix wie weg! Aber Johan setzt sich wieder auf den Stein, nimmt die Limonadenflasche, gibt mir einen Schluck und holt dreimal tief Luft, was wir von unserem Lehrer gelernt haben, wenn man ganz böse ist, aber nicht zuschlagen darf.

Ist es eine Leiche? fragt er dann. Ich weiß nicht, sage ich, es ist keine Leiche, denn da ist niemand. Ich meine, da ist jemand, aber es ist keine Leiche. Ich meine, Himmel noch mal, Mann, laß uns gehen. Aber du hast was gesehen? fragt Johan wieder. Ich hab einen Mann gesehen, antworte ich, einen Mann, der da saß und aussah, als ob er schläft, aber da war gar kein Mann! Johan schaut nachdenklich vor sich hin. Laß uns reingehen, sagt er und steht auf, die Leiche da muß weg. Oder sollen wir etwas mitnehmen? schlage ich vor. Als Beweis, daß wir es wirklich gesehen haben? Was willst du machen, fragt er, Luft unters Mikroskop legen? Johan ist wieder hineingegangen mit einem Stock in der Hand, und ich nehme mir auch einen Stock, und wir gehen ganz nach hinten in die Höhle, und ohne etwas zu sagen, schlagen wir mit dem Stock auf das ein, was wir sehen und was nicht da ist, und wühlen den Boden um und werfen Steine und kratzen mit den Stöcken so lange, bis nichts mehr zu sehen ist als das umgewühlte Zeugs.

Dann warten wir auf dem Stein vor der Höhle, bis es Zeit ist, hinunterzugehen. Wir haben keine Lust mehr, weiterzuwandern, aber zu früh nach unten kommen ist auch blöd. Wir machen ab, daß wir unseren Eltern nichts davon erzählen, weil es sowieso keinen Sinn hat, die sagen dann nur, daß wir nicht mehr allein losziehen dürfen, weil wir uns nur was einbilden, oder sie hören nicht einmal zu und fragen: Willst du ein Brot? Und wenn du dann nein sagst, fragen sie: Mit Marmelade?

Später, daheim, habe ich in der Bibliothek nach dem Phänomen-das-es-nicht-gibt in Höhlenbüchern gesucht, aber da stand nichts, und in Büchern über das Bestattungswesen, und da stand auch nichts. Ich hatte es schon fast vergessen, da erzählte der Lehrer, dass die Leute früher dachten, man könne die Seele wiegen, und er lachte dabei, aber ich glaubte ihm. Da bin ich in der Pause zu ihm gegangen und hab gesagt: »Herr Lehrer, glauben Sie, wenn jemand tot ist, daß dann doch noch was übrigbleiben kann? Ein Schatten oder so?« Er lächelte und holte ein schönes Buch über Tutenchamun und andere berühmte Tote und schlug eine Seite mit dem Foto eines Tempelfußbodens auf, und da stand: »*Leichenschatten: die chemische Reaktion der sterblichen Hülle eines Menschen oder eines Tiers auf dem jungfräulichen Boden.*«

Und der Lehrer sagte: »Als britische Wissenschaftler die Gruft einer Pyramide öffneten, war nichts zu sehen: kein Leichnam, kein Totengewand, keine Knochen, nichts! Anfangs dachten sie an Raub, aber alle kostbaren Opfergaben lagen noch da. Dann sahen sie auf dem Boden ein Bildnis: den Abdruck der Frau des Pharaos, die hier beigesetzt war. Nichts weiter als ein Schatten, der Niederschlag eines Lebens, das einmal existiert hat, konserviert durch ganz außergewöhnliche klimatische Bedingungen. Hier siehst du das Foto. Es ist möglich, Abel, das gibt es wirklich.«

Am selben Nachmittag noch schickte ich Johan eine Karte, auf die ich schrieb: *Wir haben ihn erst wirklich getötet.*

*

Fiebrige Träume machen von Zeit zu Zeit der Wirklichkeit Platz: daß ich in einem Zimmer liege, das eklig riecht, und daß ich vorerst nichts sehe und wenig spüre; daß es mollige Frauenhände gibt, die mich waschen und umdrehen, die mich mit Hilfe eines Strohhalms füttern und den Verband auf meinem Gesicht wechseln, die Haut mit einer stinkenden Salbe einschmieren und wieder mit frischem Mull bedecken. Manchmal denke ich, daß der Schatten eines Gesichts an mir vorübergleitet – oder noch weniger als Schatten: Nebelkopf. Doch dann kehren die Schmerzen zurück, ich schließe die Augen und sehe das Rot meines Bluts auf meiner Netzhaut fließen und konzentriere mich auf die Geräusche von draußen, das zärtliche Geräusch eines Glockenspiels im Tal.

In Träumen wate ich durch eine Landschaft aus zerrissenen Brautschleiern, bin ich selbst in einen Brautschleier gehüllt und verfange mich in dem Gespinst, das in meinen Augen hängenbleibt; dann wieder irre ich durch weißgekachelte Klosterflure, die kein Ende zu nehmen scheinen, mit Fenstern, so hoch, daß ich nicht einmal den Himmel sehen kann, links und rechts schwingen Türen auf, und ich sehe in Krankenhausbetten Menschen krepieren, blutgetränkte Verbände und offene Wunden, deren Blut sich nicht stillen läßt, Rollen abgewickelten Mulls, der den Fußboden der Krankenzimmer bedeckt wie nach dem Karneval, wenn der verlassene Tanzsaal mit verwaschenen Girlanden übersät ist. Aber da erscheint, in nebelhaftem Vorbeihuschen, auch Xenia und winkt mir, das Gesicht versteckt hinter ihren verwuschelten dunklen Haaren, und sie sagt: *Ich weiß nicht, ob ich dich liebe, aber du bist mir lieb wie die Landschaft, die dich umgibt,* und ich spüre, wie mir Tränen kommen, und die Tränen salben meine Augen, und langsam, ganz langsam, kehrt das Licht zurück.

Als erstes wird mir der Verband an den Händen abgenommen, und ich befühle mit den Fingern meine Finger, spüre, daß die Haut aufgerauht ist, die Spitzen aber nicht erfroren, die Nägel sind noch dran, die Hornhaut ist fest. Danach das Gesicht: eine schuppige Reptilienhaut unter meinen Fingerspitzen, taub, aber nicht gefühllos, Augen, die an der Dunkelheit hängen, aber nicht mehr blind sind. Alles ist da: Ohren und Nase und Kinn und Augenlider – alles, was hätte erfrieren und absterben können, hat sich wieder erholt, und als sich meine Augen an den Schmerz des Tages gewöhnt haben, frage ich die Frau mit den molligen Händen: »Kann ich einen Spiegel haben?« Und sie sagt: »Nein, noch nicht.«

(Und Xenia sagte: So wie in den Bergen das Risiko eines grausamen Todes größer ist, ist auch die Liebe dort von rauherer Art. Und ich dachte: Kletterst du deshalb lieber voraus als hinterher? Sicherst du dich deshalb kaum, wenn du auf Erkundung losziehst? Im normalen Leben ist alles so verwässert, sagte sie, alles kommt in verdünnter Form. Man braucht sich nicht anzuspannen. Aber du mußt dich doch auch nicht ständig anspannen, sagte ich, doch Xenia schüttelte den Kopf. Das glaubst du nur, sagte sie, das glaubst du nur.)

Dann kommt der Tag, an dem ich die Beine über den Bettrand schiebe und ein paar Schritte schlurfen darf, um den Kreislauf wieder in Gang zu bringen. Dann der Tag, an dem ich zum erstenmal wieder feste Nahrung bekomme. Meine kraftlosen Lippen versuchen, etwas im Mund zu halten, Tortilla, Reis, aber ich muß brechen, und die Haut meiner Lippen platzt auf wie die Schale einer überreifen Frucht. Dann kommt der Tag, an dem der Vorhang aufgezogen wird und ich auf einem Stuhl am Fenster sitzen darf, in eine Decke gewickelt und an den Füßen die zu großen Pantoffeln des Fleischers; an dem ich aus dem Fenster schaue und den Schnee genauso kraftvoll schmelzen sehe, wie er gekommen ist. Ich sehe Hänge abwärtsgleiten, als würde eine Haut vom Berg gezogen, als würde ein Papierkorb geleert, so voll liegt das Tal mit dem Abfall des Schnees und des Tauwetters.

Und ich frage die Frau des Fleischers (die molligen Hände sind ihre): »Kann ich jetzt einen Spiegel haben?« Und sie sagt: »Nein, noch nicht.« Und ich frage: »Xenia?« Doch sie schüttelt den Kopf und geht aus dem Zimmer.

Während jetzt im Tal die Bulldozer ausrücken, um ihre Arbeit zu tun, hat oben im Bergdorf das Leben seinen gewohnten Gang wiederaufgenommen. Der Fleischer macht seine Würste. Der Bäcker backt sein Brot. Der Küster läutet die Glocken, und der Hirte geht mit seinen Ziegen durch die Straßen. In der nahe gelegenen kleinen Schule ertönen wieder die Stimmen von ungefähr dreizehn Kindern – die Ernte von nah und fern –, und zu jeder halben und ganzen Stunde klingt aus dem Tal das Glokkenspiel des Nonnenklosters herauf.

Dann, eines Tages, einfach so, höre ich die Fleischersfrau sagen, als sie das Frühstück bringt: »Das Mädchen ist gefunden worden.« Und als ich aufschaue: »Sie lebt.«

Ich erschrecke, weniger wegen des Inhalts ihrer Worte als vielmehr wegen der Beiläufigkeit. »Wann hat man sie gefunden?«

»Wir wußten nicht, ob sie am Leben bleiben würde.«

»Wo ist sie?« frage ich böse, als wolle sie mir eine lebenswichtige Information vorenthalten.

Die Frau nickt in Richtung Fenster. »Sie liegt bei den Nonnen. Zieh dich an, du darfst hinaus. Das Fieber ist gesunken.«

»Kann ich denn jetzt einen Spiegel bekommen?« frage ich. Ich will mich rasieren, wenn ich hinausgehe.

»Du kannst einen Spiegel bekommen«, sagt die Frau zögernd, »aber ich weiß nicht, ob du wirklich hineinschauen willst.«

Ich sehe sie wieder und weiß, daß wir einander nie mehr so sehen können wie früher.

Xenia liegt in einem eigenen Zimmer, abgekoppelt von den Beatmungsgeräten, aber alles noch griffbereit, eine freundliche alte Schwester auf einem Stuhl neben ihrem Bett, die Vorhänge geschlossen. Als ich hereinkomme, lächelt die Nonne; sie nimmt den Blumenstrauß entgegen, den ich mitgebracht habe, und geht aus dem Zimmer. Die Tür schließt sich. Xenia schläft.

Sie ist bei Bewußtsein, hat der Arzt gesagt, sie hat nicht lange im Koma gelegen. Bleibende Schäden sind nicht ausgeschlossen, aber die Wahrscheinlichkeit schätzt er gering ein. Keine Knochenbrüche. Keine lebenswichtigen Teile betroffen. Unterkühlung und Erschöpfungserscheinungen, Ihre Frau hat viel Glück gehabt, sagte er. *Sehr viel Glück.* Dabei sieht er mich durchdringend an.

»Darf ich zu ihr?« fragte ich.

»Sie schläft«, sagte der Arzt, »lassen Sie sie schlafen.«

»Das werde ich tun. Darf ich sie jetzt sehen?«

»Sie dürfen sie sehen.«

Und ich sehe Xenia, und meine Augen füllen sich mit Tränen, nicht wegen dem, was ich sehe, sondern wegen dem, was gewesen ist und nie mehr wiederkehren wird. Sie sieht verletzlich aus unter dem dicken Daunenbett, ihre starken Hände fragil, ihre Haut straff und glasig wie Alabaster, die Lippen farblos, trocken, schweigend. Warum habe ich dich nicht behüten können? Warum habe ich dich nicht festgehalten? Wer bin ich, daß du da liegst, um Haaresbreite verschwunden wie ein Eiskristall auf der Flanke? Wer bin ich, daß ich dich nicht sicher nach Hause bringen konnte?

(»Aber ich wußte doch, daß du mich loslassen würdest«, sagte Xenia. »Ich wußte, daß du dich nicht auf mich zu verlassen wagtest. Ich hätte dich ins Wanken gebracht. Ich mußte dich loslassen, damit du mich loslassen konntest. Es war unsere einzige Chance, zu überleben.«

Sie machte mich rasend. »Das stimmt nicht, Xenia! Abhängigkeit in den Bergen beruht auf Gleichrangigkeit. Auf Gegenseitigkeit. Da war Vertrauen, auf jeden Fall. Ich habe dir vertraut.«

»Vertrauen mit dem Kopf ist etwas anderes als Vertrauen mit dem Herzen.«

»Ich war die ganze Zeit bei dir.«

»Du hast mich nicht im Stich gelassen. Zusammen waren wir einfach nicht stark genug. Das war auch nicht möglich. Der Schnee kam zu früh.«

»Wie ist es passiert?«

»Bis der Wind aufkam und der Schnee herumzuwirbeln begann, bin ich deiner Spur gefolgt. Du gingst genau den Weg, den du mir vorher beschrieben hattest; wir sahen genau die Zeichen in der Landschaft, wie du es angekündigt hattest. Und es war so schön, Abel, es war Wahnsinn, aber so schön! Es war still da oben, nichts als das leise Ächzen der Schneemassen ringsum, und der Himmel knallblau, und die Vögel, die wie kleine Papierflugzeuge herumflogen – so federleicht war alles. Ich war nicht müde, ich fühlte mich auf dem Gipfel meiner Kraft. Und ich spürte dich vor mir, nicht, daß du mir den Weg zeigtest, denn den ging ich selbst. Aber … daß du da warst. Es gab keinen Moment des Zögerns, weil jede Entscheidung, die du trafst, aus mir selbst zu kommen schien. Jede Spur war von mir, jede Bewegung die meine. Auch dann, als die Dunkelheit kam und der Wind, ging ich noch wie auf Flügeln; ich sah noch gerade die Lichter vor mir, deine Lampe, die Lichter des Dorfs. Ich sah den Schnee im Schein meiner eigenen Stirnlampe fast waagrecht auf mich zujagen, als hätte der Wind mich und nur mich zum Wegblasen ausgesucht, und immer noch, immer noch hatte ich keine Angst.

Keine zwei, drei Kilometer vor dem Ziel verlor ich die Sicht. Einen Moment lang hatte ich dich verloren, aber als ich oben stand, sah ich dich wieder, Abel, ich sah dich umherirren. Dein Licht schwang, als wärest du in einem Boot auf stürmischer See. Ich sah dich ohne Plan herumtaumeln, hinauf, hinunter, wieder hinauf … Bis auch dieses Licht verschwand.

Da bekam ich Angst. Ich mußte eine Entscheidung treffen ohne dich, mußte wählen: mein Weg oder deiner. Ich blieb stehen, um in Ruhe die Lage einzuschätzen. Es würde nicht lange dauern, bis ich das Dorf erreichte. Ich wußte: Ich kann es schaffen, ich kann im Dorf Verstärkung suchen, um dich aus deiner Sackgasse herauszuholen. Und ich dachte: Ich kann dir jetzt hinterhergehen, aber ich bin nicht stark genug – ich bin nicht stark genug für zwei.

Mit aller Kraft stieß ich mich ab, und ich flog abwärts, als führe ich auf Flügeln, schneller und schneller, der Schnee sauste mir um die Ohren und in die Augen, und ich konnte nichts mehr sehen, nur noch spüren: hinunter, hinunter! Dann wurde ich hochgehoben. Unter mir begann die Schneeschicht anzuschwellen wie eine verlangsamte Woge, die mich von hinten her einholt; immer schneller kam der Schnee, der mich bei seinem Fall auf Händen zu tragen schien, meine Skier konnten mich kaum mehr halten. Ich versuchte noch, zur Seite zu steuern, aber es war zu spät. Ich war in das Schneebrett geraten.«)

Ich streichle ihr Gesicht, das warm und dennoch kühl ist, ihre kalten Hände, ihr dunkles Haar, das wie Seetang auf dem Kissen liegt. Ich nehme dich mit nach Hause, Xen, verspreche ich ihr, ich nehme dich wieder mit. Sonnenlicht greift über die Berge und taucht das Tal in volles Licht, und als ich das Fenster öffne, um die Wärme hereinzulassen, spielt das Glockenspiel auf dem Innenhof die ersten Noten der halben Stunde. Ich drehe mich um. Xenia öffnet die Augen. Ich küsse sie.

»Hallo, Fremdling«, sagt sie.

Danach lächelt sie und schläft wieder ein.

16

Blanko

Nach Hause zu kommen hat nie zu meinen Stärken gehört. Und außerdem: Was gibt es Schrecklicheres, als nach einem verpaßten Flug und vierzehnstündiger Verspätung mitten in der Nacht in Schiphol zu landen, während dir hinter der Drehtür der holländische Herbst als nasser Wind ins Gesicht hustet und du einem Taxifahrer aus noch einem neu importierten bedauernswerten Volk (Filipino? Bengale?) ausgeliefert bist, der den Unterschied zwischen Amsterdam und Aalsmeer nicht kennt, geschweige denn den Weg nach Hause. Er braucht über eine Stunde für die Fahrt, es ist seine Rettung, daß ich zu groggy bin, meine Vorstellung von Zeit (oder Geld) auf das Niveau der Zumutbarkeit zu heben. Ich zahle an der Tür, liege aber den Rest der Nacht wie ein Epileptiker auf dem Sofa, verrückt geworden von den ununterbrochen vorbeisausenden orangefarbenen Lichtmasten, die die ganze Zeit wie ein Folterwerkzeug mein Gesicht auf der Rückbank beschienen. War da nicht eine Identifikationsnummer auf dem Aufkleber neben dem Rückspiegel, mit der ich den Mann nachträglich noch ermitteln, verfolgen und wegen Mißhandlung und Betrug umbringen lassen kann? Bin ich weniger ein Asylsuchender als er?

Das Haus riecht muffig wie ein Korb mit klammer Wäsche, obwohl die Untermieter erst vor zehn Tagen ausgezogen sind – unter Hinterlassung eines Zettels mit der Mitteilung, daß der Gasofen undicht ist, nicht tödlich, aber trotzdem, *vielleicht kümmerst du dich mal darum.* Im Garten wuchert das verdammte Springkraut bis in Achselhöhe. Die Spüle weist Spuren einer fruchtbaren Kakerlakenfamilie auf, nichts Besonderes in diesem Stadtteil, aber ich bin nicht mehr so recht daran gewöhnt. Und als ich dann eben beschließe zu duschen, stellt sich heraus, daß es die Flamme des Durchlauferhitzers ausgeweht hat oder daß er ausgeschaltet oder defekt ist.

Die ersten beiden Tage auf dem Sofa bei geschlossenen Vorhängen. Selbstmitleid ist mir nicht fremd. Niemand weiß von meiner Heimkehr, das Telefon ist noch nicht umgemeldet, der Poststapel auf dem Küchentisch verweist in erster Linie auf unerledigten administrativen Kram und bitter wenig auf einen sozialen Kontext. Einsamkeit läßt sich ertragen, aber nicht in der Stadt.

Und draußen scheint die Welt verrückt geworden zu sein. Vor meinem Haus machen sich Fahrraddiebe nachts lautstark und unbekümmert über Stahlschlösser her, zur Arbeit eingesetzte Psychoten in gelben Westen klauben unter großem Spektakel morgens die Straßenabfälle aus dem »Grün« heraus. Ich halte die Vorhänge geschlossen, brauche die Aussicht nicht, um den Wahnsinn zu deuten, der vierundzwanzig Stunden am Tag wie in Haanstras Film *Fanfare* an meinem Haus vorbeizieht.

Soweit Amsterdam.

Das Universum läßt sich mit sechs runden Zahlen beschreiben. *N* zum Beispiel ist das Symbol für das Kräfteverhältnis zwischen elektromagnetischer Kraft und Schwerkraft und ist gleich einer Milliarde mal einer Milliarde mal einer Milliarde. Oder *Lambda*, mit dem die Vakuumenergie bezeichnet wird, die das All beschleunigt expandieren läßt. Dem steht *Omega* gegenüber (0,3 inklusive dunkler Materie): Wenn Omega > 1, kommt die Expansion des Alls zum Stillstand, und wir bewegen uns auf den Endcrash zu. Daß das hundertprozentig stimmt, nehme ich unbesehen an, warum sollte ich alles selbst begründen können müssen?

Hingabe ist eine Voraussetzung dafür, Halt zu finden. Auch dort, auf meinem Berg, sind es die Gesetzmäßigkeiten, die mir Halt geben: Hinter jeder geologischen Struktur verbirgt sich eine Logik, und selbst jede scheinbare Unlogik trägt die Lösung des eigenen Rätsels in sich. (Es war einmal ein autistischer Junge, bestimmt nicht dumm, der eine Vorliebe für Krümmungen hatte: zum Beispiel die Rundung am Ende eines Treppengeländers oder den Rahmen um einen Spiegel, den Bauch einer Teekanne – er berührte sie im Vorbeigehen, manchmal suchte er sie sogar auf. Oft saß der Junge in der Astgabelung eines Baums und rieb mit den Händen über die Knorren, folgte der Kurve der Seitentriebe, bis er selbst, gebogen wie ein Ast, zwischen den Ästen stand. Das war seine Methode, konnte er erzählen, um sich selbst von einem rigiden Gedanken zu erlösen: Indem er die Krümmungen fühlte, folgten seine Gedanken automatisch den runderen Linien – ohne Plan, ohne konzeptuellen Rahmen, ohne Motiv. Ein materieller Umweg, um den Geist lockerzuschütteln.)

Um Halt zu finden, darf man nicht sitzen und starren – nicht schauen oder argumentieren, sondern muß laufen. Laufen, bis man Blasen an den Fersen hat. Laufen, bis man nichts mehr fühlt als das. Laufen, bis die Füße von allein die Linien zeichnen, die der Berg für einen bereitgelegt hat.

Laufen. Auch wenn ich hier keinen Berg habe.

*

Obwohl mein Vater schon mein ganzes Leben lang tot gewesen ist, hat es lange gedauert, bevor mir richtig bewußt wurde, daß er tot war – schlimmer noch, daß ich keinen Vater hatte. Ich kannte seine Stimme nicht, hatte nie seinen Atem gerochen, ich hatte niemanden je seinen Namen rufen hören und ihn sich umdrehen sehen, fragend, verärgert, überrascht. Ich hatte keine Erinnerung, nicht mal die allerflüchtigste: an schwielige Fingerspitzen in meinem ausrasierten Nacken, an das zarte Reiben meiner Wange an dieser großen Winterjacke, während ich hinter ihm auf dem Fahrrad saß. Dennoch war mein Vater in meinen ersten Lebensjahren mein bester Freund, und mein Zimmer stellte den unumstößlichen Beweis dar, daß es ihn nicht nur gab, sondern auch, daß er sehr bald nach Hause zurückkehren würde. Es wird wohl meine Mutter gewesen sein, die das Bild meines Vaters irgendwann auf ein Regalbrett gestellt hat, ein freundlicher Mann mit dunklen Augen, auf dem Kopf eine ulkige Fliegerkappe mit Ohrenklappen. Mein Vater war ein ganzes Stück älter als meine Mutter gewesen, als er sie heiratete, schon Anfang Dreißig, eine Unendlichkeit an Leben. Und so unveränderlich das Bild von diesem Mann mit dem verwehten Blick auch war, mir genügte dieses eine Foto, um in ihm dieses ganze Leben zu sehen: die Falten um die Augen, das leicht unrasierte Kinn, der wüste Kragen seiner Fliegerjacke; immer wieder ein neues mysteriöses Detail, das eine ganze Geschichte zu erschließen vermochte.

Um das Foto herum sammelten sich auch andere Stücke an, die sich in einem Jungenzimmer gut machen: eine Fahne seiner Einheit, seine großen Lederhandschuhe, eine Auszeichnung für irgendeine Heldentat, sogar die Galauniformjacke mit Biesen und Epauletten, die er bei offiziellen Anlässen trug, hing bei mir an der Wand. Mein Vater war ein Held, soviel stand fest, und bei den seltenen Malen, wenn er zu Hause war, versäumte er es nie, vor dem Schlafengehen auf meinem Bettrand von seinen Abenteuern in Ländern, weit weg von hier, zu erzählen. Oft wurde er auf geheime Missionen entsandt, über die er nichts sagen durfte, gefährliche Aufträge des Verteidigungsministers oder des amerikanischen Präsidenten, aber dann holte er den Atlas und zeigte mir die fernen Länder, in denen er gewesen war, blaue Küstenstreifen, über die er hinweggeflogen war, das Meer so klar, daß er die Korallen darin sehen konnte, oder damals, als er die Sonne über der Sahara hatte untergehen sehen, als stünde die Welt in Brand, während er weiterflog, hinein nach Schwarzafrika, um dort ein Volk zu retten. So hart mußte er arbeiten, wenn er nicht zu Hause war, daß er keine Zeit hatte, Geschenke für mich zu kaufen, aber immer brachte er mir einen Stein von dem Ort mit, wo er gelandet war: Kinshasa. Sulawesi. Fuji. Galapagos. Reijkjavik. Prächtige Steine, geformt von erstarrter Lava oder unter dem Druck gigantischer Gletscher oder rundgeschliffen wie Glasmurmeln, die aus einem wilden Fluß stammten, Kristalle, Ammoniten, Schiefer und Glimmer – und ich numerierte die Steine und schrieb in ein Buch, woher sie kamen, und mein Bos-Atlas füllte sich in allen Himmelsrichtungen mit Zahlen, damit ich nicht vergaß, welcher Stein zu welchem Land gehörte und zu welcher Geschichte. So lieb waren mir die Steine, daß ich sie von niemandem anfassen ließ und sie sorgsam in Schuhkartons mit Seidenpapier unter meinem Bett verwahrte.

Doch so selbstverständlich es für mich war, daß mein Vater kam und ging, meine Klassenkameraden dachten anders darüber. *Er ist doch noch nie in der Schule gewesen!* riefen sie dann, und: *Warum kommt er denn nicht und schaut beim Fußball zu? Zeig doch mal, was du zum Geburtstag bekommen hast!* Und sie begannen mich zu triezen mit ihren neuen Sachen: Fußballschuhe mit Stahlstollen oder ein Kalender mit exotischen Mädchen vom Chinarestaurant, in dem ihr Vater freitags das Essen holte, oder eine Tüte Feuerwerkskörper, ein robustes Fernglas zum Vogelbeobachten. Dann erzählte ich von türkisfarbenen Küsten mit Korallenriffen und von Wüstensand, der in der untergehenden Sonne aufleuchtet wie das große Feuer bei Sikkens, und ich sagte: *Wie könnte ich das alles wissen, wenn mein Vater es nicht mit eigenen Augen gesehen hätte!?* Sie hingen an meinen

Lippen, die Jungs, sagten aber von oben herab: *Das ist nur leeres Geschwätz,* und weil meine Mutter mir nie die Geschenke gab, die Väter geben, blieb in ihren Augen der Beweis aus.

Es war unvermeidlich, daß ich schließlich eines Tages den Karton unter meinem Bett hervorholte, um ihn in die Schule mitzunehmen, gut versteckt unter meinen Turnsachen für den Fall, daß meine Mutter ausgerechnet an diesem Morgen die Augen offen hatte. Ich ließ herumgehen, daß ich in der Pause den Beweis erbringen würde. Großes Gedränge um die Eiche auf dem Schulhof, unter der ich stand, denn auch wenn sie keinen Fatz von dem glaubten, was ich erzählte – völlig unglaubwürdig fanden sie es nicht.

Der Karton wurde geöffnet. Ich holte den ersten Stein heraus: einen schönen Findling mit Kristalladern aus Trondheim. Danach einen brasilianischen Achat, ein Stück Quarz aus den Anden, eine Kalksteinplatte mit feinen Dendriten ... Zu jedem Stein gab es eine Geschichte: Name, Fundort, kennzeichnende Merkmale des jeweiligen Landes ... Um mich herum wurde es still und stiller. Das Gedränge um den Karton hatte aufgehört, als begänne die Gruppe sich unsichtbar aufzulösen, zöge sich füßescharrend zurück, während jetzt im äußersten Ring ein Gemurmel ertönte. Noch mitten in meiner Geschichte (Amazonit! Turmalin!) öffnete sich der Kreis, und ich sah den Schulleiter auftauchen – er mußte von einem der Kinder benachrichtigt worden sein, so eine Sammlung war eine Seltenheit, und dann diese Geschichten dazu! –, und schweigend nahm er die Steine und steckte sie einen nach dem anderen in den Karton. Dann kam der Deckel drauf, und mit einem gemeinen Ruck packte er mich am Ellbogen und schleppte mich über den ganzen Schulhof in sein Büro.

»Was hat das zu bedeuten?« fragte er mit geringschätzigem Blick auf meinen Karton. Und von allen meinen Geschichten war kein Wort mehr übrig. Meine Mutter wurde angerufen und kam. Der Schulleiter berichtete, was auf dem Pausenhof passiert war, und hob triumphierend den Deckel: »Kieselsteine, Frau Bovenlander! Hundsgewöhnliche Feld-, Wald- und Wiesensteine aus dem Hintergarten!«

Still griff ich zum Karton und nahm ihn in beide Arme.

»Entbehrung ist ein reicher Nährboden«, stellte meine Mutter fest, und damit war die Sache erledigt.

*

Im milchweißen Licht des dritten Morgens ziehe ich die Vorhänge auf und schaue auf den Stadtplan von Amsterdam, der mit Stecknadeln an der Wand befestigt ist. Es muß doch einen Grund geben, warum ich hier bin, denke ich unsinnigerweise, und mißmutig suche ich nach einem Ziel, das ich herausgreifen könnte. Wenn es für alles eine höhere Ordnung gibt (die Zwölf Schritte der AA, Drei Goldene Regeln für den Abschluß Ihrer Hypothek, 5-7-5 Silben pro Haiku, *How To Be Happy in One* Fucking *Day*), warum ist Nachhausekommen dann immer wieder so eine Qual? Als müßte ich jedesmal von neuem die Essenz des ganzen gottverdammten Daseins ergründen. Als wäre nichts von dem, was ich gestern dachte oder wußte oder glaubte, auch nur von irgendeinem Wert für heute – geschweige denn für morgen. So geschickt mein Auge beim Lesen einer Landschaft ist, so trübe ist mein Blick auf der Karte der Stadt. Keine einzige Verbindung in meinem Gehirn. Grüner Fleck? Blaue Linien? Unterbrochene rot-gelbe Linie? Rosa Flächen? Graue Flächen? Blanko.

(Aus dem *Basisbuch Feldgeologie*: »Ist Ihnen nicht auch aufgefallen, daß es immer wieder Menschen gibt, die mit dem größten Eifer auf eine Wand zustürzen und diese sofort mit dem Hammer zu bearbeiten beginnen? Nein, lieber Leser, das zeugt nicht von Methodik. Eine methodische Vorgehensweise beginnt mit der Suche nach dem Aufschluß, dem Teil Ihres Untersuchungsgebiets, in dem Brüche oder Falten, die Verschiedenartigkeit von Gesteinen etc., bereits mit bloßem Auge wahrnehmbar sind.«)

Mein Magen knurrt. Hunger. Bäcker. *Bäcker!* denke ich. Duschen, rasieren, frische Klamotten, zur Tür raus, nach links, zweite links, drittes Geschäft rechts. Danach sehen wir weiter.

Und es hilft. Die Stadt ist mir wohlgesinnt. In eine undurchdringliche Nebelwolke gehüllt, sind alle Reize um den Faktor drei gedämpft: keine Geräusche, keine Bilder außer vagen Gestalten im Vorübergehen, als wäre hier ein Radiergummi am Werk gewesen. Sogar die Reiher im Park gegenüber meinem Haus halten still. Die ersten Schritte sind noch unschlüssig, als suchte ich nach Erkennungspunkten auf einem Bürgersteig, den ich schon tausendmal in meinem Leben entlanggegangen bin; das mit Kreide gezeichnete Himmel-und-Hölle-Spiel der Zwillinge an der Ecke, das violette Fahrrad einer Nachbarin, die rotgestrichene Haustür von etwas, was mal ein Laden mit indischem Krimskrams war. Aber dann lasse ich auch dieses Suchen sein und folge meinen Füßen zum Bäcker und von dort, Brötchentüte in der Hand, Enten füttern, zum Wasser – dorthin, wo, wie ich weiß, Luft ist, Leere: zur Amstel.

Es ist still dort, noch stiller als sonstwo, ich rieche den salzigen Geruch des IJ, der sich über dem Wasser entfalten kann, ich höre die trägen Schläge eines tapferen Skiffs oder eines Erpels, der sein Weibchen sucht. Die Brise führt mich flußabwärts zum Omval, wo über der Biegung die Wolkendecke aufbricht und eine Ahnung von Sonne durch den Nebel schimmert. Die wenigen Passanten, denen ich begegne, dürfen jetzt dasein: ein Jogger mit seinem Hündchen, eine junge Frau auf dem Fahrrad ... Allmählichkeit, Allmählichkeit.

Der Wolken, Luft und Winden gibt Wege, Lauf und Bahn, der wird auch Wege finden, da dein Fuß gehen kann.

*

Meine Mutter führte mich über den Schulhof, an der Eiche vorbei zum Tor, den Arm um mich gelegt, wie um mich vor dem stillen Hohn zu behüten, der wie ein schwarzer Regen auf mich herabsank. Meine Schultern hingen tief unter dem untragbaren Gewicht des Kartons mit den Steinen, den ich noch immer trug, zu schwer für eine Flucht, und außerdem: wohin? Still führte meine Mutter mich um die Ecke, noch eine Ecke, über einen Platz, den ich schon nicht mehr kannte, und hielt bei einem Blumenstand, um ein Sträußchen Veilchen zu kaufen. Dann warteten wir, dann schob sie mich sanft in die Straßenbahn, die vor uns stoppte, Linie 25 stand darauf, Over-Amstel. Wir stiegen am Wasser aus und setzten unseren Weg fort, der mir unbekannt war. Vorsichtig machte sie mich auf die Bläßhühner aufmerksam, auf ein Schwanenpaar mit grauen Jungen, die Werft am anderen Ufer, wo ein noch unfertiges Boot auf der Helling lag. Höflich nickte ich, aber meine Augen waren jetzt voller Tränen, und schauen konnte ich nicht mehr.

Wir gingen durch ein stattliches Tor in einen Park, gesäumt mit Rhododendren und dunklen Koniferen, die mir die Sicht nahmen, bis ich die ersten Gräber sah, alt und feierlich, zwischen hohen, kahl werdenden Bäumen. Wie groß so ein Friedhof sein kann! Endlos schien unser Spaziergang zu dauern, endlos fühlte ich mich angestarrt von all diesen toten Seelen, Namen, die mir nichts sagten, aber bewirkten, daß ich mich mit jedem Schritt noch schwerer fühlte. Dann blieb sie stehen. Ich blickte auf und sah eine Reihe kleinerer Steine, aufrecht stehend, von jungem Grün gesäumt. Und in einem von ihnen ein Foto hinter Glas, ein freundlicher Mann mit einer ulkigen Fliegerkappe auf dem Kopf. *Steven Abel Bovenlander, 1923–1955.* Mutter ließ ihren Arm sinken, legte das Veilchensträußchen aufs Grab und küßte das Bild.

»Dein Vater, Abel«, war alles, was sie sagte.

So haben wir dort gestanden, ich weiß nicht, wie lange. Den

Karton haben wir dagelassen. Dann fuhren wir mit der Straßenbahn zurück und gingen Eis essen auf dem Jacob Obrechtplein.

*

Da liegen sie nun, die beiden Geliebten, die keine Zeit bekamen, gemeinsam das Leben zu leben, das ihnen einmal vor Augen gestanden hatte. Ich muß mich besser um sie kümmern, schießt es mir durch den Kopf, und schuldbewußt wische ich mit dem Jackenärmel den grünen Belag von der Stirn meines Vaters. Es ist immer noch ein schöner Ort; ihre Anwesenheit eher Ausrede als Grund für den langen Spaziergang. Ich weiß noch, wie erstaunt ich war, als beim Lesen des Testaments meiner Mutter ihr Wunsch zum Vorschein kam, neben ihrem ersten Mann beerdigt zu werden, obwohl sie zwanzig Jahre mit dem anderen verheiratet gewesen war. Doch schon bald wich das Erstaunen dem Verständnis, nein: Ich spürte, daß sie ganz einfach der Ordnung der Dinge folgte, indem sie bei ihm sein wollte. Dort hatte schließlich ihre ursprüngliche Absicht, was das Leben betraf, gelegen, dort ihr Einsatz als junges Mädchen, als Frau, als Mutter seines ungeborenen Sohnes. Was sie einst mit meinem Vater hatte teilen wollen, hatte sich als unteilbar erwiesen, war über seinen Tod, über ihre zweite Ehe hinweg nur aufrechterhalten worden durch ... in der Tat: durch die *Ordnung der Dinge.* Sie vereinigte sich nicht nur mit ihrem zu früh verstorbenen Mann, sondern auch mit sich selbst, wie sie einmal gewesen sein mußte.

Es ist ruhig an diesem Morgen. Oft herrscht hier viel Betrieb, stoßen betrübte Hinterbliebene mit Scharen neugieriger Spaziergänger zusammen, die sich an der Amstel entspannen und en passant einen Blick auf Gräber von Berühmtheiten wie Cissy van Marxveldt und Victor van Vriesland werfen wollen. Heute keine von beiden Gruppen, für die eine wird der Nebel zu melancholisch sein, für die andere zu wenig romantisch. Aber trotzdem, als ich nach dem Ausgang suche, sehe ich die vagen Umrisse einer Frau. Eben noch hat sie sich über ein Grab gebeugt, jetzt sehe ich sie den Weg entlanggehen, höchstens zehn Meter vor mir: ein bedächtiger Schritt, zielsicher, aber nicht eilig. Ihre Gestalt ist jung, aber nicht mehr jugendlich, und es sieht aus, als würde sie einen Rucksack tragen – was mich an diesem Ort wundert. Als sie durchs Tor geht, sehe ich, daß es ein Kind auf ihrem Rücken ist, und ich denke: Wunderbar, wie sie geht, der Kopf so fest auf dem schlanken Nacken, dieser selbstsichere Schritt, und wie sie das Kind trägt, als habe sie nie etwas anderes getan, als …

»Xenia?« rufe ich vorsichtig.

Einen Moment lang bilde ich mir ein, daß die Frau kurz innehält, bevor sie aufs Fahrrad steigt.

»Xenia! He, warte!«

Ich renne auf sie zu, aber die Frau fährt bereits davon, und im Bruchteil einer Sekunde hat der Nebel sie aufgenommen.

17

Eine Housewarming-Party

Schnee! Wie gnädig ist es doch von den Elementen, die Stadt mit einer so liebevollen Decke zuzudecken – zumindest jetzt noch, da alles schläft und die Räum- und Streuwagen sich erst noch präparieren müssen, jetzt, da der Schnee noch für kurze Zeit Schnee sein darf, bevor er zu Matsch wird, Suppe, dreckigem *slush*. Ich mache, daß ich in meine Klamotten komme, und gehe in den Morgen hinaus. Jungfräulich & Hoffnungsvoll – sämtliche Klischees aus der Schublade geholt: der Park, der im blauen Schein märchenhaft aufleuchtet, das leise Knirschen unter meinen Sohlen als einziger Laut, eine einsame Fußspur … Eine Zeitung hat mal einen Wettbewerb ausgeschrieben, wobei die Leser aufgefordert wurden, sich zu der Frage zu äußern: Welches Wort wollen Sie nie mehr in einem Gedicht sehen? Eindeutiger Platz eins: Schnee. *Worüber man nicht sprechen kann, darüber muß man schweigen.*

(Rachel schrieb, daß die Katze eine Fehlgeburt erlitten hat, vier tote Scheusale auf ihrer Bettdecke, die in einer Blutlache schwammen. Und sie frage sich, ob auch Katzen psychotisch werden können, denn seitdem finde sich das Tier überhaupt nicht mehr zurecht, schreibt sie. Ich will das nicht wissen, Rachel. Ich schickte ihr eine Ansichtskarte mit der Abbildung eines Penis, dessen Eichel ein kleines Vorhängeschloß als Piercing bekommen hat, mit Grüßen aus Amsterdam. Bereute ich schon in dem Moment, als das Ding in den Briefkasten rutschte.)

Das Leben in der Stadt infiziert. Es macht grob. Es macht häßlich. Es macht die Umgangssprache roh und Höflichkeit zu Narrenverhalten: Verpiß dich, du sitzt in meiner *comfortzone*. Trotzdem kehrt es immer wieder: die Gewöhnung, die Immunität gegen die Reizüberflutung; kehrt das Bewußtsein zurück, daß ich derjenige bin, der sich in die Steckdose des städtischen Lebens einstöpselt oder nicht einstöpselt – es ist nicht so, daß ich eingestöpselt werde. Ich brauche samstags keine Schuhe in der Kalverstraat zu kaufen. Ich brauche die KPN-Dame nicht froh zu stimmen durch die Abonnierung eines »Leistungspakets«, das ich nicht haben will. Ich brauche den Straßenbahnschaffner nicht zu beleidigen. Ach ja, so war das: *Ich bin auch noch da*.

Doch wann kommt dieses Ich wieder an die Oberfläche? Es hat etwas mit Legitimation zu tun, und sei es nur, die Blumen der Nachbarin zu gießen, die im Wintersport ist. Und sei es nur, die Post weiterzuleiten, die irrtümlich bei dir gelandet ist. Und sei es nur das Telefon, das läutet, und eine Stimme, die sagt: Gut zu wissen, daß du wieder da bist. He, Abel! Gut zu wissen, daß du wieder da bist!

Oder zufällig einem Bekannten über den Weg zu laufen. Das nämlich ist die Stadt vor allem: ein Biotop zwischenmenschlicher Zufälle, einer Begegnung, die dem Tag eine andere Wendung gibt, wodurch ein Lächeln auf deinem Gesicht erscheint, wodurch die Kassiererin im Hema dich anlächelt, wodurch du nicht explodierst, wenn dein Fahrrad geklaut worden ist, sondern dir kräftig feilschend auf dem Waterlooplein ein neues kaufst, wonach du pfeifend durch die Stadt fährst und die hochbeinige Blondine beinahe über den Haufen fährst, die ohne zu gucken über die Straße ging, dich jetzt aber anlächelt … und so weiter und so fort – diese Aufeinanderfolge minimalistischer Kräuselungen im Gemüt, in der Gegenseitigkeit, in der Welt, das vor allem bringt also *die Stadt* hervor.

Paradoxerweise muß man aber erst ganz schön einsam sein, um diese zufällige Begegnung herbeizurufen. Wenn man mit einer neuen Eroberung in inniger Umarmung liegt, werden nur wenige unerwartete Verbindungen zustande kommen. Ein anderer muß dich gleichsam in völliger Leere anspringen können – und nicht selten aus seiner eigenen existentiellen Leere heraus ...

Oder ist das nur ein Scheinparadox? Oder wie heißt diese Stilfigur gleich noch mal?

... und so quassle ich mich geschickt in den Vormittag hinein, während ich in den *Aphorismen* von Kierkegaard blättere, die ich gerade beim FensterbankBuchverkauf Tag & Nacht erstanden habe, wo man sich für einen Gulden (»bitte in den Briefkasten«) ein Buch von der Fensterbank nehmen darf.

»Nr. 112: Lebst du mit Verrückten zusammen, so sorge dafür, verhöhnt zu werden. Sonst machen sie dich zum König, um dich dann anzubeten.«

Und da kommt, aus dem Nichts heraus, dieser gnadenlos harte Schlag auf meine Schulter: »He, Woods! Wie schön, dich zu sehen!«

Joël Wolf. Wie ist das bloß möglich? Und wie ist es bloß möglich, daß ich ihn auf Anhieb erkenne, diesen aufgeblasenen Typ von vor ich weiß nicht wie vielen Jahren, der nach zweieinhalb Wochen Feldarbeit abzog – weil Xenia nicht auf ihn ansprang, erinnere ich mich noch – mit einer albernen Geschichte von einer kranken Mutter, die ihn nach Hause rief. Sein Talent schien schon damals mehr in seinen Eiern zu stecken als in seinen zarten Händen, geschweige denn in seinem Hirn.

Oder habe ich mich getäuscht?

Vor mir steht ein umgänglicher Mann in Sportkleidung, Ende Zwanzig und bereits ordentlich übergewichtig, rot und keuchend vom Laufen, aber überaus freundlich. Außerordentlich freundlich sogar. So freundlich, daß ich mich plötzlich alt fühle, und müde, so … abgehalftert, wie ich da stehe mit meinem albernen Fensterbankbuch am Rand eines Parks im dahinschwindenden Schnee.

»Joël Wolf!« rufe ich viel zu enthusiastisch. »Mann! Siehst du gut aus!«

»Cholesterin!« strahlt er einigermaßen kryptisch. »Mein Cholesterin war so hoch, daß mein Hausarzt mich zum Laufen verdonnert hat, dreimal die Woche. Aber dann darf ich weiterhin mein Weinchen trinken, also … was willst du! Ich lebe richtig auf.« Und er macht eine unbestimmte Kreisbewegung um den Park, die offenbar seine Laufstrecke beschreibt. »Du hast dich übrigens kein Fitzelchen verändert.«

Das Kompliment entgeht mir nicht. »Wirklich?« hake ich nach.

»Manche Menschen werden schön alt. Manche häßlich. Du überhaupt nicht.«

Er redet noch immer nicht richtig, dieser Joël Wolf, sondern neigt zum Brüllen, einem freundlichen Brüllen, aber trotzdem. Wieder ein Schlag auf mein Schulterblatt. »He, ich muß weiter. Den Kleinen in die Krippe, und dann an die Arbeit. Bist du eigentlich immer noch in Spanien? He, ich muß los …«

Er fummelt jetzt etwas ungeschickt mit seinem Handschuh in einer Jackentasche. Eine Visitenkarte kommt zum Vorschein.

»So ein Zufall, Woods. Wir haben gerade ein Haus gekauft, na ja, wir haben vor Monaten ein Haus gekauft, neue Küche, zweites Badezimmer, du glaubst nicht, was für ein Ärger, das ganze Ding neu auf Pfähle gestellt, lange Geschichte, wie auch immer: heute abend *housewarming*! So ein Zufall! Ab acht. Gute Zeit. Brauchen wir keine Caterer kommen zu lassen, ha ha ha!«

»Ha ha«, lache ich, ohne alles richtig mitbekommen zu haben. »Heute abend? Ist die Adresse drauf?« Aber Joël Wolf ist bereits weitergelaufen, und ich bleibe zurück mit kalten Füßen und Kierkegaard und einer schicken Tiefdruckvisitenkarte in der Hand.

Nun aber beginnt sich der Zirkus zu drehen. Jemand muß dem Schwungrad zwar einen Schubs geben, um es in Gang zu setzen (Joël Wolf *of all people*), doch ist es erst mal in Gang, fängt das Blut auch wieder zu strömen an. Zu Paolo, wo ich meine Hemden meist kaufe und wo ein neues Mädchen im Laden mich wollüstige Stoffe befühlen läßt. Zu Jessica von Chez Jessica, die mit ihren zarten Händen und gruseligen, aber doch so geilen schwarzen Nägeln mein Haar waschen und schneiden darf. In einer spontanen Anwandlung gehe ich bei Art in Progress rein, früher ein staubiges Künstlerkollektiv, wo es immer nach Kretek-Zigaretten roch und wo einem nie jemand bei irgendwas behilflich sein wollte, jetzt umgestaltet zu einer modischen Galerie mit Hang-out (Gott, was für Bezeichnungen heutzutage!). Im Stehen trinke ich an einem Edelstahltresen ein Glas belgisches Bier und betrachte amüsiert die ausgestellten Kunstobjekte, zumeist zum Verkauf gedacht, manchmal sogar für praktische Zwecke: ein Stuhl, montiert auf der Feder eines Wipphuhns, ein »Familiensitzsack« von der Größe eines soliden Elefanten, eine Hängelampe in Form eines Krebsgeschwürs. Das Mädchen, das mir das Bier eingeschenkt hat, streift hilfsbereit weiter um mich herum. Ich konstatiere, daß Violett in Mode ist (Frisur), daß Laufmaschen in der Strumpfhose Teil des Outfits sind, daß Schottenkaro (Rock) sich mit Lackleder (Jacke) kombinieren läßt und daß ich das alles zusammen überaus sexy finde.

Zwanzig. Höchstens zwanzig. Und dazu ein von Natur rosa Mündchen, das kaum verhüllen kann, daß Blasen heute bestimmt drin ist.

»Saskia?« scherze ich.

»Nein, Marije«, sagt sie lieb.

»Marije! Kunstakademie?«

Sie nickt. Lieb.

»Marije, du mußt mir helfen. Ich muß zur Housewarming-Party von einem Freund, den ich nicht gut kenne und der schon alles hat und außerdem genug Geld, um sich den Rest auch noch zu kaufen.« (Innerlich grinse ich über meinen eigenen Scherz.) »Und jetzt du«, sage ich mit raumgreifender Armbewegung, »Beratung!«

Anders als ich offenbar erwartet hatte, faßt Marije die Einladung professionell auf und lotst mich zu einer Glasvitrine. Schmuck.

»Wenn er verheiratet ist, schenkst du ihr etwas Schönes. Wenn er nicht verheiratet ist, dann zum Beispiel Manschettenknöpfe. Oder was Schönes für seine künftige Freundin. Jedenfalls nichts fürs Haus, wahrscheinlich steht es ihm sowieso schon bis hier nach der Schlußrechnung des Bauunternehmers. Meinst du nicht?« sagt sie mit schelmischem Seitenblick.

»Wow. Das hast du schon öfter gemacht. Verkaufen, meine ich.«

»Ich hab eine Ausbildung zur Goldschmiedin gemacht. Die hier sind von mir, deswegen fange ich immer hier an, wenn jemand was sucht. Egal was er sucht.«

Mit einem »Armschmuck«, der sehr nach einem zufällig zustande gekommenen Metallgerinnsel aussieht (hundertfünfunddreißig Gulden, ich bin wohl verrückt), verlasse ich zwanzig Minuten später AiP, innerlich über Formulierungen stolpernd wie: *Und wie wär's, wenn ich dich zu der Fete mitnähme?*, oder, spannender: *Ich such auch noch ein Geschenk für mich selbst*, oder, schuljungenmäßig: *Um wieviel Uhr bist du hier fertig?*, während mir ein Halbsteifer unbequem gegen den Oberschenkel schlenkert, weil ich heute morgen keine Unterhose finden konnte. Warum kehre ich nicht einfach um und frage, ob sie mitkommt? Ich werde wohl doch noch die Kartei durchforsten müssen …

Aber der Moment ist vorbei. Das Kind ist außerdem erst achtzehn. Höchstens zwanzig. Und sie hat knochige Knie. Schade um diesen Mund, aber egal.

Trotzdem ist die Stimmung gut. Mit einem ordentlichen Glas Whisky setze ich mich kurz darauf zufrieden an den Tisch, das Telefon neben mir, den Karteikasten vor der Nase, und fange bei »A« an. Alexandra: verheiratet. Anne-Marie, wer war noch mal Anne-Marie, war das nicht die Freundin von Hugo, die, als die beiden sich trennten, eine Zeitlang bei mir …? Babs. Carola. Geraldine, oh, war das ein Traum, Geraldine! Amerikanisches Rucksackmädchen auf Durchreise, das nicht durchreiste, sondern monatelang bei mir das Bett hütete, unersättliches Tier, wie wär's mit der? Und so weiter. Hetty: Lächeln. Isabel: Stirnrunzeln. Nan, liebe kleine Nan – Grübelgrübel.

Aber beim »P« (und dem dritten Whisky) rutscht mir etwas in die Hose, und das ist nicht nur das Herz. Und auch nicht die Geilheit, die mich schon den ganzen Tag wie eine Hornisse jagt. Es ist diese Kartei, diese Sammlung, die ihren Glanz verloren hat. Es sind die Namen, die mir nichts mehr sagen, meine Phantasie nicht mehr erregen: phantasierte Träume von so etwas wie Liebe, Phantasien von dem Mann, der ich mal war und in den sie ihre Zähne schlagen wollten – an dem sie sich, eine wie die andere, die Zähne ausgebissen haben, was ich lange Zeit als Trophäe von Unbeugsamkeit, von Männlichkeit betrachtet habe, was mich jetzt aber trist und pathetisch angrinst. Unbeugsamkeit – so ein Quatsch. Unfähigkeit!

Die eine verheiratet, die andere schon wieder geschieden, ausgewandert, Familie gegründet, sich umgebracht, lesbisch geworden, promoviert – *das* ist die Tristheit: daß alle diese Frauen (Hirschgeweihe an der Wand) ihrem Leben eine Richtung gegeben haben, mit wechselndem Erfolg zwar, doch zumindest wurde ein Versuch unternommen. Sie haben weitergemacht, wo ich zum x-tenmal meine Kartei mit den einstigen Eroberungen durchblättere – wie der Schriftsteller in der Kneipe, der sich bei seinem fünften Genever den ganzen brillanten Plot für sein nächstes Buch ausgedacht hat, von dem ihm am nächsten Morgen nicht viel mehr bleibt als Kopfschmerzen und das Gelüst nach Genever.

Schluß jetzt. Ich kippe das Glas hinunter, knöpfe mir das Hemd zu und gehe.

Die Schleifspuren des Baucontainers sind noch im Asphalt, und der Vorgarten ist total verwüstet, aber das bemerkt nur ein Miesmacher. Joël Wolf hat unübersehbar gute Geschäfte gemacht (oder gut geheiratet). Das Haus ist weniger scheißvornehm, als ich erwartet hatte, zwar mit dem Flair einer Stadtvilla, aber ohne sofort die Besorgnis zu erregen, man habe seine Schuhe womöglich nicht geputzt. Sie stehen an der Tür, Joël und an seinem Arm eine junge Frau. Ich muß kurz warten, bevor ich eintreten kann, offenbar kommen alle gleichzeitig an. Wir geben uns die Hand, sie stellt sich vor: Céline van Erpenbeek de Wolff. Ich lache: Ist das dein eigener Wolf oder seiner, ha ha ha, und denke: Hilfe, ich bin betrunkener, als ich dachte.

»Meine Freundin läßt sich entschuldigen«, lüge ich, »sie hatte heute schon etwas vor.« Der Satz, gut geübt, geht völlig an ihnen vorbei. »Aber sie hat mich beraten«, lüge ich weiter, als ich das Geschenk überreiche.

Céline wehrt es ab (*Nachher! Wie nett! Jetzt hab ich den Kopf zu voll dafür*), worauf mir eine Werkstudentin den Mantel abnimmt und eine andere mir etwas zu trinken gibt. Vierzig, fünfzig unbekannte Gesichter. Was schreibt die Etikette hinsichtlich der Zeit vor, die man auf einer Housewarming-Party bleibt?

Ich schließe mich einer etwas großkotzigen Gruppe an und erfahre, daß Joël sein Geologiestudium tatsächlich abgebrochen hat, daß er als *young potential* (brrr) von Shell entdeckt worden ist, auf deren Kosten seinen MBA an einer amerikanischen Universität gemacht hat und daß sein Geologenhintergrund ihm ungewollt den nötigen zusätzlichen Status verliehen hat, um wie ein Komet aufzusteigen.

»Und Céline?«

Die Männer zucken borniert die Achseln. »Angeblich töpfert sie«, grinst ein Henk, »oder fabriziert jedenfalls irgendwas aus Keramik. Oder macht zumindest irgendwie mit Ton und Pigmenten rum.« Nein, Verlobte und Geliebte und Ehefrauen sind ein derart *fließender Faktor*, daß sie sich darin wirklich nicht vertiefen können. Dröhnendes Gelächter.

»Und du?« Derselbe Henk fixiert mich einschüchternd.

Und ich was? denke ich gehetzt. Frauen? Beruf? Was will der Mann von mir? Aber bevor ich mich gefaßt habe, ist das Gespräch schon wieder weiter, bei der gynäkologischen Praxis dieses Henk, bei den Verdienstspannen, die er erreichen kann, wenn er sich selbständig macht, und etliche Gläser Bier später bei penisverlängernden Operationen, mit denen man in Japan experimentiert, und bei der Entwicklung eines *Seitensprungdetektors*.

»Mann, ist doch überhaupt nicht nötig! Den falschen Samen ziehst du beim nächstenmal wieder mit raus«, lallt der Gynäkologe. »Wissenschaftlich bewiesen, kannste in *Nature* nachlesen. Lange, fest und tief stoßen, um den alten Samen rauszukriegen, und dann *bingo!* bist du wieder dran.«

»Ich brauch so was nicht«, sagt Floris und nimmt einen Zug an seinem Zigarillo, »Anna-Sofie und ich haben abgemacht, daß es okay ist.«

»Okay ist?« Neid überflutet die Gruppe. »Willst du damit sagen …?«

»Genau das«, sagt Floris und nickt selbstgefällig. »Aber sie hat La Chapelle. Vor kurzem gekauft. Im Vanoise, Riesenstück Land dabei. Hat 'nen Haufen gekostet! Aquarellmalkurse gibt sie und Atmen-mit-Klangschalen. Läuft übrigens besser, als man denken würde!«

Ha. Ha. *Ein Mann braucht doch was.* Ob das auch für einen wie Joël gilt, mit seiner Céline und seinem Mordshaus? Oder für so einen wie Henk? Wie geil muß der wohl sein, wenn er den ganzen Tag lang Frauen zwischen die Beine schaut und weiß, daß er damit vermutlich vor seinem dreiundfünfzigsten Lebensjahr seine Schäfchen im trockenen hat? Offenbar sucht sich jeder Mann seine Spiegel und Glasperlen, um sich zu schmücken – und ist es nicht Geld oder Ruhm oder Macht, dann sind's die Weiber. Was für eine Armut.

Während das Gespräch weiterdümpelt, ziehe ich mich in den Wintergarten zurück. Dort steht Céline, und ich schicke mich an, mein lächerlich teures Geschenk zu überreichen und dann – Ausrede, Ausrede – Richtung Haustür zu flüchten. Doch noch bevor sie das Päckchen aufgemacht hat – und ich, verlogen wie der Musterknabe der Klasse, den Rat meiner virtuellen Freundin zitiere: *Wenn er verheiratet ist, schenkst du* ihr *was Hübsches, wenn er nicht verheiratet ist, dann Manschettenknöpfe,* bla bla ... – beginnt Céline breit zu grinsen: »Moment mal! Art in Progress?«

Ich nicke.

»Das gibt's doch nicht! Wart mal hier!«

Sie drückt mahnend meinen Arm und eilt ins Wohnzimmer. Ich sehe ihr nach und drehe mich wieder Richtung Garten, bis ich sie, als Spiegelung im Glas, zurückkommen sehe, und hinter ihr ...

»Meine Schwester!« ruft Céline aufgedreht. »Ich hab das Einwickelpapier sofort erkannt. Und als du auch noch mit dieser Geschichte von deiner Freundin (Zwinkern) ankamst ... Findest du nicht, daß sie irre Talent hat? Aber gut, ihr kennt euch ja schon aus dem Laden.«

Violettes Haar noch immer. Ein schlichtes, aber höchst wirkungsvolles schwarzes Kleid. Rote Boa. Rote Nägel. Violette Pumps.

»Sehr viel Talent«, sage ich, als ich ihr die Hand schüttle. »Abel Bovenlander – ich hatte mich noch nicht vorgestellt.«

»Marije«, sagt Marije unbeholfen, »aber das weißt du ja schon.«

Céline gibt mir einen Kuß, nachdem sie das Armband ausgepackt hat. »Vielen Dank, Abel, wunderschön!«

Sie küßt ihre Schwester im Vorbeigehen und läßt uns allein.

Darauf hatte ich es nicht abgesehen an diesem Abend, aber Herrgott noch mal, sie ist wirklich hübsch. Obwohl ich stockbesoffen bin, so viel kann ich noch erkennen: runde Arschbacken, die noch nicht von Cellulite angefressen sind, harte Titten, die vor lauter Hormonen noch nicht schlabbern wie benutzte Teebeutel. Ihre violetten Haare kribbeln neckisch an meiner Haut, was mich wild vor Erregung macht. Sie ist jung. Sie ist straff. Und ich werd sie mir nehmen. Ich lasse sie die violetten Pumps anbehalten, meine eigene kleine Nutte. Ich halte ihre Hände fest in meinen und stoße so unglaublich hart zu, daß einem eventuell noch vorhandenen Spermatozoon eines Vorgängers kein langes Leben beschieden ist. Geiles kleines Luder, flüstere ich, hast du dir die Möse für mich rasiert? Laß die Schuhe an, dann brauch ich nicht auf deine Knie zu schauen. Auf den Bauch, meine Süße, hat man dich schon mal in den Hintern gefickt? Soll ich dich mal in den Hintern ficken?

Der Whisky kommt nicht mehr in Gläser, sondern gleich aus der Flasche, ich gieße Whisky in ihr Loch und schlürf es leer, eine Wolke violetter Haare auf meinem Kopfkissen, erstickte

Schreie, ich werd dich ficken, ich werd dieses stramme Loch ficken, bis du mich anflehst …

Da dreht sich das Kind um und streicht sich die Haare aus dem Gesicht. Sie heult. Sie heult verdammt noch mal, die Schnepfe liegt da und flennt, während ich sie vögle. Und auf einen Schlag fällt die ganze Scheiße in sich zusammen wie ein schlaffer Ballon, und ich spüre, wie eine Woge der Übelkeit in mir hochkommt.

»Zum Teufel, hör auf zu flennen!« rufe ich und schüttle sie durch. »Hör auf zu schniefen. Hier, putz dir die Nase. Nein, nicht ins Laken, Süße, Kleenex«, und ich werfe ihr eine Handvoll ins Gesicht. »Und weißt du was, mach, daß du fortkommst. Ich hab keine Lust auf Szenen. Los, raus aus meinem Bett.« Aufgebracht ziehe ich ihre Kleider zwischen dem Bettzeug hervor – so ein Gentleman bin ich schon noch, daß ich sie nicht nackt auf die Straße jage, auch wenn ich größte Lust dazu hätte.

Aus der Küche hole ich einen Becher Leitungswasser. »Und wasch dir das Gesicht, du siehst aus wie ein Spüllumpen.«

Als die Haustür aufgeht, bleibt sie kurz stehen.

»Es schneit«, sagt sie.

»Schön für dich«, sage ich und schließe die Tür hinter ihr.

18

Zugang zum Boden

Als Peter unangekündigt vor der Tür steht, ist er die erste lebende Seele, die ich seit Wochen sehe oder spreche – und wie ich aussehe, ist von seinem Gesicht abzulesen: »Herrgott noch mal, ich weiß ja, daß du einen ganz schönen Hau haben kannst, aber das schlägt wirklich alles«, sagt er und schiebt mich ärgerlich auf die Seite. »Was für ein Saustall!«

Mit genau diesem Gedanken hatte ich mich an diesem Morgen im Spiegel betrachtet. Saustall. *Was zum Teufel läuft hier falsch?*

»Mann, wenn du an einer Winterdepression leidest, dann besorg dir doch so 'ne Wunderlampe«, brummt er, »oder 'ne Pille. Aber sitz hier nicht rum und laß alles so verkommen. Das ist ja zum Totschämen.«

Zornig reißt er die Tür zum Garten auf, kippt, was an Abwasch und Essensresten rumliegt, in einen Müllsack, wirft den Sack in den Garten, knallt die Tür wieder zu.

»So, das war Punkt eins. Kaffee. Hast du noch Kaffee?«

»'türlich hab ich Kaffee.«

Er schmeißt ein paar Klamotten von einem Stuhl und setzt sich ostentativ hin. »Dann mach Kaffee! Ich bin hier der Gast.«

»Ich hab keine Becher mehr«, grinse ich und nicke in Richtung des Sacks im Garten. »Wäschst du dann erst mal ab?«

»Laß sein.« Peter steht auf. »Deswegen bin ich nicht gekommen. He, Brüderchen, wenn du dir diesen sauren Mief mal abwäschst und die Visage rasierst und 'ne saubere Unterhose anziehst, dann seh ich dich gleich im Café an der Ecke.« Im Flur steckt er noch mal maliziös den Kopf um die Tür: »He, und vergiß nicht, deine Klamotten zu verbrennen!«

Die Haustür knallt zu.

Die Dusche tut mir gut. Peter tut mir gut. Die sauberen Klamotten, die ich bereitgelegt habe, tun mir gut. Durch die Mattglasscheibe im Badezimmerfenster sehe ich, wie die Wintersonne durchkommt, niedrig und kalt – auch das tut mir gut. Ich seife mich gründlich ein mit so einem wollüstigen Schrubbehandschuh (Geschenk von ...?) und greife mir gedankenlos an den Sack, aber da läßt sich nichts zaubern. Kein geiles Bild erreicht meine Eier. Keine wüste Phantasie brodelt hoch. Selbst der perverse Schwachsinn, den ich abends im Adult Television über mich ergehen lasse (was in Dürrezeiten manchmal hilft), fällt wie ein toter Spatz vor meine Füße. Nach wochenlanger Abstinenz müßte ich geiler als geil sein – aber da ist nichts. Sexuelle Querschnittslähmung.

(O Scham! Daß du eine derart vernichtende Wirkung haben kannst, habe ich nicht gewußt. Vielleicht muß man auch ein gewisses Alter dafür haben, denke ich mißmutig, *alt alt alt*, um sich die volle Tragweite dessen ins Bewußtsein dringen zu lassen: diese Scham, wegen des Schmerzes, den man einem anderen Menschen zugefügt und damit im Grunde sich selbst Gewalt angetan hat.

In jener Nacht mit M. schien etwas in mir endgültig und grundlegend beschädigt worden zu sein, etwas, das ich lange, schon zu lange in meinem Leben zugedeckt, ignoriert, geleugnet, gemieden, von mir geschoben hatte. *Sie hat doch selbst mitgemacht!* Mit Feuer hatte ich gespielt, hart an der Grenze, und daraus, gerade aus all diesen verbotenen und perversen und spannenden Siegen – Frauen in den Kulissen ihrer eigenen Verlobungsfeier, Frauen von Freunden, Lesbierinnen, zu junge

Jungfrauen, bedürftige Witwen – hatte ich einen ganz schönen Teil meines Selbstwertgefühls bezogen. Allzuviel. Spiegel & Glasperlen.

Ich hatte eine Grenze überschritten. Was noch an Selbstwert übrig war, hatte ich meinem Selbstbild dadurch entzogen, daß ich nicht sehen wollte, was ich tat, und nicht sehen wollte, wer sie war. Nicht sehen wollte, wer ich war. Und meine Scham galt nicht nur diesem Moment, sondern rückwirkend einer langen Reihe. Ich wollte mir selbst nicht mehr unter die Augen kommen. Ich wollte anderen nicht mehr unter die Augen kommen, weil ich wußte, sie würden mir das Bild zurückwerfen, dem ich auszuweichen versuchte. Scham macht einsam, es gibt keine Worte dafür, Selbsterniedrigung aufzuheben. Es gibt keinen Ausweg, keine Absolution für tausend Nächte Selbstverleugnung.)

Als ich mich zu Peter setze, ist der Kaffee fast kalt und das lauwarme Croissant matschig von der geschmolzenen Butter, aber das macht nichts. Es ist schön, mal wieder rauszukommen, im Schatten meines Bruders verborgen unter Menschen zu sein. Peter rutscht schon wieder ADS-mäßig auf seinem Stuhl herum, fordert das Mädchen auf, die Rechnung zu bringen, schaut aus dem Fenster, sucht sein Geld, sieht zu mir, sieht wieder weg.

»Gibt's was, was du mir erzählen mußt, Abel? Du siehst grauenhaft aus.«

»Amsterdam. Heimweh. Winter«, murmle ich obligat mit vollem Mund, »nix Neues. Dauert immer ein paar Wochen, bis ich gelandet bin.«

»Die Wochen sind jetzt schon Monate.«

»Und du?« weiche ich aus. »Wieso kamst du eigentlich vorbei?«

»Zeig ich dir gleich«, sagt Peter und zahlt. Ich sehe ihn fragend an. Er versucht, eine neutrale Miene zu ziehen, kann dann aber ein Lächeln nicht unterdrücken. »He, was macht die Liebe, Mann? Klappt's wenigstens damit?«

»Hab im Moment die Schnauze voll von Frauen«, sage ich wahrheitsgemäß. Und nach einigem Nachdenken: »Hast du das eigentlich auch schon mal gehabt, daß ... ähm ... daß er's nicht mehr tut?«

Peter sieht mich ungläubig an. Lacht dann laut los. Schlägt mir gnadenlos auf die Schulter. »Die Erlösung, Mann! Endlich die Erlösung!«

Arschloch.

»Weißt du, was mit dir ist«, sagt er, als wir am Wasser entlang in Richtung seines Hauses gehen, »ich hab mal ernsthaft darüber nachgedacht. Wie das alles zusammenhängt. Ich hab dafür übrigens auch einen Grund, aber das kommt später. Also, früher lief das so: Früher mußte ein Mann erst mal dafür sorgen, daß er einen Ort hatte, an dem er sicher war vor Überschwemmungen oder Lawinen oder gräßlichen Tieren. Das ist die Basis. ›Zugang zum Boden‹ nennen Soziologen das. Schritt zwei war, daß der Mann ein eigenes Stück Land absteckte, um Nahrung anzubauen. Erst Schutz vor den Elementen, dann Unabhängigkeit von anderen. Dritter Schritt: Haus bauen, Unterschlupf finden. Nicht so sehr für sich selbst, sondern um Schritt vier zu ermöglichen: Weibchen rein, Schwanz rein, Kinder raus. Fortpflanzung sicherstellen. So ist es immer gewesen, und so ist es immer gelaufen. Der Affe mußte Millionen von Jahren darüber nachdenken, um hinter diese Logik zu kommen, um zu erkennen, daß dies die Ordnung ist, die die *Natur der Dinge* widerspiegelt. Doch eines Tages überlegte sich der Affe, daß er vielleicht schlauer war als er selbst. Da dachte der Affe: Nix arbeiten für Boden und Land und Haus, was für ein Aufwand, *I want it all and I want it now! All you need is love!* Und da ging es schief: In dem Moment, als wir übermütig wurden und dachten, wir könnten unsere eigene Affenlogik umgehen. Aber unser träges Hirn hat sich nicht mitentwickelt, das kapiert nichts von diesem ganzen modernen Kram! Das hat sich gerade mal seit ein paar hunderttausend Jahren an dieses eine System gewöhnt und soll es jetzt innerhalb eines Jahrzehnts über Bord werfen, um wieder als simpler Uraffe von vorn anzufangen: Bumsen, was das Zeug hält, ohne Ordnung der Dinge. Ohne Ziel oder Grund. Ohne Vorbereitung oder Nachsorge. Ohne Scheißlogik! Hier ein Kind, da eine Fehlgeburt, hier eine Abtreibung, da die Pille – *who cares*! Kein Wunder, daß du durcheinander bist. Die ganze Welt ist verrückt geworden, und alle tun so, als wäre das normal.«

»Über welchen aufgeklärten Kirchenfürst bist du denn gestolpert?« lache ich. Ich traue meinen Ohren nicht.

»Denk nach, Mann! Es kommt ein Moment im Leben, da fängst du an, dein Hirn zu benutzen. Es ist ein Segen für dich, daß deine Eier im Moment streiken.«

»Ausgerechnet du, der immer rumposaunt, daß das Leben sich nicht um die Liebe dreht!«

»Aber jetzt kapier ich erst, daß das auch stimmt!« ruft Peter Heureka. »Ich hab schon immer so was vermutet, hab aber nie verstanden, welcher Gedanke dem zugrunde liegt. Das Leben dreht sich nicht um die Liebe, sondern um das Leben, das diese Liebe ermöglichen soll. Ohne Boden keine Erde, und ohne Erde kein Samen, und ohne Samen keine Pflanze, und ohne Pflanze keine Blüte. Du kannst zwar am Stengel zerren, um ihn hochzukriegen, aber wenn er nicht richtig verwurzelt ist, reißt du ihn bestenfalls aus dem Boden. Verstehst du's jetzt?«

»Ja. Ich versteh dich. Aber ich versteh deine Metamorphose nicht.«

»Das kommt, weil du dich im Kreis drehst. Ich hab damit aufgehört. Es hat wirklich gereicht.«

Die riesige Tür zu seinem Atelier geht auf, und ich stehe

in dem Raum, in dem ich jahrelang nicht mehr war. Vieles ist gleichgeblieben: der Geruch nach Diesel und Brackwasser, riesige Silikonobjekte, die als Perpetuum mobile an der Decke hängen, mit Spinnweben, die selbst ein Kunstwerk darzustellen scheinen, narzißtische Fotocollagen, wüste Malereien an der Wand. Aber vieles hat sich auch verändert. Der saure Geruch von lange nicht gewaschenem Bettzeug ist weg. Die Schmutzecken in der Küche sind verschwunden. Neben dem Bett keine vollgepißten Weinflaschen mehr. Im Zimmer keine herumliegenden Pizzaschachteln. Abgewaschenes Geschirr im Abtropfgestell. Und neben einem großen Ankleidespiegel, fast obszön in ihrer Spießigkeit, zwei *dressboys* aus Chrom, umhängt mit je einem Frack, Hut auf dem Stuhl daneben.

»Du hast noch fast den ganzen Tag, um dich an die Idee zu gewöhnen«, sagt Peter. »Eine Warnung: Es gibt keinen Weg zurück.«

Peter läßt die Dusche für mich laufen (*Ich hab grad geduscht, Blödmann! Und wohlgemerkt: auf deinen Befehl*), reicht mir durch den Vorhang ein schickes Set Badeprodukte in überkandidelten grauen Designerflaschen; auf einem Bügel hängt ein riesengroßer, üppigweicher Bademantel für mich bereit. Danach geht er selbst unter die Dusche und unterzieht sich dem gleichen Ritual. Dann trinken wir im Bademantel Kaffee an dem gewaltigen Tisch, während Nick Cave & the Bad Seeds jedes Gespräch unmöglich machen – genau so, wie Peter es sich ausgedacht hat.

Im Laufe des Vormittags kommt Marcel vorbei, von Jasper & Marcel, dem teuersten Friseur der Stadt – auch dem größten Homo, wenn man mich fragt –, mit einem Arztköfferchen voll Folterwerkzeugen und Accessoires und Tonics und Vitaminampullen, um unser Haar zu »coiffieren« und unsere Bärte (frisch gestutzt) unter großem Gedöns mit so einem Gruselmesser zu bearbeiten. Danach Jérôme, der Manikürekünstler, mindestens genauso schwul. Danach ein Mädchen, um eine Schachtel mit in Plastik eingeschweißten Hemden, Westen und Kragen abzugeben, die Peter nach Maß bestellt hat. Eine Auswahl an Manschettenknöpfen. Herr Witzen persönlich (von der Fa. Witzen seit 1780) hat seine allerneueste Schuhkollektion mitgebracht, um sie mit uns anzuprobieren, als wären es Windeln für Babypopos.

Danach ist es still.

Peter läßt die Jalousien vor den Fenstern herunter und schaltet den Diaprojektor ein.

»Louisa«, sagt er, als das erste Bild auf der großen weißen Wand erscheint, »Louisa Fisher. Louisa Fisher Claver. Amerikanerin. Fünfundvierzig. Übersetzerin von Kunstbänden, vor allem von Katalogen. Verheiratet, verwitwet, Mutter. Drei Söhne: Nathan, Emmanuel und Cid. Cid ist tot – Drogen. Nathan macht gerade ein Praktikum als Strafrechtler in Boston. Emmo arbeitet in einem Hotel in Guadalajara, Mexiko.«

»Ist das …?« frage ich.

»Schau erst mal«, sagt Peter.

Und zum erstenmal in meinem Leben, zum erstenmal in *unserem* Leben, schaue ich auf Peter, wie ich ihn sehen soll, wie er mich zwingt, ihn zu sehen, wie er gesehen werden will: der erfolgreiche Künstler (mit dem ich in Butterbrottüten wichste) in New York (ihre Wohnung) und in Mexiko (ihr gemeinsames Haus) mit einer Frau neben sich – nicht irgendein schickes Unterwäschemodel, sondern eine *Frau*, ein Wesen aus Fleisch und Blut, von deren Gesicht sich ein Leben ablesen läßt, das sich lohnt. Sie raucht, sie trinkt und trägt ihre Jahre mit Anmut. Sie lacht in die Kamera und dreht sich weg. Sie fotografiert Peter unscharf und liebevoll. Umarmt ihre viel zu großen Jungs. Umarmt sich selbst, als sie unter der Dusche überrascht wird. Doch vor allem verleiht diese Louisa meinem Bruder eine Würde, die mir offenbar immer entgangen ist – als wäre die Viertelstunde zum Spielen nun wirklich vorbei und Peter stünde auf der anderen Seite des Tors, um mir das unter die Nase zu reiben. Und ich ... ich stehe noch auf dem Pausenhof, mit blauen Knien unter meiner kurzen Hose, und halte den Murmelsack fragend hoch: *Noch 'ne Runde, Peter?* Aber Peter spielt nicht mehr.

Als die Nachmittagssonne sinkt, legt das Wassertaxi bei einer großen Halle auf der gegenüberliegenden Seite an, noch tiefer im Hafengebiet, wo man keine Lebewesen vermuten würde, abgesehen von Ratten und herrenlosen Katzen inmitten des Stahls. Es wimmelt dort nur so von Leben. Kleine Lieferwagen fahren vor und wieder weg, Sammeltaxis mit angeheuertem Personal und mit engen Freunden, die zum Aperitif eingeladen sind; Lastwagen mit der Dekoration, ein festlich erleuchtetes Schiff am Ufer, das als Fähre für die Gäste angemietet ist.

Peter hat einen phänomenalen Pouilly-Fuissé 1987 geöffnet und den Wassertaxichauffeur ermahnt, unbedingt einen langen Umweg zu machen, damit wir den Wein in Ruhe genießen können. In dem Boot schnurrt ein Ofen gemütlich vor sich hin, und der Kaviar kommt aus einer Kühltasche des Caterers.

»Ich mag schon seit ungefähr vierzig Jahren keinen Kaviar«, entschuldige ich mich.

»Weiß ich«, sagt Peter und hält mir einen Toast hin. »Genau deswegen. Irgendwann mußt du damit anfangen.«

Arschloch, denke ich. Aber er hat wieder mal recht.

»Ich hab immer recht«, grinst er und gibt mir den Toast: »He, wir haben jetzt wirklich keine Zeit, über deine Schwierigkeiten zu quatschen, Brüderchen, aber denk nicht, daß ich sie nicht sehe. Ich hoffe nur, du kannst dich für mich freuen.«

»Natürlich freu ich mich«, antworte ich ehrlich, »und ich bin stolz, daß ich Trauzeuge sein darf. Auch wenn ich sie nicht kenne. Ich glaub, sie ist eine gute Frau.«

»Du bist Trauzeuge für mich, das find ich wichtiger. Niemand kennt mich so gut wie du.«

Es rührt mich, daß er das sagt. »Meinst du das ernst?«

»Du glaubst, du hast keine Ahnung, wer ich bin, weil du ständig nur zu mir hochschaust. Aber mittlerweile spürst du irgendwie doch verdammt gut, wo ich stehe. Du willst es nur nicht sehen, weil du dann auch dich selbst ansehen müßtest – und das stinkt dir noch mehr.«

»Aber du hast ein Ziel.«

»Du auch. Du weißt es nur noch nicht.«

»Und was ist das deiner Meinung nach?«

»Du bist viel, viel bürgerlicher, als du denkst, Abel. Erst wenn du das begreifst, kannst du deinen Widerstand aufgeben.«

»Bürgerlichkeit hat verdammt wenig Aufregendes oder Ehrenvolles für mich.«

»Glaubst du. Inzwischen bist du schon zwanzig Jahre danach auf der Suche – indem du davor wegläufst. Es gibt keinen Mann, der so hart an seinem Luftschloß arbeitet wie du.«

Marije kommt mir in den Sinn. Sofietje. Rachel und die Katzen. Meine Mutter, die ihr ganzes Leben lang auf einem Stuhl gesessen und gewartet hat, daß »es« anfängt, die Vorstellung, die Leben heißt und von der sie dachte, daß sie für sie aufgeführt werden würde, ohne sich je klarzumachen, daß sie selbst darin möglicherweise eine Rolle zu spielen hatte. Die Witwen mit ihren Eseln und ihren vom Schicksal verdammten Männern, die, obwohl sie über ihre Zukunft Bescheid wußten – daß sie Witwen werden würden –, pfeifend in ebendiese Zukunft marschierten, ohne zu versuchen, sich damit zu arrangieren, was das Schicksal für sie bereithielt.

Und Xenia. Es wäre etwas zu einfach, den Verlust von Xenia (den Verlust aller Bemühungen um Liebe in meinem Leben) in eine lange Tradition des Scheiterns einzureihen. Denn wenn es tatsächlich gescheiterte Versuche waren, dann war der Einsatz wirklich hoch. Dann hatte es also einen Einsatz gegeben, einen Plan, ein Ziel …

Peter durchschaut mein Schweigen. »Dein Verlust betrifft nicht nur das Mädchen«, sagt er nach einer Weile, »er betrifft das Bild von einem Leben, das dir vor Augen steht. Allerdings ohne Wurzeln.«

»Saumäßig wenig Wurzeln.«

»Geduld, Brüderchen. Es ist nie zu spät für die Liebe.«

Dann ist es still, wir schauen übers Wasser und sehen, wie der Anleger in Sicht kommt.

»Abel, noch eins: Von den Gästen weiß niemand, was auf dem Programm steht. Okay?«

»Okay«, sage ich überrascht.

Als das Boot anlegt, klammere ich mich noch einmal an Peter: »He, Peter, ich glaub, ich bin nervöser als du.«

»Dafür gibt's dann wohl einen guten Grund«, sagt er.

Er nimmt mich an der Hand, und mit meiner Hand in seiner tritt der große Peter de Wildt, Bräutigam *in disguise*, auf den Kai.

19

Schrödingers Katze

Warum sollte ein Mann heiraten wollen? Es ist nicht mein Zynismus, der diese Frage auslöst, und ebensowenig die Enormität des Festes in Halle 14 der ehemaligen Koninklijke Nederlandse Scheepsbouw Maatschappij, auf dem ich gelandet bin. Die Frage drängt sich einfach deshalb auf, weil ich sie so nie gestellt habe. Beide Seiten des Spektrums: die Leichtigkeit, nein, die Selbstverständlichkeit, mit der geheiratet wird, und die Selbstverständlichkeit, mit der es nicht geschieht, haben um das Thema gleichsam ein Vakuum geschaffen, wodurch es in meinem Denken nie eine Frage war oder geworden ist. Solange es den Nikolaus gibt, besteht keinerlei Zweifel hinsichtlich seiner Existenz, trotz des allzu sichtbaren Gummibands hinter seinen Ohren: Das Gehirn strickt sich liebevoll alle Ungereimtheiten ins richtige Muster zurecht. Doch sobald es ihn nicht mehr gibt, ist auch diese Tatsache unbestreitbar, und es ist undenkbar, daß die Gummibänder je unsichtbar waren. Zwischen diesen beiden Polen gibt es kein Kraftfeld, nur Leere. Glaube duldet keine Nuancen.

Unmißverständlichkeit – das ist eines der Schlüsselwörter. Warum dann aber diese Geheimniskrämerei? Warum darf keiner der Geladenen wissen, daß er Gast bei einer Hochzeit ist? Oder ... hält Peter sich doch noch ein Hintertürchen offen, war der Schneid, mit dem er mir heute seinen Entschluß kundtat, ein Versuch, seine Unsicherheit zu überschreien? Bravour? Mut der Verzweiflung?

Ja, ich glaube schon an sein *Verlangen* nach Hingabe, aber ob dieser Rammpfahl auch irgendwo auf eine stabile Sandschicht stößt …

Ich habe die Braut in spe noch nicht kennengelernt und nutze die Gelegenheit, sie aus der Distanz zu beobachten, wobei ich zum Schluß komme, daß es hier um mehr als einfach nur eine Frau geht. Nicht, daß sie im Mittelpunkt der Aufmerksamkeit stünde – sie sucht sie nicht –, aber ihre Pose, ihr bronzefarbenes Kleid, ihre phänomenalen Augen verleihen ihr ein Charisma, das nicht jede Frau (und gewiß nicht jede Frau an jedem Tag ihres Lebens) hat. Elegant und selbstsicher begrüßt sie die Gäste, wobei sie ihre schlanken Hände fortwährend wie in warmem Wasser bewegt, um Peter mit einzubeziehen, ihn vorzustellen, vorzuschieben.

Sie haben einander das Ja-Wort bereits gegeben, sehe ich irgendwann: Diese Menschen sind bereits verankert, es muß nur noch anderen gegenüber benannt werden.

Sichtbarkeit – auch das ist ein Schlüsselwort.

*

Zum letztenmal war meine Mutter für mich sichtbar, als wir das Grab meines Vaters besuchten. Danach war es vorbei. Intimität war ohnehin nicht ihre Stärke, und nach dem Erscheinen von *Nenn mich einfach Onkel Ewout* und seinem unmöglichen Sohn Peter verschwand sie vollständig im Hintergrund wie ein Schemen hinter der Tüllgardine. Noch bevor sie heirateten. Noch bevor die beiden bei uns einzogen. Auch der Tag ihrer Hochzeit ist in meinem Gedächtnis gespeichert wie ein verschwommener 8-mm-Film, dessen Kern von Schlieren und feuchten Flecken angefressen ist: daß es ein *Festtag* gewesen sein soll. Graue Schleier hängen über meiner Erinnerung, was nicht ausschließlich meiner Phantasie zuzuschreiben ist, fiel der Tag doch eindeutig auf einen trüben Oktobermorgen, der von einer Kaltfront aus Grönland gekennzeichnet wurde und von unaufhörlichem Regen.

Peter und mich hatte man zu diesem Anlaß in braune Kordknickerbocker mit passender Jacke und possierlicher Kinderkrawatte gesteckt, die von der Farbgebung her zu der seines Vaters paßte. Meine Mutter, erinnere ich mich, hatte sich für ein trist-dezentes Ensemble mit grau-grünen Karos entschieden und trug einen Hut mit Schleier, der angesichts ihres Witwenstatus wahrscheinlich äußerst passend war, aber dem Tag, der ohnehin kein Erfolg mehr werden konnte, wenig Glanz verlieh.

Ob es ihnen damit auch nur ein bißchen ernst war? Das habe ich mich später oft gefragt. Heirateten sie vergrämt, weil das Leben ihnen auch sonst nicht viel bot? Waren sie wohl wenigstens einen Tag richtig verliebt, haben sie je diese explosive Ekstase gekannt, die manchmal gerade genug Schub verleiht, um sogar einen dem Tode geweihten sowjetischen Satelliten noch endlos in der Stratosphäre kreisen zu lassen? Daß der Mißmut dem Tag – in meinem Erleben oder meiner Erinnerung – einen so nachdrücklichen Stempel aufdrückte, könnte von mir damals lediglich so empfunden worden sein. Und die spätere Leugnung hat zweifellos den Rest bewirkt. Ich habe nie gesehen, daß sie sich einen Kuß gaben.

Zugegeben: Kinder betrachten die Dinge anders als Erwachsene, zumal wenn es die Erwachsenenwelt betrifft, die für das Kinderhirn noch Terra incognita ist. Damit hatte Peter letztlich mehr Probleme, er hatte inzwischen das Alter erreicht, in dem sich ein gewisses Unterscheidungsvermögen bemerkbar macht, und wenngleich er naturgemäß keinerlei Zuneigung zu seiner eigenen Mutter verspürte – und seinen Vater deswegen haßte –, *meine* Mutter war bestimmt nicht die Lösung seines Problems.

Als folglich der große Tag anbrach und wir wie aus dem Ei

gepellt auf dem Flur warteten, bis Onkel Ewout seinen Opel geholt hatte, und nachdem meine Mutter in einer Geste der Annäherung einen imaginären Butterbrotkrümel mit Spucke von Peters Gesicht zu entfernen versucht hatte, nahm er schleunigst Reißaus – durch die gläserne Flurtür in die Küche, durch die Küchentür ins Freie, durch den Garten zur Pforte und von dort auf die Straße, raus aus dem Viertel, quer durch den grönländischen Regen auf der Flucht vor Zukunft und Vergangenheit.

Stunden dauerte es, Stunden, die nicht einmal so sehr durch Besorgtheit gekennzeichnet waren als vielmehr durch eine nie dagewesene Verärgerung zwischen den beiden künftigen Eheleuten: der Vater, der meiner Mutter vorwarf, die Sache nicht im Griff zu haben, meine Mutter, die dem Vater vorwarf, ein ungelenktes Projektil ins Haus gebracht zu haben, das nichts als Ärger verursachen würde. In unserem besten Sonntagsstaat klapperten wir pudelnaß bei Wind und Regen die Gegend ab, klingelten bei Nachbarn und Freunden, um zu fragen, ob Peter vielleicht da ... Es war ein derart beschämendes Schauspiel, daß ich mich nach kurzer Zeit ebenfalls verdrückte und im Schuppen hinter den Fahrrädern versteckte. Der große Augenblick war natürlich längst vorbei, und verärgerte und peinlich berührte Familienangehörige warteten im beengten Warteraum des Rathauses auf weitere Nachricht.

Als der Regen nachließ und weit und breit keine Spur mehr von meiner Mutter und ihrem Künftigen zu sehen war, kroch ich aus meinem Versteck hervor. Die Zeit hatte mir die Möglichkeit gegeben, mein Hirn einzuschalten, und so sprang ich aufs Fahrrad und flitzte zu der Kanalbrücke, unter der Peter saß und angelte.

»Gutes Wetter für Brassen«, murmelte er unter seiner Kapuze hervor, und ich setzte mich neben ihn, und gemeinsam blickten wir auf die Leine, die im schwarzen Wasser verschwand.

»Schon was gefangen?«

»Beinah.«

»Gute Stelle.«

»Geschützt. Die Fische sind hier nicht so scheu.«

Eine Stunde später saßen wir verfroren auf dem Fahrrad und fuhren zurück nach Hause – er vorn, ich hinten mit der Angel. Einen Fisch hatten wir nicht gefangen, aber für uns war der Tag gerettet.

In jener Nacht weckte mich Peter. »Woher wußtest du, daß ich dort war?« flüsterte er.

»Deine Angel. Stand nicht im Schuppen.«

Am nächsten Morgen klingelte der Wecker um halb sieben. Bis Viertel vor neun war Heiraten kostenlos.

*

Sie haben sich wirklich Gedanken gemacht, Peter und seine Louisa. Das Fest ist in vollem Gang und wird von ihrer *tongue-in-cheek*-Aufforderung an Freunde getragen, das wieder zum Leben zu erwecken, was sie einmal angestrebt hatten, was aber einen leisen Tod in der Schreibtischschublade oder auf einem staubigen Dachboden gestorben war: eine Wiederbelebung dahingeschiedener Ambitionen und zerstobener Träume. So ist da zum Beispiel Dolores, die Besitzerin der Cateringfirma – eine Ex von Peter –, die die Theaterakademie abgeschlossen hat, eine Karriere als Schauspielerin aber nicht hat verwirklichen können; sie tritt als fünfzigjährige Ophelia auf, unter donnerndem Applaus. Der amerikanische Physiker, der Dichter hatte werden wollen, deklamiert aus eigenen Werken und begeistert den Saal. Henri Bentinck, Marketingmann bei einem Zigarettenhersteller, zeigt seine Diasammlung seltener Schmetterlingsarten. An der Wand Aquarelle eines Kinderpsychiaters. Eine Reisereportage aus der Mongolei, vorgeführt vom Hochzeitsfotografen.

Es stimmt. Die Atmosphäre ist so generös und ausgelassen,

daß ich begreife, worum es geht: die *rite de passage*, die man miteinander teilt, den Übergang, bei dem der Sommerpelz abgestreift wird, um Platz für den anderen Pelz zu machen, der besser zur neuen Jahreszeit paßt. Und jetzt verstehe ich auch Peters und Louisas Zurückhaltung: Hätten sie ihr Vorhaben bekanntgemacht, dann hätten ihre Freunde nicht den Raum genutzt, sich in all ihrer nackten Pracht zu zeigen. Peters eigene (große? kleine?) verschüttete Ambitionen sind nur eine der Programmnummern.

Beim Glücksrad bleibe ich stehen, um ein Los zu kaufen, das mir die Möglichkeit gibt, einen der Preise zu ergattern. Hier kann man tatsächlich das Resultat seiner Dachbodenaufräumaktion einbringen: Tangoschuhe, wegen der Verliebtheit in einen Argentinier angeschafft, die nach seinem Verschwinden nie mehr aus dem Karton kamen, ein schriftlicher Kurs »Scheiden ist Befreien«, Allen Carrs *Easy Way to Stop Smoking*, einen zusammenlegbaren Bauchmuskeltrainer, Auswanderungspapiere für Norwegen, ein frivoles Kleid, in der Annahme gekauft, irgendwann wieder in Größe 38 zu passen. Mit dem, was der eine von sich abschüttelt, darf der andere sich schmücken in einem freudigen Austausch abgelegter Träume.

Die Eröffnung des Büfetts wird verkündet, und mit einer soeben erworbenen Küchenmaschine unter dem Arm (*hackt! schneidet! raspelt! mixt! knetet! schlägt! quirlt!*) bahne ich mir einen Weg in den angrenzenden Raum, als jemand mir auf die Schulter klopft.

»Und, hattest du nichts einzubringen?«

Ich drehe mich um und bekomme den Schreck meines Lebens.

»Xenia! Du warst eine Idee zu groß für meine Tasche«, lache ich schnell.

Dann schaue ich ihr in die Augen (*scheu*) und suche hastig nach anderen Worten, um ihre Verlegenheit zu überspielen:

»Was machst du hier? Doch nicht auch eine Ex des großen Peter de Wildt?«

Xenia lacht los. »Über einen langen Umweg, könnte man sagen.«

»Komm mit nach draußen!« sage ich und fasse nach ihrer Hand. »Das ist zu schön, um wahr zu sein.«

»So ist es«, sagt sie und folgt mir zur Tür.

Wenn das Wasser dunkel wird und die Schiffe festgemacht haben, wenn die Bürolichter am Ufer erloschen sind und der Verkehr zum Stillstand gekommen ist, dann ist dieses Wasser fast so schön wie der Río Noguera und seine Abzweigungen. Der Parfümhauch der Frau neben mir übertönt mühelos den Geruch nach Schmieröl und Diesel. Ihre Schritte auf dem Kopfsteinpflaster brechen sich an den Mauern der Lagerhäuser, als gingen wir wieder zwischen Granitfelsen. Die Festgeräusche verstummen, und unser Schweigen erhält die Oberhand, als sei dies die Sprache, in der wir einander suchen – in der wir einander einst zu finden wußten. Es kommt mir nicht in den Sinn, ihre Hand zu fassen, einen Arm um sie zu legen. Es kommt mir nicht einmal in den Sinn, die ersten aufgeräumten Worte zu sprechen, wie man sie in der Regel für eine alte Bekannte oder eine Freundin von früher parat hat. Zeitlosigkeit hat mich in der Zange: Eine jahrelange Stille ist zu überbrücken, in der allzuviel gesagt und geschwiegen worden ist, ohne daß sie etwas davon weiß. Und außerdem: Auch für sie ist Zeit vergangen, hat ein Leben Gestalt angenommen oder sind Träume in die Brüche gegangen, hat ein erstes graues Haar sich eingestellt und sind Pläne gemacht oder geändert worden – so wie Vergangenheit und Alltag für jeden Menschen wie Schuß und Kette in dem resultiert, was wir »Leben« nennen. War es wirklich das, was ich von ihr wissen wollte? Das Obligate: *Und, wie ist es dir ergangen?*

Als wir am Ende des endlosen Piers angekommen sind, setzen wir uns auf die Bank zu Füßen der Sandsteinfigur »Die Fischersfrau«. Wir sehen einem letzten, riesigen Schubverband zu, der mit stiller Gewalt das Wasser durchpflügt; Xenia deutet auf das Radar, auf dem, im statischen Mittelpunkt, eine kleine Katze sich seelenruhig putzt. Und da fällt mir ein, was ich ihr erzählen will: von Schrödingers Katze.

Erwin Schrödinger war ein Physiker zu Beginn des zwanzigsten Jahrhunderts, der die Idee einer Quantenwirklichkeit einsichtig zu machen versuchte. In der Physik nahm man an, es sei möglich, ein Teilchen, beispielsweise ein Photon, im selben Moment sein und nicht-sein zu lassen – zwei Zustände in ein und demselben Moment, Plus und Minus, Null und Eins, obgleich für diesen Gedanken jeder greifbare Beweis fehlte. Schrödinger spitzte das Gedankenexperiment zu, indem er seine Katze als Subjekt anführte. Angenommen, so argumentierte er, wir nehmen eine Kiste, und darin befindet sich meine Katze, eine Flasche Gift, ein Hämmerchen und ein Körnchen Uran. Wenn im Uran ein Atom zerfällt, schlägt das Hämmerchen an die Flasche, die Flasche zerbricht, wodurch das Gift freigesetzt wird, und die Katze stirbt. Doch in welchem Moment das Atom zerfällt, wissen wir nicht, das hängt vom (Quanten-) Zufall ab. Wenn wir den Gedanken konsequent zu Ende führen, so Schrödinger, kommen wir nicht um die Feststellung herum, daß, solange wir die Kiste nicht öffnen, die Katze sowohl tot als auch lebendig ist.

Ein breites Lächeln erscheint auf Xenias Gesicht, und scheinbar gedankenlos gleitet ihre Hand auf meinen Oberschenkel.

»Gedanklich auf zwei Beinen zu hinken kann ja ganz schön sein«, sagt sie neckend. »Solange die Kiste geschlossen bleibt, sind alle Optionen offen, oder nicht? Hast du übrigens je gewußt, daß ich Katzen nicht ausstehen kann?«

»Ich auch nicht. Sie wollen bloß nie aus meinem Blickfeld verschwinden.«

»Ausweich- und Anschleichbewegungen. Das erkennen sie in dir wieder.«

Ich sehe sie fragend an, aber ihre Aufmerksamkeit ist abgelenkt: Hinter uns ist ein großer, grinsender, halbbesoffener Peter de Wildt aufgetaucht, mit einer Flasche Champagner unter dem Arm, die er mit den Zähnen zu öffnen versucht.

»He, Brüderchen! Wenn du dich nicht um deine eigenen liegengebliebenen Träume kümmerst, dann tu ich's«, brummelt er doppeldeutig. Aus seiner Innentasche reicht er mir ein schlankes Sektglas und aus der anderen eins für sich und für Xenia, und mit einem *Prost, Arschloch!* haut er mir auf den Kopf und verschwindet.

Wir haben kaum einen Schluck genommen, als es über den Kai schallt: »Und vergiß ja nicht, vor zwölf wieder dazusein, Alter! Du denkst doch wohl nicht, daß wir morgen den Wecker stellen?«

Und mit einemmal, als ich diese Worte höre und Xenia mich lachend und fragend ansieht … mit einemmal fliegt mich eine Scheu an, die ich unmöglich einordnen kann, geschweige denn in Worte fassen – die Art schäbiger Verlegenheit, wenn man als Kind beim Ladendiebstahl eines Freundes erwischt wird: Man hat keinen Anteil daran, fühlt sich aber mitschuldig, weil man dabei war. Und weil man nichts getan hat, schämt man sich doppelt, denn tief im Herzen hätte man den Diebstahl genausogern begehen wollen, wäre man nur nicht so feige gewesen, so lahmarschig …

Ich raffe meinen Mut zusammen. »Ich weiß nicht, ob ich das sagen soll, Xenia, aber es ist jammerschade, daß ich dir nicht früher begegnet bin. Nicht früher wiederbegegnet bin, meine ich.«

Die Hand auf meinem Schenkel verkrampft sich.

»Peng!« Ein Paar funkelnder Katzenaugen sieht mich an. »Arme Katze«, sagt sie quasi-schmollend.

»He, wer hat gesagt, daß sie tot ist?«

»Niemand. Aber ich würde gern bei dir schlafen.«

Peng.

»Dann mußt du bis nach Mitternacht warten, Aschenputtel. Aber wer weiß, vielleicht habe ich mich dann in einen Frosch verwandelt.«

20

Im freien Fall

Als sie sich still bei mir auf die Fahrradstange setzt, bin ich wieder am Anfang: der unsichere Junge, der ich mal war (der ich *auch* war), für den die Last des Mädchens zwischen seinen Armen fast zu groß ist. Der Gedanke an die Nacht – an ihren Körper, ihre Sexualität – stürzt mich in Verwirrung. Was ich zu wissen, wie kein anderer zu kennen, zu beherrschen glaubte, worauf ich mich blind verlassen konnte – mein Körper, dessen Gedächtnis, wie beim Handwerker, in der Handlung selbst liegt –, fühlt sich ohnmächtig, jetzt, da es darauf ankommt.

Meine Schweigsamkeit beklemmt mich. Alles, was je wertvoll erschien, steht zwischen uns wie eine überhängende Wand ohne Griffpunkte: die Tage, die wir gemeinsam auf dem Montsec verbrachten, die Tage des Abschieds, die kein Ende kannten, weil sie nie zu Ende gingen. Aber da gibt es auch ein giftig hochkriechendes Gefühl des Verrats. Gekränktheit scheint eine unheilige Allianz mit etwas einzugehen, was vielleicht aufkeimende Liebe hätte sein können, hätte ich damals begriffen, warum sie weggegangen war. Warum sie zunächst einmal überhaupt geblieben war. Ich will ihr ins Ohr flüstern: Warum gehst du jetzt mit? Aber die Worte kommen nicht über meine Lippen. Ich will die Antwort nicht hören und will sie auch nicht fragen hören: Warum nimmst du mich mit? (O nein, ich nehme dich nicht mit, wenn es ginge, würde ich dich erledigen, nein, würde ich *die Sache* erledigen, um nicht immer wieder von einer Frau ins Verderben gestürzt zu werden, bei der ich mich geborgen glaubte, die sich aber als genauso unberechenbar erwies wie die Landschaft, die uns umgab. Nein, ich nehme dich mit, um die Wunde zu schließen, die du mir schlugst. Ich nehme dich mit, um die Vergangenheit aufzubrechen, die wie eine schlecht verheilte Narbe unter der Oberfläche wuchert. Ich nehme dich mit, weil ich dich nicht noch einmal gehen lasse, nicht um derentwegen, die du bist, sondern um dessentwegen, was war.)

Hinter der Haustür hat sich das Chaos nicht gelichtet in den rund vierzehn Stunden, in denen ich durch die Mangel gedreht wurde. Trunkenheit und Verwirrung bewirken, daß ich mich nicht für den Saustall geniere (*halt dich da raus!*). Ich gehe in die Küche, um Tee zu kochen (Becher sind futsch), mache Tee in Suppentassen, und mit ihnen in der Hand und einer Flasche Whisky in die Ellbogenbeuge geklemmt, gehe ich ins Zimmer, wo die Kerzen angezündet sind, die Vorhänge zugezogen, die Bücher etwas ordentlicher als eben noch auf dem Boden gestapelt sind. Xenia sitzt im Kerzenschein am Tisch, starrt auf die Dunkelheit hinter dem Fenster, sieht auf, als ich ins Zimmer komme.

»Ist es gut, wieder in Amsterdam zu sein?«

(*Halt dich da raus!*)

Schläfrig blättert sie in einem alten Block mit Zeichnungen, der irgendwo herumlag: Skizzen für Baukonstruktionen, eine pathetische Landschaft in Holzkohle, ein Geländeausschnitt im Detail, größere Strukturen.

Mit einem Hölzchen im Sand.

»Ist das Haus fertig?«

»Willst du duschen?«

Ich gehe ihr ins Schlafzimmer voran und zeige ihr die Dusche. Während das Wasser prasselt, ziehe ich das Bett ab, streiche die frischen Laken glatt, werfe Klamotten unten in den Schrank und stelle den Kerzenleuchter an einen strategischen

Punkt vor dem Spiegel, wodurch das Licht im Zimmer wie ein Organza-Schleier fällt.

(Peter mußte weinen. Ich habe ihn noch nie weinen sehen. Louisa nahm seine Hand und trocknete mit ihrem Handrücken seine Wangen, während wir in einem großen Kreis um sie herumstanden und der für diese merkwürdige Stunde angeheuerte Standesbeamte die prosaischen Worte sprach, mit denen der Bund bekräftigt und ein Teil seiner Zukunft benannt wurde: daß er die Pflichten auf sich nimmt, die das Gesetz mit dem Ehestand verbindet.)

Noch angezogen, die Hände unter dem Kopf, folge ich den Spukgestalten, die die Flammen auf die Zimmerdecke zeichnen, und spüre die Schwere meines Körpers, die Schwere der letzten vierundzwanzig Stunden, deren Ereignisse ich zwar abrufen kann, aber nicht deren Bedeutung ergründen. Es hat nichts mit mir zu tun. Es hat alles mit mir zu tun. Ich höre ein Echo, aber nicht den Schrei.

Als das Duschgeräusch aufhört – hatte nicht ich duschen wollen? –, blicke ich auf und sehe sie dastehen: Wenige Meter vom Fußende des Bettes entfernt, im Gegenlicht der Badezimmertür, sieht sie mich mit einem unbestimmten Lächeln um den Mund an, als wollte sie mit diesem Blick ihre eigene Verlegenheit auf mich übertragen, bevor sie sich an die Begegnung wagt ... Ich erwidere den Blick, ohne mich zu rühren, und sehe eine Frau, die sich ein Badehandtuch um den Körper geschlungen hat, die Haare zu einem nassen Knoten im Nacken, einen Blick in den Augen, der sagt, daß sie da ist, der sagt, daß sie nicht da ist ... Dann bricht das Gesicht in ein Lachen auf, und ein Schauer läuft über meine Haut, ausgelöst durch das Bild, das ich sehe, das ich damals sah und das nichts an Kraft eingebüßt hat: *kleines Luder.*

»Komm!« sage ich und strecke ihr die Hand entgegen, aber Xenia hält das Handtuch an ihren Körper gedrückt und kniet sich am Fußende des Bettes hin. Bedächtig, wie um nichts zu beschädigen, löst sie mir die Schuhbänder, streift die seidenen Strümpfe von meinen Füßen und drapiert sie über die Schuhe. Dann erhebt sie sich und setzt sich auf den Bettrand, faßt erst nach einem Handgelenk und dann nach dem anderen, um die Manschettenknöpfe zu öffnen. Dann die Kragenknöpfe. Die Weste. Hemd. Hose. Xenia steht auf, schaut, schweigt.

»Warum bist du jetzt mitgekommen?« flüstere ich, fast atemlos. Das Blut rast wie wahnsinnig durch meine Adern, meine Nasenflügel vibrieren vom Duft der Frau, die mich verrückt macht (verrückt vor was, um Gottes willen, Verlangen? Angst?).

»Ich fand dich nett, damals«, sagt sie leise, als sie jetzt nackt neben dem Bett steht, das Handtuch ein Kreis um ihre Füße. »Weiter weiß ich nichts.«

»Komm her«, flüstere ich, und ich strecke wieder die Hand nach ihr aus, aber Xenia kommt nicht. Xenia steht da und blickt auf mich herunter, und ich ... Ich greife mir ans Gesicht, aus dem alles Blut gewichen ist. Ein eisiger Zugwind fährt über meinen nackten Körper, und in meinem Kopf bricht ein Krieg aus von Verwirrung und Kummer, ein Krieg, dessen Kämpfe nun schon Jahrzehnte wüten, nicht nur in meinem Kopf, sondern auch in meinem Körper, der einmal so stark war und präzise und zuverlässig wie eine Kompaßnadel und sich jetzt, durcheinandergebracht durch Pol und Gegenpol, orientierungslos im Kreis dreht. Visionen von Würgen und von unerreichbarer Zärtlichkeit. Gedanken an Louisas unausgesprochene Kraft und die Tränen meines Bruders. Hingabe. Unterwerfung. Alles, wovon ich geglaubt hatte, wenigstens einen Bruchteil verstanden zu haben, häuft sich wie alter Schrott vor meinen Füßen, ein unentwirrbarer Wust Verzweiflung und Erwartung – und da, am Horizont dieses Trümmerhaufens, steht eine Frau, von der ich nicht einmal mehr weiß, ob ich sie je geliebt habe, die

Frau, die ich begehre, die ich bitte, meine Wunden zu schließen, und sie steht da und blickt auf mich herab …

Ein tierisches Brüllen steigt aus meinem Bauch auf, ein Schrei, so verzweifelt und von so weit her, daß Xenia einen Moment lang zurückschreckt. Dann spüre ich, wie sie wieder näher kommt. Sie nimmt meinen Kopf in ihre Hände, und langsam, aber ohne Wenn und Aber, zieht sie mich an den Haaren an sich, drückt meinen Kopf zwischen ihre Beine, zwingt mich, sie zu riechen, zu lecken, zu verschwinden, erstickt meine Schreie in ihrem Körper, der warm ist und offen und bereit.

Am frühen Morgen wendet sich das Spiel. Ich schrecke vom ersten Licht auf, das durch die Vorhänge sickert, und sehe neben mir die Frau liegen, die Decke zwischen die Beine gestopft, eine Wolke von Haar auf dem Kissen. Wo Zärtlichkeit hätte sein können, überflutet mich Abscheu, der diesmal nicht nach innen schlägt.

Das Aufstehen geschieht abrupt. Ich sehe ihre Hand unwillkürlich auf dem Teil des Bettes suchen, wo ich gerade noch lag, dann dreht sie sich um und schläft weiter. Geräuschlos ziehe ich mich an, würge einen Schluck bitteren Pulverkaffee hinunter und ziehe die Haustür hinter mir zu.

Dann, um nicht laufen zu müssen, bleibe ich stehen und drehe mich um. Die Fenster meiner Wohnung, eingeklemmt zwischen Nachbarn über und neben mir, grinsen mich öde und trübsinnig an. Ich denke an die Frau in meinem Bett, und auf einmal durchschaue ich es: Was Heimweh und Höhenangst verbindet, ist der Übersprung. Höhenangst hat nichts mit der Höhe zu tun, sondern mit der Angst zu fallen, hatte Xenia gesagt. Heimweh hat nichts mit einem Zuhause zu tun, sondern mit der Angst vor Entwurzelung. Daß man nach Hause kommt, und alles ist weggespült, verschwunden, verweht. Daß alles anders ist. Darum will man nicht fort: weil man sich nicht traut zurückzukehren. Darum geht man nicht nach oben: weil man dann keine Sicht nach unten hat.

Aber trotzdem: Was soll ich damit? In meinem Bett liegt eine Frau, die ich nicht mehr sehen will, weil mit ihr auch dieses Haus nicht mehr mein Haus ist.

Böse drehe ich mich um und laufe los.

Als ich Stunden später den Schlüssel ins Schlüsselloch stecke, brennt Licht. *Xenia.*

Der Flur ist gestaubsaugt. Das Geschirr abgewaschen. Die Natursteinspüle glänzt wie polierter Marmor, und die Fenster blinken wie Kristall. Auf dem Tisch im Wohnzimmer steht ein Schneeglöckchenstrauß. Nichts ist, wie es war. Am Tisch sehe ich neben einer Teekanne (*Teekanne?*) eine Frau, die verlegen lächelt.

»Du bist immer noch da?«

»Ich dachte, wir haben noch etwas abzurunden. Außerdem habe ich keinen Schlüssel.«

»Den brauchst du auch nicht, um die Tür hinter dir zuzuziehen.«

»Das Vim ist alle.«

Ich explodiere. »Und auch Vim brauchst du nicht, um die Tür hinter dir zuzuziehen!«

Mit ausholender Armbewegung fege ich die Schneeglöckchen samt Vase vom Tisch.

»Was zum Teufel hast du hier vor in meinem Haus? Was hast du vor in meinem Leben? Wer, glaubst du, bist du eigentlich? *Fucking* Mutter Teresa? Danke bestens, Xenia, mir geht's ausgezeichnet. Du kannst gehen. Wirklich. Du kannst gehen. Mir fehlt nichts.«

»Jetzt mal ganz ruhig!« sagt sie, viel zu ruhig. »Möchtest du Tee?«

»Was heißt hier, *möchtest du Tee*? Verpiß dich mit deinem

Tee! Du verpestest mein Haus. Du verpestest mein Leben. Erst auf dem Montsec und jetzt hier.«

Ich sehe, daß sich die Härchen auf ihrer Wange vor Spannung aufrichten. Das beruhigt mich. »Hast du denn überhaupt kein Gespür für Verhältnismäßigkeit?« sage ich und streichle ihre Wange.

Jetzt steht sie auf und wirft den Stuhl hinter sich um: »Darf ich dich vielleicht daran erinnern, daß du mich mitgenommen hast?«

»Ich hab dich nicht gebeten, mein Haus aufzuwischen.«

»Ich hab dich nicht gebeten, mich auf die Stange zu nehmen.«

»War's gut?«

»Verpiß *du* dich!«

»Darf ich dich dann vielleicht daran erinnern, daß du es warst, die bei mir schlafen wollte, *Miss X.*? Auch in Spanien übrigens, und jetzt hier. Du frißt dich wie Wundbrand in mich. Du merkst es wahrscheinlich selbst nicht mal, also kann ich es dir kaum übelnehmen, aber so wie du dich in das Leben eines anderen hineinfrißt, das ist nicht nur bequem, sondern richtiggehend grausam. Du verschwendest keinen Blick darauf, wer ich bin oder worum ich dich bitte. Hast nur Augen für deine eigenen verwöhnten Bedürfnisse. Ich habe keine Ahnung, was du bei mir suchst, aber ich weiß, daß du mir nichts zu geben hast. Sagst du mir jetzt wenigstens *einmal*, warum du je bei mir warst? Warum du fortgegangen bist? Warum du jetzt wieder bei mir bist? Was ist das für ein richtungsloses Umhergeschlingere?«

»Ich fand dich nett, da darf ich mir doch wohl aussuchen, was ich damit will, oder? Vielleicht war ich ja verliebt, was weiß ich! Was spielt das für eine Rolle? Warum stellst du eine Erinnerung in Frage, die mir jedenfalls lieb ist? Was redest du da überhaupt für einen Stuß, das ist vier Jahre her! Wer weiß, vielleicht hoffte ich damals auf mehr. Aber was du mir nicht geben kannst, darf ich bei dir auch nicht suchen. Das habe ich damals immerhin gelernt.«

»Behalt's bitte für dich und sprich nicht für mich! Mein ganzes Leben lang hab ich Frauen nett gefunden, wie du das so schön nennst. Ich hab mich dumm und dämlich gevögelt wegen dieser sogenannten ›Nettigkeit‹. Aber immer gab es im Hintergrund wenigstens einen Hauch von Bereitschaft, in den anderen zu investieren, herauszuholen, was drin war, und sei es auch nur für eine Nacht. Und genau das, Xenia, fehlt dir. Du holst nicht aus mir heraus, was in mir steckt, du holst aus mir raus, was du herausholen willst. Sex! Ferienhaus! Ödipuskomplex! Angst! Geborgenheit! Weiß der Teufel, was du suchst – ich weiß es nicht, aber deine Methode ist klar: schmarotzen. Verwöhntes Ding. Ja! Vielleicht sollte ich den Schlüssel dort suchen ... Du kannst selber nichts dafür. Du bist einfach verwöhnt. Du denkst, das Leben ist ein Süßigkeitengeschäft, in dem du dir grabschst, was du willst.«

»Du bist gemein! Warum tust du mir das an?«

Ihre Panik macht mich ruhig. »Ich tue gar nichts. Ich warte auf eine Antwort.«

»Was willst du denn wissen?«

»Was willst du von mir, Xenia?«

»Gar nichts, du Arschloch! Wir sind uns zufällig gestern abend wieder begegnet. Ich dachte, du bist schon okay. Auf dem Montsec war es okay, ich hab mich wohl gefühlt bei dir. Mehr ist es nicht, und mehr wird es bestimmt auch nicht werden. Wieso sehe ich erst jetzt wirklich, was für ein Schizo du im Grunde bist. Widerling!«

Die Vase mit den geknickten Schneeglöckchen fliegt wieder durch die Luft, zu mir. Ich muß lachen.

»He, Kleines. Ich seh schon, du meinst es eigentlich lieb. Ich hab auch gesehen, wie hart du auf dem Montsec gearbeitet hast.

Aber ich hab auch noch was anderes gesehen ... etwas, wovon ich aus Erfahrung weiß, wie gefährlich es ist: diese Kombination aus Amateurhaftigkeit und blindem Ehrgeiz. Tödlich in der Wissenschaft und tödlich in den Bergen. Davor wollte ich dich behüten.«

»Jetzt reicht's aber! Daß du zwanzig Jahre danach noch immer frustriert rumläufst, weil du nie promoviert hast, mußt du nicht an mir auslassen! Abspaltung und Projektion, die Symptome einer gespaltenen Persönlichkeit, das bist du: Abel Woods Arschloch Bovenlander! Und wenn irgendwas tödlich ist, dann, so einem Mann in die Hände zu fallen. Ha, jetzt weiß ich's wieder! Nicht, warum ich bei dir blieb, sondern warum ich gegangen bin. Nichts hat mir garantiert, daß du nicht irgendwann einmal das Seil durchschneiden würdest, wenn es dir in den Kram paßt. Das hab ich gesehen. So bist du.«

(So bin ich? So ist der Mensch, Xenia. Kennst du nicht die Geschichte von den beiden Freunden, Joe und Simon? Joe und Simon gingen zusammen in die Berge und bekamen beim Abstieg Probleme, als Joe sich das Bein brach und Simon ihn abseilen mußte. Joe stürzte in eine Gletscherspalte, dreißig Meter unterhalb von Simon. Wenn er noch lebte, dann hing sein Leben jetzt an dem Seil, das ihn mit Simon verband, der am Hang an seinen abgestürzten Freund gefesselt war und langsam abwärts gezogen wurde. Die Zeit verging, es kam keine einzige Bewegung mehr vom anderen Ende des Seils, und Simon beschloß, da jetzt auch sein Leben durch Erschöpfung und Unterkühlung gefährdet war, das Seil durchzuschneiden, an dem Joe hing. *So läuft das eben.*)

Xenia hat sich gesetzt und hält sich den Kopf, halb weinend, halb rasend, spielt das verwildert-theatralische Biest – und ich ... ich reiße mir den Reißverschluß auf, ziehe einen wirklich geilen Schwanz aus der Hose und packe ihren Kopf an den Haaren: »Blasen.«

»Du spinnst wohl!«

»Blasen!«

»Was machst du bloß mit mir?« heult sie.

»Dasselbe wie du gestern abend mit mir, Schätzchen. Weißt du noch?«

Und ich streichle ihr mit meiner Eichel über die Wange, nekkisch, als wäre es ein Eislutscher. »Küßchen auf die Wunde«, piesacke ich sie. »Küßchen vor dem Schlafengehen.« Aber ich muß schon nichts mehr sagen, sie nimmt meinen Schwanz in den Mund und meinen Hintern in die Hände und stürzt sich wie ein Raubtier auf meine Geilheit.

Ich stehe noch keuchend da, als die Wohnungstür donnernd ins Schloß fliegt. Ich laufe in die Küche und schließe die Tür zum Garten. Ich laufe zur Wohnungstür, um die Kette vorzulegen, als ich an der Garderobe ihren Mantel sehe. *Kleines Luder*, denke ich (Lächeln), du weißt, wie man Spuren hinterläßt, und ich greife mir in den Schritt, denn sie war phänomenal. In den Taschen ihres Mantels ertaste ich einen Schlüsselbund (*die wird schnell wieder hier sein*), einen Brief an eine Versicherungsgesellschaft, ein zerknautschtes Tabakpäckchen (*rauchst du?*), eine Brieftasche. Ich öffne sie: Kleingeld, zwei Zehner, ein paar Geldkarten, ein Foto ...

(*Und manchmal läuft es anders*: Wieder im Basislager, entzündete Simon ein großes Feuer, um die zurückgebliebenen Besitztümer seines verstorbenen Freundes rituell zu verbrennen. Da erschien, mehr tot als lebendig, in der Abenddämmerung Joe. Er hatte den Sturz in die Gletscherspalte wundersamerweise überlebt und es mit seinem gebrochenen Bein geschafft, sich in vier Tagen ins Tal hinunterzuschleppen. Zwei Jahre und zwanzig Operationen später steht Joe erneut auf einem Gipfel. Simon hat nie wieder einen Berg bestiegen.)

… ein Foto. Eines dieser schmuddeligen Kabuffs auf einem Bahnhof. Zwei Gesichter. Xenia, mit Kußmund, neben sich das lachende Gesicht eines kleinen Burschen. Drei. Höchstens vier Jahre alt. Dunkelblonde Locken. Augen wie Amazonite. Ich schaue. Ich erkenne. Ich falle. Ich falle zurück in die Zeit, und bei diesem Sturz gibt es nichts mehr, was mich bremst.

21

Mein Name ist Xenia

Mein Name ist Xenia, und einmal liebte ich einen Mann mehr als mein eigenes Leben.

*

Zur Zeit des ersten Golfkriegs führte das Pentagon streng geheime Forschungen über das Nervenzentrum der Angst beim Menschen durch. Und zwar, weil die Ausgaben für die Nachsorge und Behandlung von PTSS (posttraumatisches Streßsyndrom) bei den zurückgekehrten Soldaten ein zu hoher Kostenfaktor zu werden drohten und der Einsatz normaler junger Männer dadurch ineffizient. Man konzentrierte sich auf ein kleines Organ hinter den Augen, die Amygdala, von der aus die Angstreaktion gesteuert wird und die in ihrer Urform dazu gedacht war, im Falle einer realen Bedrohung die Flucht- und Kampfreaktion des Körpers vorzubereiten. Bei Überreaktion, zum Beispiel im Falle einer Phobie, agiert die Amygdala noch immer mit ähnlicher Heftigkeit: eine disfunktionale Überreaktion auf beispielsweise Spinnen, Höhe, Aufzüge oder Plätze. In der modernen oder weiterentwickelten Form dient die Amygdala dazu, Situationen oder Menschen auf (Nicht-)Vertrauenswürdigkeit zu beurteilen und sich adäquat verhalten zu können. Im Falle einer restlosen Ausschaltung des Organs würde die Person zwar keine Angst mehr kennen, besäße aber auch kein Unterscheidungsvermögen mehr in bezug auf Gefahr. Man hat nachgewiesen, daß Personen mit einer von Natur aus unterfunktionierenden Amygdala eine höhere Risikobereitschaft zeigen als der Durchschnittsmensch: Sie fahren schneller, suchen extreme Reize, streiten sich leicht, während sie, und das ist bemerkenswert, statistisch gesehen nicht mehr Unfälle haben. Das Pentagon-Programm sah vor, bei den jungen Soldaten eine derartige Unterreaktion auf chemischem Wege herbeizuführen, um das PTSS-Risiko zu verringern. Denn wer in einer gefährlichen Situation die Bedrohung nicht als Bedrohung erfährt, wird das Erlebte auch nicht rückwirkend verarbeiten müssen.

Die ersten Experimente zeigten ermutigende Resultate: Die Zahl der Veteranen mit PTSS und verwandten Angststörungen sank drastisch. Dagegen verdoppelte sich die Zahl der Opfer als Folge von *collateral damage* sowohl unter der Bevölkerung als auch in den eigenen Reihen, ohne daß die Verursacher auch nur das geringste Mitgefühl oder irgendwelche Reue verspürten, weder zur Zeit des Vorfalls noch hinterher.

Das Pentagon-Experiment, das nach etlichen nicht zu rechtfertigenden *body bags* genauso geräuschlos eingestellt wurde, wie es gestartet worden war, kam ans Licht, als ein Mitarbeiter eines Pfilzer-Labors einen Affen entdeckte, dessen Amygdala operativ entfernt worden war und der sich unentwegt von der Decke seines Käfigs zu Boden fallen ließ. Er mußte vor sich selbst beschützt werden und wurde getötet. Alle Soldaten, die an diesem Pilotprojekt des Pentagon teilgenommen hatten, unterziehen sich einem Resozialisierungsprogramm, dessen Ergebnis einstweilen noch ungewiß ist.

*

In dem Moment, als ich ihn sah, wußte ich, daß ich mich verlieben würde. Es war in einer Ausgrabungsstätte im Norden Jordaniens, ich war neunzehn und studierte Kunstgeschichte. Er war achtunddreißig und leitete die Grabung als Archäologe.

Aber das hat, glaube ich, nichts damit zu tun. Als erstes war da dieser Rücken: ein breiter Rücken in einem weißen T-Shirt, auf dem der Schweiß zwischen den Schulterblättern einen großen Rorschach-Schmetterling gezeichnet hatte. Ich hörte die sonore Stimme, die gewöhnt war, Studenten und Mitarbeitern beim Graben Anweisungen zu erteilen. Ich sah seine braunen Arme raumgreifend gestikulieren. Dann drehte er sich um und sagte: »Du mußt Xenia sein«, und er reichte mir die Hand und führte mich über die Leiter in die Tiefe, wo ich nicht viel mehr erkannte als die vagen Umrisse dessen, was einst ein Haus gewesen sein mußte.

»Schau«, sagte er und fegte mit der Hand etwas Erde vom Fußboden, »dafür bist du gekommen.« Und auf dem Boden, den er freilegte, sah ich in einem feinen, vielfarbigen Mosaik eine Abbildung des Paradieses aus einer Zeit, lange bevor die Geschichte vom Paradies in Worten Gestalt angenommen hatte.

Als das Projekt abgeschlossen war, reiste der Archäologe weiter nach Syrien. Ich wurde auf einen entsprechenden Antrag hin vom Studium beurlaubt und reiste mit ihm. Nach Syrien folgte eine arbeitsreiche Zeit in London im British Museum, in dessen Bibliothek ich an etwas schrieb, das eine Semesterarbeit werden sollte, ohne daß ich je die erforderlichen Vorlesungen besucht hatte – meine Beurlaubung schien endlos zu dauern. Nach London kam Paris, nach Paris eine Zeit in Nordjemen, Irak, Pakistan.

Warum ... und warum mit ihm? Meine Eltern erklärten mich unbesehen für verrückt, warfen mir vor, ich setzte meine Zukunft leichtfertig aufs Spiel, und stellten ihre Zahlungen komplett ein. Die Kunsthistorische Fakultät ließ mir per Einschreiben die Nachricht zukommen, ich sei »wegen chronischer Nicht-Anwesenheit« exmatrikuliert, und das trotz der faszinierenden Artikel, die ich für das Fakultätsblatt geschickt hätte und die durchaus »das Potential einer Abschlußarbeit« in sich trügen.

Ich habe immer gedacht, daß es etwas mit dem Rorschach-Schmetterling zu tun hatte, den er auf dem Rücken trug und den ich, wenn ich jetzt meine Augen schließe, immer noch auf der Netzhaut sehe.

Wie läuft so etwas? Wenn wir nicht unterwegs waren, wohnte ich bei ihm, in einem nichtssagenden Appartement an der Küste, das eher als Durchgangsstation fungierte denn als Wohnung. Wir packten aus, wuschen unsere Wäsche und packten wieder ein. Nie gab es Ruhe, aber auch Ruhelosigkeit gewinnt mit der Zeit eine eigene Dynamik: Heimweh wird mir für immer fremd sein.

Nach Hause kamen wir in der Wüste, um nach dem Fortgang einer Grabung zu sehen. Nach Hause kamen wir in dem entlegenen Weiler im Landesinneren, von dem aus wir Höhlenwohnungen von vor der Eisenzeit besuchten. Nach Hause kamen wir in den Bergen, in die wir freitags aufbrachen, wenn die Arbeit getan war und die ortsansässigen Arbeiter ebenfalls nach Hause gingen – dann nahmen wir unsere Rucksäcke und das kleine Zelt, und er lehrte mich mehr über das Leben, als ich je aus Büchern gelernt hatte. Mein Tritt war noch unsicher, mein Wissen begrenzt, doch ich sog wie ein Schwamm seine Erfahrung auf und wuchs mit jedem Tag, mit jedem Schritt, bis ich groß und stark genug wäre, auch selbständig einen Berg zu besteigen.

Das wollte ich ihm zeigen, als Geschenk zu seinem vierzigsten Geburtstag, und ich führte ihn als Überraschung zu einer wunderbaren Schlucht, dicht bewachsen mit bestimmt vierzig Meter hohen Platanen, unter denen sich vorzeitliche Pflanzen und Tiere vor der Sonne verbargen. Da war ein wildes Wasser, und es gab riesige Wasserfälle, Eruptionen, die wie aus dem Nichts von den steilen Wänden in die Tiefe donnerten. Und am Ende des langen Tals, am Ende einer langen Wanderung, kam der Aufstieg: halb durch das herabstürzende Wasser, halb neben ihm her, mal mit Blick auf das straffe Blau über uns, mal versteckt im undurchdringlichen Grün. Am Fuße der Wand blieb ich stehen.

Der Archäologe faßte mich an der Schulter und sah mich an. Ich sah ihn an, strahlte. *Wir gehen da hinauf,* sagte ich, *ich will die Stufen zum Himmel!* Und er küßte mich, und wir gingen los, ich vorneweg, er eine halbe Seillänge unter mir. Ich setzte meine Zehen in den Fels, grub meine Finger in die Spalten, roch die Steine, roch die Erde, roch den Mann ... Ich war im Himmel. Ich war im siebenten Himmel. Und als erlaubte sich die Schwerkraft einen Scherz mit mir, kletterte ich wie ein Salamander nach oben.

Am ersten Standplatz angelangt, mußte ich kurz warten, bis ich ihn wieder sah. Er war noch hinter dem Überhang verborgen, aber ich sah ihn kommen, geschickt, und er streckte den Daumen in die Höhe, und ich streckte beide Daumen in die Höhe, und ich stellte mich hin und schaute über das grüne Tal, über die Klamm, über die grauen Rücken des Gebirges, und sah noch gerade den letzten Sonnenstrahl, bevor auch dieser verschwand. Als ich wieder nach unten schaute, war der Archäologe verschwunden. In der hereinbrechenden Dämmerung versuchte ich der Linie des herabhängenden Seils zu folgen, bis ich ihn entdeckte, nicht unter mir, sondern weit entfernt von der Route, wie er in Richtung des Wasserfalls traversierte.

Ich schrie: *Was machst du denn! Hier ist die Route!* Aber er hörte mich nicht oder hörte mich wohl, aber folgte mir nicht, und ich sah ihn gestikulieren, ich solle quer rüberkommen, um ihn dort hinaufzuholen. Es war verrückt, der Standplatz war viel zu schmal, um Halt zu geben, kaum Sicherungspunkte, und schon gar nicht für uns beide. Aber ich ging. Ich ging wieder los: um den Felsen herum und um das Wasser, wackliger jetzt als vorhin, aber noch mit genügend Kraft, um Zutrauen zu mir zu haben – so schob ich mich mit kleinen Schritten an der Wand entlang bis zu der Stelle, auf die er gedeutet hatte. Und dort, hinter Grün geschützt, lag auf einem kleinen Plateau ein Teich mit klarem Wasser, unsagbar schön und still und tief, so märchenhaft im frühen Abendlicht, daß mir Tränen in die Augen schossen und ich nach unten rief: *Ich danke dir!* Und der Archäologe streckte den Daumen in die Luft.

Nur noch wenige Meter hatte er zu gehen. Ich tauchte schon mal meine schmerzenden Füße ins Wasser, kühlte mir das erhitzte Gesicht und die Hände, drehte mich zu dem Sims um, über dem er gleich auftauchen würde – sah seine rechte Hand, sah seine linke Hand, danach ein strahlendes, verschwitztes Gesicht über dem Rand. Ich sah, wie er sich anschickte, sich hochzustemmen, als das Felsstück abbrach, das Felsstück, an dem er mit seinem ganzen Gewicht hing, und als stünde die Zeit still, glitt mein Geliebter in einem endlosen zeitlupenartigen Moment zurück in die Wildnis. Das Seil glitt wie eine Schlange durch den Karabinerhaken, unhaltbar für meine nassen Hände, Meter um Meter rutschte sein Leben durch meine kraftlosen Finger, und ich griff verzweifelt um mich und hörte ihn rufen: *Xenia, geh!* Danach glitschte mir auch der letzte Meter des Seils durch die Hände und fiel lautlos hinter ihm her.

Mein Name ist Xenia, und ich verlor meine erste Liebe, als mein Leben am schönsten war: Anfang Zwanzig, schrecklich verliebt und allmächtig. Und nicht nur ihn verlor ich, mit einem einzigen donnernden Schlag entglitt mir jede Vorstellung von Unsterblichkeit: die Vorstellung, daß mir die Zukunft zu Füßen lag. Sollte es noch eine Zukunft geben, war sie für immer vorbestimmt, gezeichnet. Ich wußte, daß nichts, was sich noch ergeben würde, auch nur im Schatten dieser einen Liebe würde stehen können, deren Glanz nie die Chance erhalten hatte, mit der Zeit zu verwittern.

Das ist es, was ich damals befürchtete, und es hat sich bewahrheitet.

Danach kamen die Alpträume.

Danach die Höhenangst: die Angst, hinter ihm herspringen zu wollen, um in der Tiefe die Erlösung oder Befreiung wiederzufinden, die ich einst, damals, in der Liebe erfahren hatte. Um den Augenblick zur Ewigkeit zu machen.

(Ich weiß: Ich kann nicht für immer verbissen weitergehen, um die Ohnmacht fernzuhalten. Verbissenheit hält auch das Leben fern. Aber welches Versprechen habe ich noch einzulösen? Seine letzten Worte: *Xenia, geh!* Wohin?)

Danach kam die Wut. Weil ich keine Antwort auf eine Frage habe, die ich nicht kenne und mit der er mich zurückließ.

Ich weiß nicht einmal sicher, ob er mich je geliebt hat.

So verharre ich weiter in einer Landschaft, die mich mit dem Mann und mit der Liebe verbindet, die mich mit der verbindet, die ich einst war oder einmal zu werden träumte, bevor er verschwand. Vielleicht ist es gerade die Höhenangst, die mich in Bewegung hält, der dunkle Eingang zu der Antwort auf die Frage, die ich nicht kenne.

Mein Name ist Xenia, und ich schenkte einem Mann einen Sohn, der von seiner Vaterschaft nichts weiß. So läuft das. Das Leben geht weiter. Doch die Geschichte darf sich nicht wiederholen. Ich will nicht zum zweitenmal meine Zukunft in einer Schlucht verschwinden sehen. Ich wußte nicht, ob er bleiben oder gehen würde, hätte er von dem Kind gewußt. Also entschied ich schon im voraus: lieber der luftleere Raum, als nach einem Halt zu greifen, der keine Sicherheit bietet.

O ja, meine Amygdala arbeitet. Meine Amygdala macht Überstunden. Denn wieder ist da ein Mann, der vertraut ist und auch so fremd, wieder ist da ein Mann, dem ich gern mein Vertrauen schenken würde, wenn ich ihm nur zu vertrauen wagte.

Oder er sich.

Oder er mir.

Ich bin wie der Affe im Käfig, der sich immer wieder von der Käfigdecke hinabstürzt, um nicht spüren zu müssen, daß er keine Angst mehr kennt.

22

M-A-X

Eine Reservierung. Ein diskreter Tisch am Fenster. Ein sauberes Hemd. Kalter Schweiß im Nacken. Ein zweiter Campari Soda. Aussicht auf den Frühling, auf Grachten, die sich mit dem allerzartesten Grün verschleiern, auf Menschen, die Arm in Arm vorbeigehen. Ein früh einfallender Abend. Eine Verabredung mit Xenia.

Es gibt ein Kind. Und das Kind ist von mir. Ein paar Tage nach unserem verheerenden Rendezvous fiel ein Umschlag in den Briefkasten, eine kurze Nachricht auf der Rückseite einer Gratisansichtskarte: daß sie vermute, ich hätte ihre Manteltaschen durchsucht, daß sie besser mit offenen Karten spiele, daß der Junge Max heiße (das a und x überflüssigerweise unterstrichen), daß ohne jeden Zweifel ich der Vater sei. Daß ihre Nachbarn die Reserveschlüssel hätten. Telefonnummer. Unterschrieben: *xx X.*

*

Ich weiß nicht, ob ich Erleichterung empfand oder Schock – oder können diese beiden Empfindungen auch gleichzeitig auftreten? Tatsache ist, daß Xenias Bestätigung meiner Vermutung mich mit einem Ruck aus der lethargischen Verzweiflung riß. Es gab Erwartungen an mich, nicht nur von ihrer Seite, sondern auch in einem viel umfassenderen, metaphysischeren Sinn: Ich war Vater! (Was immer das sonst auch bedeuten mochte.) Auf einmal gab es so etwas wie eine Pflicht in meinem Leben, eine

Berufung, eine Bestimmung, ein großes, unbekanntes Etwas, das mich euphorisch stimmte. Hier bot sich ein Abenteuer – das war's: ein Abenteuer im wortwörtlichsten Sinn, für das ich zwar nicht ausgerüstet war, aber bereit, auf das ich mich ausrichten wollte. Dem auch ich Richtung geben wollte.

Das war die erste Reaktion.

Dann kam der Rückschlag: die bittere Tatsache, daß der Junge unsichtbar war in meinem Leben, ungreifbar, daß das große Abenteuer mit meinem Sohn eine Fata Morgana war, die auftaucht und sich wieder auflöst, auftaucht und sich wieder auflöst, so schnell man ihr auch hinterherläuft: Sie wird nie konkret. Ob er schon halbwegs vernünftig sprechen kann? Ist er in so einer Kindertagesstätte (das Wort allein schon machte mich schaudern)? Hat er Spielkameraden in seiner Straße? Ein Hochbett? Was mag er: Angeln oder Schachspielen oder Lego? Geht er mir schon bis zu den Hüften?

Als ich im Park am Spielplatz vorbeikomme, ertappe ich mich dabei, mit einem gewissen Gefühl von Abscheu zu den Kindern zu schauen, die dort richtungslos herumwuseln, während Mütter (noch mehr Abscheu) aus der Distanz abwesend die Dinge lenken. Ich zähle die Jahre, die ich verloren habe: ein Kerlchen (zwei? drei?), das wacklig hinter einem Pusteblumensamen herrennt, stolpert, fällt, brüllt und, noch bevor seine Mutter sich zum Aufstehen bequemt, schon wieder weiterrennt. Ein etwas älteres (jüngeres?) Kerlchen, das Sandtörtchen formt und mit angewidertem Gesicht verputzt. Ein Baby in einem Kinderwagen, das mich breit und zahnlos angrinst. Drei ... zwei ... eins ... Das ist nichts. Gemessen an einem Menschenleben ist das nichts. Aber gemessen an diesem einen Menschenleben, *dem meines Sohnes*, ist es alles: alles, was er bisher gelebt hat, und alles, was ich bisher verpaßt habe.

Die Euphorie schlägt um in Wut, die Wut in Ohnmacht. Ich will etwas tun, und ich muß etwas tun, und mir fehlt jede Perspektive, um meinem Handeln Richtung zu geben. Als wäre ich mit verbundenen Augen von einem Hubschrauber auf dem höchsten Gipfel eines mir unbekannten Berges abgesetzt worden, ohne Kompaß, ohne Karte, ohne Aussicht, aber mit dem Auftrag: *Schau zu, daß du nach Hause kommst.*

(Lektion 1 in den Bergen: Wenn du dich nicht bewegst, kommst du auch nicht voran. Lektion 2: Erst aus der Entfernung bekommst du einen Blick für den Verlauf einer Flanke. Lektion 3: Wenn du nicht mehr weißt, wo du bist, kehr um bis zu dem Punkt, den du noch erkennst.)

Ich kehre um. Ich schnappe mir meine Tasche und meine Kreditkarte. Ich fahre mit dem Zug nach Schiphol. Ich buche den erstbesten Last-minute-Flug nach Süden und nehme mir dort einen Leihwagen. Zwölf Stunden später stehe ich vor dem Steinhaus in der Gabelung der beiden Flüsse und klopfe an die Tür.

Zur Melancholie über das Verstreichen der Zeit muß die Aussöhnung durch das kommen, was gleichgeblieben ist. Die rauhe Bettwäsche. Der Duft von Tee bei Anbruch des Tages. Das Streicheln der Fingerspitzen, schon längst nicht mehr geil, sondern tröstlich und vertraut. Brot. Wein. Rachels stillschweigende Nähe.

Als ich mich von der Reise und der unruhigen Nacht erholt habe, beruhigt durch alles, was noch so ist, wie es war, als wir im Fluß gebadet haben und ich meinen nach einem Amsterdamer Winter bleichen Körper von der Frühlingssonne habe geißeln lassen, als die Sonne den höchsten Punkt überschritten hat, nimmt Rachel mich an der Hand, und gemeinsam gehen wir den Weg nach oben, wo das Haus steht, wie ich es zurückgelassen habe, wo die Knospen des gelben Ginsters kurz vor dem Aufplatzen sind, wo die Katze, die nach ihrer kläglichen Fehlgeburt anscheinend wieder schwanger ist, mich überschwenglich begrüßt. Im Schuppen hängen noch Knoblauch und Schinken, im Keller liegen Öl und Wein. Rachel hat Brot mitgenommen, Tomaten und Zwiebeln und macht das Abendessen, während ich, wie früher, Holz spalte für das erste Feuer des Jahres. Es ist noch kalt hier in der Höhe, aber als ich mich an die Außenmauer lehne und übers Tal blicke, spüre ich an meinem Rücken, daß die Steine ihren ersten Vorrat an Wärme gespeichert haben.

»Manchmal frage ich mich, ob du selbst irgendeine Vorstellung davon hast, was in deinem Leben wichtig ist«, sagt Rachel, noch bevor ich etwas gesagt habe.

Sie hat wieder mal ins Schwarze getroffen. Und ich erzähle. Und nachdem sie zugehört hat, sagt sie: »Das macht es nicht einfacher. Das Kind ist wichtig. Du bist wichtig. Und die Frau ist wichtig. Das sind drei. Nicht eins. Drei.«

»Zwei«, antworte ich obstinat. »Ich will nichts mehr mit Xenia zu tun haben.« Rachel blickt mich forschend an. »Sie ist unbesonnen. Sie ist launisch. Auch unzuverlässig, sonst hätte sie mir schon früher von dem Kind erzählt.«

»Das weißt du nicht, Abel«, sagt sie und streichelt über den Tisch hinweg meinen Handrücken. »Das ist deine Interpretation. Du kennst ihre Beweggründe nicht. Davon mußt du dich lösen, es geht dich auch nichts an. Deine Priorität liegt nicht bei ihr, sondern bei deinem Sohn.«

»Mein Zugang zu meinem Kind liegt bei dieser Frau!«

»Das willst du nur denken. Das legitimiert deine Unsicherheit, zu handeln. Nein, mein Lieber, der Zugang zu deinem Sohn liegt in erster Linie bei dir. Solange du ihn mit ihr verbindest, steht genau das dir im Weg – und du kannst dich dahinter verstecken. Vaterschaft hat nichts mit den Müttern zu tun. Vaterschaft ist eine Entscheidung.«

Rachel wieder. Himmel, macht die mich böse! Sie weiß nicht, wovon sie spricht. Ich weiß auch nicht, wovon ich spreche, denn ich bin erst seit ungefähr sieben Tagen Vater (eines dreijährigen

Kindes, *was für eine Frechheit*!), aber immerhin bin ich es. Rachel hat leicht reden, sie braucht ihre Weisheiten allenfalls am Setzen junger Bohnen aufzuhängen oder am Kalben der Kuh. Keinen Mann geliebt. Kein Kind geboren.

Und das sage ich ihr auch. Sehr, sehr böse.

»Urteile nicht zu leichtfertig über das, wovon du nichts weißt, Woods. Ich werde es dir erzählen. Ich hatte einmal einen Mann, und er schenkte mir einen Sohn. Der Mann lebt noch, das Kind ist tot, aber ich habe sie beide verloren. So läuft das. Aber sag nicht, ich wüßte nicht, wovon ich spreche.«

Da halte ich meinen Mund. Ich stehe auf, um das Feuer im Garten anzuzünden, um ihr nicht meinen Abscheu zeigen zu müssen. Jemand muß die Schläge abkriegen, denke ich bekümmert, und Rachel ist die einzige, die stark genug ist, sie aufzufangen. Die einzige, der ich diese Gewalt anvertraue.

»Mutterschaft ist auch schon lange keine gegebene Tatsache mehr«, sage ich, als wir am Feuer sitzen. »Die Zeit ist vorbei, Rachel. Das ist genauso eine Entscheidung wie alles andere im Leben. Umzug. Neue Sitzgarnitur. Heirat. Scheidung. Alles Entscheidungen. Die Zeit der von Gott gegebenen großen Schicksalhaftigkeit liegt wirklich hinter uns.«

»In der Realität ja, aber vielleicht nicht in der Seele. So ist die Natur nun mal nicht eingerichtet. Ich will es so sagen: Wenn erst einmal ein Kind da ist, ist die Mutterschaft eine Gegebenheit. Dem kann man sich einfach nicht entziehen. Für den Mann ist das anders – für ihn ist die Vaterschaft wirklich etwas, wozu er sich entscheidet. Oder nicht. Eine Entscheidung. Ein Privileg. Aber keine Gegebenheit, die wie von selbst vom Himmel fällt, weil nun mal ein Kind heruntergefallen ist.«

»Ich bitte dich! Du bist weltfremd geworden. Wenn man von dort kommt, wo ich jetzt herkomme, klingen deine Worte wirklich daneben. Wer ist es denn, der mir dieses sogenannte Privileg der Vaterschaft schenken sollte?«

»Du selbst.«

»Ich? Und was ist mit dem Kind?«

»Nur durch dich. Es wird erst dein Sohn durch deine Vaterschaft.«

»Und die Mutter?«

»Die steht außerhalb.«

»Ich kann dir nicht folgen«, sage ich gereizt und öffne die nächste Flasche Wein.

»Ist auch nicht nötig, Abel. Dafür hast du noch dein ganzes Leben lang Zeit.«

»Und wenn das nun Blödsinn ist, was du sagst?« fauche ich sie an.

»Auch möglich. Aber auch dann hast du noch ein ganzes Leben lang Zeit, um es herauszufinden. Warum diese Eile?«

Ich werde mit einem Ruck wach, als die Kälte das Mark in meinen Knochen erreicht; eine eisigklare Nacht, ein Feuer, das erloschen ist und dessen letzte Aschereste kraftlos zwischen den Steinen nachglühen. Rachel hat eine Decke über mich gebreitet und ist ins Haus gegangen. In der Flasche ist noch ein kleiner Rest Wein, den ich hinunterkippe.

Irgendwas stimmt nicht. Irgendwas stimmte nicht mit diesem Gespräch. Irgendwas hat mich wahnsinnig wütend gemacht, und ich kann den Finger nicht darauf legen. Es ist Rachels Selbstgefälligkeit, die mich rasend macht. Aber das ist nichts Neues. Ich kenne sie. Ihre Worte tue ich ab, aber ihre Gedanken werde ich immer beachten. Nein, es ist mehr als das, was mich ärgert.

Es ist die Frau.

Irgendwo hat Rachel recht, daß Vaterschaft eine Entscheidung ist. Was ich übersprungen habe, ist genau das: die Frage, *ob ich Vater hätte werden wollen.* Niemand hat mich gefragt, ob das wohl so eine gute Idee ist. Niemand hat mich um Erlaubnis gebeten, meinen Samen zu benutzen. Niemand hat mich gefragt, ob diese Verantwortung mir jetzt paßt, ob ich, sofern ich ein Kind hätte haben wollen, diese Frau als Mutter ausgesucht hätte, ob ich durch die Elternschaft für immer mit ihr verbunden sein will. Nicht, daß es jetzt noch eine Rolle spielte, dafür ist es zu spät (ich werde getreulich die Pflichten auf mich nehmen, die das Gesetz mit der Vaterschaft verbindet), aber über diese Tatsache hinwegzusehen heißt, über etwas anderes hinwegzusehen: Meine Zukunft ist durch die Ankunft des Kindes für immer vorgezeichnet, bestimmt, belastet. Zwar festlich und liebevoll und was nicht noch alles (keine Ahnung), aber trotzdem, es ist nicht mehr *meine* Geschichte. Und da hat Xenia ihre Finger im Spiel gehabt. Als habe sie sich ein Stück meiner Zukunft angeeignet, indem sie mir ein Kind gebar.

Und außerdem, was war ihr Argument, das Kind zu behalten? Keine Frau braucht heutzutage noch »ungewollt« Mutter zu werden (es gibt Hilfsmittel genug, das zu vermeiden, dafür wurde lange und hart genug gekämpft). Was war ihr Interesse, die Frucht auszutragen? Wollte sie sich, bewußt oder unbewußt, durch das Kind mit mir verbinden? Oder suchte sie in ihm, in der Mutterschaft eine Verankerung im Leben, ein äußeres Motiv, eine *Legitimation*, um das Umherschweifen und Vagabundieren, ihre eigene Natur, in den Griff zu bekommen?

Mir schwindelt. Daraus ist nicht schlau zu werden. Ich muß anfangen zu entwirren. Die Elemente sind da, was mir bleibt, ist … beim Aufschluß anzufangen. Und der, es fällt mir schwer, das anzuerkennen, liegt doch bei Xenia. Denn trotz all meiner Argumentiererei hat es irgendwann einen ersten Moment gegeben, mittlerweile tief und grollbeladen in meinem Gedächtnis vergraben, daß etwas an dieser Frau mich faszinierte – mehr noch: daß etwas mich veranlaßte, mich widerstrebend an sie zu binden; etwas, das stark genug gewesen war, dieses Haus fertigzustellen (*das Haus, das auf eine Frau wartet*); etwas, das mich beim Wiedersehen in Amsterdam so aus der Fassung brachte, daß ich nicht anders konnte, als das Messer zu ergreifen und das Seil durchzuschneiden, das mich all die Jahre mit ihr in Verbindung gehalten hatte.

Aber das Seil hatte einen Kern. Und der war stärker als Stahl.

An diesem Morgen bin ich derjenige, der als erster den Tag begrüßt. Rachel schläft noch, als ich mit einer großen Schale Tee ins Zimmer trete und die Läden öffne. Es weckt sie nicht auf. Am Fußende liegt leise miauend die Katze, um sie herum eine Blutlache, und in dem Blut winden sich drei, vier, fünf Neugeborene. »Du wieder, kleiner Glückspilz«, flüstere ich ihr zu, als ich ihr den Kopf streichle. Ich stelle den Tee neben das Bett und schließe leise die Tür. Ich decke den Frühstückstisch für sie. Ich nehme den Weg nach unten, hole meine Tasche aus dem Haus. Achtundvierzig Stunden war ich fort – in achtundvierzig Stunden bin ich nach Hause gekommen.

Auf dem Weg zum Flugplatz klingle ich Xenia wach. Danach reserviere ich einen Tisch für zwei.

*

Etwas später als verabredet stürmt sie herein, fragt den Maître gehetzt nach dem Tisch und kommt in meine Richtung, desorientiert wie ein Nachtfalter, der durch die Fensterscheibe ins Zimmer will. Aus Verlegenheit versteckt sie sich hinter Unbeholfenheit. Sie hat sich hübsch gemacht – Nägel lackiert, Haare aufgesteckt – und fühlt sich sichtlich unwohl damit. Als sie sich hinsetzt, zieht der Mann ihren Stuhl zurück, um mehr Platz zu schaffen, wodurch sie fast unter dem Tisch landet. Die Serviette fällt zu Boden.

»Einen doppelten Whisky«, bestellt sie, »mit Eis ...«, aber der Ober ist schon weg. Danach blickt sie mürrisch aus dem Fenster. Das Glas kommt, und sie nimmt einen Schluck, als wäre es Apfelsaft. Dann zündet sie sich eine Zigarette an.

»Frag nur«, sagt sie dann, tapfer. »Das bin ich dir wohl schuldig.«

»Hallo, Fremdling«, lächle ich, aber Xenia erkennt die Worte nicht wieder.

23

Die Temperatur von Granit

Was sagt man, nachdem man »Hallo« gesagt hat?

Ich wollte, ich hätte Worte parat, hätte die klaren Gedanken parat, die mir während des Fluges zurück nach Amsterdam so wohlformuliert durch den Kopf gingen. Ich wollte, ich könnte ihr erzählen, daß ich heute nacht noch auf dem Montsec war, daß die Katze wieder Junge geworfen hat (unmöglich, daß sie Katzen nicht ausstehen kann, denke ich, das war Großspurigkeit). Ich würde ihr gern sagen, daß sie wirklich hübsch aussieht, mit diesen lackierten Nägeln und dem dezenten Kleid, aber genauso damals, auf Tretern von Bergschuhen und mit Haaren, verfilzt zu Dreadlocks. Ich würde gern meine Hand über den Tisch strecken, um sie aus sich herauszulocken, zu beruhigen, um die Intimität von neuem zu suchen.

»Fragen ist schwieriger als Antworten geben«, sage ich dann. »Ich soll also bestimmen, worüber wir sprechen?«

»Du darfst vorklettern«, lächelt sie zaghaft. »Es gibt genug Einstiege.«

»Vielleicht zu viele?«

»Wollen wir gehen?« flüstert sie über den Tisch nach einem flüchtigen Blick auf die Speisekarte. Und dann, erschrocken: »Nein, so mein ich das nicht! Das sieht sehr lecker aus. Aber vielleicht einfach ein Stück spazierengehen ...«

»Na, nicht gleich wieder weglaufen, Mädchen.« (*Wenngleich auch ich am liebsten schreiend aus diesem Lokal rennen würde*, denke ich, spreche es aber nicht aus.) »Fisch? Suppe? Wein?«

Xenia sinkt auf ihrem Stuhl zurück und seufzt. Und ich habe Angst, wenn ich nicht ganz schnell mit einer guten Frage komme, wird sie losheulen.

»Erzähl mal eine gute Geschichte«, sage ich, um der ersten Frage auszuweichen.

»Jetzt? Einfach so?«

Ich nicke.

»Darf ich erst noch was bestellen?«

»Was du willst. Bist du nervös?«

Ein verzweifeltes Lächeln. »Mann! Ich bin total neben der Spur! *Ein* Druck auf den falschen Knopf, und ich fang an zu heulen«, sagt sie und steht auf, geht zur Damentoilette und kommt eine Ewigkeit später, ein großes Glas Whisky in der Hand, mit frischem Lippenstift und bedeutend weniger Mascara auf den Wimpern wieder an den Tisch zurück.

»So. Das ist raus.«

Menschenskind, denke ich, du bist wirklich ein tapferes Mädchen. Frau. Mädchen. Frau.

»Eine Geschichte«, sagt sie dann, »fiel mir eben auf dem Klo ein. Ich hatte mal einen Freund, Roelof Wester, der erste, mit dem ich gegangen bin, wie wir das nannten, mit gemeinsamem Plattenhören im Zimmer und schwärmerischen Einträgen in meinem Tagebuch und mit Zungenküssen und so, was ich gräßlich fand, aber das schien normal zu sein. Alle meine Freundinnen sagten das: daß die ersten paar Zungenküsse echt eklig sind, als ob man eine Nacktschnecke im Mund hat – und genauso war es auch. Roelof rauchte, das machte es noch ekliger, und trank Kaffee. Er war ein paar Jahre älter als ich.«

»Apropos, rauchst du?«

»Erzähl ich jetzt eine Geschichte oder nicht?«

»Sorry. Ich sehe dich rauchen.«

»Nein. Ich rauche nicht. Außer jetzt. Roelof rauchte. Aber gut: Alle meine Freundinnen waren mir um Jahre voraus, also blieb mir kaum was anderes übrig, als eben auch mit jemand zu gehen und zu küssen und beim Schulfest zu ›Angie‹ Stehblues zu tanzen und zum erstenmal ein *hartes Ding* an meinem Unterleib zu spüren. Ich erschrak mich zu Tode! Ich dachte, er hat einen Fisch in der Innentasche von seinem Jackett. Echt wahr, hab ich gedacht. Aber mir wurde klar, das war ausgeschlossen, es war viel tiefer. Schließlich erfuhr ich auf dem Mädchenklo von meinen Freundinnen, was *das Ding* war, das ich gespürt hatte, und dann traute ich mich nicht mehr in den Tanzsaal zurück und rief mit dem Viertelgulden, den mir meine Mutter gegeben hatte, zu Hause an, ich hätte Bauchschmerzen, und mein Vater hat mich dann abgeholt.«

»Gute Geschichte!«

»Ja, aber sie ist noch nicht zu Ende. Ich bin nämlich noch monatelang, na ja, wahrscheinlich nur Wochen, mit Roelof gegangen, und glaub mir: Ich war wirklich richtig verliebt in ihn. Oder verliebt in die Verliebtheit, aber das war damals noch kein so großer Unterschied. Bis er Schluß machte. Während der Französischstunde bei Fräulein Beringer kam Roelof in die Klasse und fragte höflich, ob er mir einen Brief geben dürfe. Ich las den Brief, in dem stand, daß er Schluß mache: *›Partir c'est mourir un peu‹* und Adieu. *Adieu!* Ich schluchzte so laut los, daß die Lehrerin sagte, ich solle in die Cafeteria gehen und eine Tasse Tee trinken, und ich nahm meine Tasche und ging aus der Klasse, und ich schämte mich schrecklich, aber es war auch sehr schön und traurig. Denn auch wenn ich die letzte von allen Mädchen war, die mit einem Jungen ging, ich war die erste, mit der auf so dramatische Weise Schluß gemacht wurde, und nach der Stunde standen sie alle um mich rum und wollten unbedingt den Brief lesen. Als ich an dem Nachmittag bedripst nach Hause kam, erzählte ich meiner Mutter, daß Roelof Schluß gemacht hatte. Sie sah auf vom Bügeln und sagte: *Ach Kind, ich fand schon immer, daß er ein Stockfisch ist.* Und plötzlich schämte ich mich schrecklich, daß ich je in so einen häßlichen Vogel verliebt war. Und schämte mich, daß ich in der Klasse so geheult hatte. Und schämte mich, weil ich wieder heulen mußte, da, bei meiner Mutter, am Bügelbrett.«

»Und dann?«

»Dann bin ich mit Slofjes spazierengegangen. Und dann habe ich mir vorgenommen, mich nie wieder für eine Verliebtheit zu schämen.«

Stille.

»Warst du in mich verliebt?«

Lange Stille.

»Das weiß ich nicht mehr. Ich war verliebt ins Leben. Nein, durch dich verliebte ich mich wieder ins Leben. Mehr weiß ich nicht.«

»Oder durch die Umgebung.«

»Auch das. Die Landschaft steckt an. Aber du gehörtest dazu. Da gab's keinen Unterschied.«

»Und jetzt?«

»Jetzt? Jetzt bin ich in Amsterdam. Und jetzt hasse ich dich, Abel Bovenlander«, lacht sie, verlegen.

(Wenn ich auf meinem Berg stehe und nach Norden schaue, liegt da ein paar Kilometer entfernt ein gigantisches Massiv von ungefähr sechshundert Kubikkilometern Granit: zwei Kilometer über und vier Kilometer unter dem Meeresspiegel. Letzten Sommer betreute ich eine Doktorandin, die dort die Radioaktivität im Körper erforschte. In rund sechstausend Metern unter dem Gipfel zerfällt Uran, und Wärme wird freigesetzt, Wärme, die das Grundwasser erwärmt, das sich über Brüche und Spalten einen Weg nach oben bahnt. Meine Studentin versuchte, eine Aussage über die Temperatur im tiefen Granit anhand von Messungen an den warmen Quellen zu machen, die an der Oberfläche aus dem Stein sprudeln.

Fast alle geologischen Prozesse werden direkt oder indirekt von den Bestrebungen der Natur ausgelöst, Wärmeunterschiede auszugleichen.)

Wir wenden uns einem kunstvoll drapierten Schnickschnack aus Rotem Knurrhahn mit jungem Lauch zu.

»Schmeckt gut«, sagt sie.

»Ich esse lieber deinen Fisch.«

»Das ist keine Frage.«

Das läßt sich auch nicht eins, zwei, drei in eine Frage verwandeln, denke ich.

»Wie ist es dir mit der Geologie ergangen?«

»Mit Ach und Krach«, sagt Xenia, »aber ich hab's geschafft. Danach hab ich nicht mehr soviel damit gemacht.«

»Du schienst mir aber ausreichend motiviert. *Fragezeichen*«, füge ich sicherheitshalber hinzu.

»Genug Motivation, das stimmt«, sagt sie, »aber das war vielleicht nicht das lauterste Motiv, um eine gute Geologin zu werden. Blinder Ehrgeiz und Amateurhaftigkeit ... weißt du noch? Du hast nicht ganz unrecht. Wie dem auch sei, als ... zu einem bestimmten Zeitpunkt habe ich meine Prioritäten verlagert, und da zeigte sich eigentlich von selbst, daß meine Motivation als Geologin nur begrenzt war. Ich hab noch kurz im Labor gearbeitet, Dünnschliffe bestimmen. Das war's.«

»Weißt du noch, was du auf dem Monte Perdido gesagt hast? ›Ich hab kein Gedächtnis für Steine.‹ Eine ziemlich merkwürdige Äußerung für eine Studentin, fand ich damals.«

»An die Worte kann ich mich nicht erinnern, aber ich glaub dir sofort. Ich hab auch kein Gedächtnis für Steine.«

»Aber was hast du dann in den Bergen gemacht?«

»Eine Antwort auf eine Frage gesucht, die ich nicht kannte.«

»Und jetzt kennst du sie?«

»Nächste Frage bitte.«

»Arbeit?«

»In einem früheren Leben hatte ich mal ein paar Artikel für das Fakultätsblatt geschrieben. Ich weiß noch, daß der Redakteur zu mir sagte, ich hätte eine goldene Feder (der Mann war zweifellos verliebt), aber egal, ich kann ganz gut schreiben. Im letzten Geojahr habe ich angefangen, Reisegeschichten an drittklassige Blätter zu verkaufen, um mir etwas dazuzuverdienen. Danach habe ich mich spezialisiert. Kulinarische Reisereportagen. Dafür gibt's einen enormen Markt. Wir können gut davon leben.«

Wir.

Ein Schmerz schießt mir durch den Körper. Knapp zwanzig Minuten haben wir es geschafft, das Thema zu umgehen, aber jetzt liegt es da. Offen und bloß auf dem Tisch. Das große »Wir«, zu dem ich nicht gehöre, das aber seit ein paar Tagen zu mir gehört.

Rasch schwenke ich noch einmal um: »Männer?«

Xenia lächelt. »Männer. Ich bin direkt erstaunt, daß du erst jetzt damit ankommst. Nein, seit es Max in meinem Leben gibt, habe ich dafür keinen Platz gehabt. Keinen Platz eingeräumt. Natürlich liege ich gelegentlich mal mit einem Mann im Bett, aber nie im Rahmen einer Beziehung, will ich mal sagen. Meist laufe ich ihnen im Ausland über den Weg, dann weiß man wenigstens, daß man ihnen kein zweites Mal begegnen muß.«

Wir sind beim Punkt, denke ich. »Nicht immer«, sage ich.

Xenia blickt von ihrem Teller auf: »Das ist nicht auszuhalten, nicht, Abel?«

»Nein«, nicke ich, »das ist nicht auszuhalten. Wessen Idee war es, in diesem Scheißladen zu essen?«

Wir lachen uns an und stehen gleichzeitig auf – sie mit der Weinflasche unter dem Arm, ich zahle – und machen, daß wir hinauskommen.

»Würdest du noch einmal für mich kochen?« frage ich, als wir draußen stehen.

»War das die Frage?«

»Das ist die Frage.«

»Gut, *einmal*«, sagt sie und schlägt den Weg ein zu meiner Wohnung.

(Während ich mit Rachel am Feuer saß, zeigte ich ihr die Maladeta, dieses gigantische Stück Granit, und erzählte ihr von dem warmen Wasser. »Wie bei Xenia«, sagte ich, »Materie und Prozesse und Zeitskalen sind so verdreht und verzerrt, daß man nicht mehr weiß, ob man es mit der Ursache zu tun hat oder mit der Wirkung.«

»Was meinst du«, fragte Rachel, »hatte diese Studentin recht, als sie an der warmen Quelle, an der Oberfläche, maß?«

»Es geht doch nicht anders«, sagte ich. »Man kann schwerlich eine Bohrung bis in sechs Kilometer Tiefe vornehmen. Der erste Ausgangspunkt einer Fragestellung ist doch die Wahrnehmung einer simplen Tatsache. Von dort aus kann man weitersuchen.«

»Und jetzt deine Analogie zu Xenia.«

Ich schaue auf. Einen Moment lang schien alles so klar: Die Frau, die mich mitsamt Zukunft und allem über den Rand gestoßen hat, mein Entschluß, sie nicht mehr sehen zu wollen. Ihre erschreckende Unberechenbarkeit. *Unser* Kind. Was faselte ich da von der Maladeta daher? Was wollte ich mir selbst sagen, ohne es zu wissen?

Rachel durchbrach das Vakuum: »Abel, Vertrautheit ist etwas, das man sehr schnell bei einem Menschen oder bei einer Umgebung spürt. Auf diesen ersten Schritt folgt Vertrauen, und Vertrauen ist etwas, das man erkämpfen muß. Und zwar von beiden Seiten. Das kommt von ganz tief. Meiner Meinung nach hast du keine andere Wahl, als dem noch einmal, nachträglich, mit Xenia auf den Grund zu gehen. Nicht in der Tiefe, sondern an der Quelle.«

»Und ich dachte, du vertrittst den Standpunkt, man könne nie zum zweitenmal eine erste Begegnung haben. Oder wie ging deine Argumentation noch gleich?«

»Die Argumentation ist noch nicht zu Ende. Nach der ersten Begegnung, sagte ich, bleibt dir nichts übrig, als dich nach dem ersten Mal zurückzusehnen. Aber diese Sehnsucht, Abel, birgt auch die Möglichkeit, daß jedes Mal von neuem wie ein erstes Mal sein kann.«)

*

Ich darf sie sehen. Auf dem Boden, im Schein der blauen Flammen des Gasofens und des Kerzenleuchters über ihr auf dem Kaminsims liegt Xenia, und sie läßt sich von mir betrachten wie eine schöne Wand in einem erschreckend großen Massiv. Ich brauche nichts zu tun, meine Augen zeichnen wie von selbst die Faltungen und Wölbungen nach, die ich zwar kenne, aber nie richtig angeschaut habe. Sie ist älter geworden, die Mutterschaft hat ihre Spuren hinterlassen auf dem Körper, auf der Haut, in den Augen, die ich in unserem Sohn wiedererkannte. Aber sie ist auch ruhiger, merke ich jetzt, da ich selbst ruhiger bin. Als habe Gelassenheit oder Hingabe sie berührt – nicht im Hinblick auf mich, es wäre anmaßend, das anzunehmen: Xenia hat sich mit dem Leben ausgesöhnt.

»Möchtest du ihn sehen?« fragt sie.

Ich höre ihre Worte, lasse die Bedeutung aber noch nicht zu mir durchdringen. Ich lege meinen Kopf auf ihren Bauch und schmiege mich an sie, wie ein Kind, wie ein Hund; ich suche die Wärme dieses Körpers, der – so scheint es kurzzeitig – für zwei arbeiten muß. Ich zittere am ganzen Leib, und diesmal stehe *ich* kurz davor (wenn ich nicht ganz schnell mit einer guten Geschichte komme), loszuheulen.

Ich bin so müde, Xenia, will ich sagen, ich bin so müde vom Nicht-Suchen und Nicht-Finden. Ich bin so müde vom Nicht-Nachhausekommen, weil ich nicht weiß, wohin ich will. Ich weiß nicht, ob du bist, was ich suche, will ich sagen, aber ich will nicht weitersuchen müssen, ich will nicht wieder von neuem beginnen müssen, während das andere noch nicht einmal zur Hälfte abgerundet ist.

Möchte ich ihn sehen?

Natürlich will ich ihn sehen. Aber darum geht es nicht.

»Xenia, wenn ich deinen Sohn kennenlerne, wenn ich meinen, unseren Sohn kennenlerne, wirst du mich nie mehr lieben können als den, der ich bin. Du wirst mich nicht mehr kennenlernen. Du wirst mich nicht mehr als Mann sehen können. Von dem Tag an, an dem Max und ich einander in die Augen sehen, werde ich in deinen Augen Vater sein; wirst du, beabsichtigt oder unbeabsichtigt, die Schablone der Vaterschaft an mich anlegen, unter der ich versage, deine Erwartungen nicht erfülle. Nicht, weil ich so schlecht bin, sondern weil das nun mal so ist.«

»Und wenn wir das Kind erst mal ausklammern?« sagt sie.

Wäre das eine Alternative? denke ich. »Das ist keine Alternative«, sage ich.

Und als *afterthought* – wie eine Eruption, die erst jetzt den Ausgang gefunden hat – bricht es aus mir heraus: »Weiß er von meiner Existenz?«

Xenia schweigt. Ihre Hand sucht meinen Kopf, in der Absicht, mich zu streicheln, das spüre ich, aber in einem Reflex krallt sie sich in mein Haar. »Du bist eine Geschichte, Abel, wie du es in den letzten Jahren für mich gewesen bist, so bist du auch eine Geschichte für deinen Sohn. Ja. Er weiß von deiner Existenz. Ja. Er weiß sogar sehr genau von deiner Existenz. Bis in alle Details kennt er das Haus auf dem Montsec und kennt die Berge. Ich habe ihm von dem Strudelloch im Bach erzählt, in dem wir uns wuschen, vom Geruch deines Körpers nach einem Tag Arbeit in den Bergen. Er weiß vom Himmel, vom Wasser, von den Steinen, den getrockneten Fischen, vom Feuer und von den Wolken und den Gipfeln und der Klamm. Alles habe ich ihm erzählt. Aber weißt du, wenn er von einer Geburtstagsfeier mit einem großen Lutscher in der Hand zurückkommt und ich ihm sage: Gib mir den Lutscher bis nach dem Abendessen, sonst hast du gleich keinen Hunger mehr ... dann gibt er mir das Ding und hat es drei Minuten später schon vergessen. Dann sitzt er auf dem Fußboden und spielt mit seinen Lego-Steinen, und ich komme mit dem Essen, und wir essen gemeinsam am Tisch, und wir reden über den Tag und über das Fest bei seinem Freund, und der Lutscher kann ungesehen im Abfalleimer verschwinden. Sein Gedächtnis, Abel, ist so groß, wie die Welt konkret ist. Nicht weniger, aber auch kein bißchen mehr als das.«

»Vermißt er mich?«

»Nicht, solange du nicht für ihn existierst. Und was er bereits vermißt hat, läßt sich sowieso nicht mehr nachholen. Das tut weh, aber es ist die Wahrheit«, sagt sie und dreht sich zu mir um. »Abel, ich brauche keinen Vater für meinen Sohn. Den hat er schon. Das ist deine Sache. Was *ich* suche, ist ein Mann.«

24

House for sale

Wir verabredeten uns für den nächsten Sonntag beim Ziegenhof im Amsterdamse Bos, einem Sonntag ohne Regen. An dem Morgen wachte ich mit einem Kopf auf wie ein Basaltblock, ich hatte geträumt, daß die Hahnenfüße an den Türen von Montsec zum Leben erwacht und wie eine Schar von Krabben oder Skorpionen in mein Haus gekrochen waren, um dort die neugeborenen Kätzchen zu fressen. Ich hatte von einer Schlacht zwischen Armeen von Zinnsoldaten geträumt. Und ich hatte von Onkel Ewout und seinem Kadett geträumt.

Onkel Ewout besaß einen Opel Kadett, ein häßliches kotzbeiges Ding, das ihm nicht mal richtig gehörte. Aber schlimmer noch als das war sein ungenierter Stolz: daß jeden Sonntagnachmittag ein Mann vor der Tür unseres Hauses stand und sein Auto wusch, als wäre es die Venus von Milo. Und jeden Monat überwies er 49,50 Gulden an die Gesellschaft, von der er das Auto geleast hatte. *Für noch nicht mal fünfzig Gulden pro Monat!* knurrte er dann zufrieden und rieb sich die Hände neben dem blinkenden Blechding. Danach öffnete er eine Bierdose und wartete auf *Sport im Bild.*

Alpträume.

Ich hatte mir über alles mögliche Gedanken gemacht. Daß ich auf keinen Fall ein zweitklassiger Leasingvater werden würde, auf Abruf eventuell verfügbar (*für noch nicht mal fünfzig Gulden pro Monat!*), aber sonst unsichtbar. Daß ich kein Vergnügungsparkvater werden würde, der mangels besserer Ideen das Kind jedes zweite Wochenende vom Zoo zum Freizeitpark und vom Euromast zum Rundfahrtboot schleppt. Ich hatte auch nicht vor, meinem Leben Vorrang vor seinem zu geben – wie mein ehemaliger Studienfreund Jeroen, der mir triumphierend erzählte, wie er seiner nichtgeplanten Tochter irgendwann beibrachte: »Ich weiß nicht, warum du heulst, Kind, aber ich habe dir als Baby nie die Windeln gewechselt, und ich habe auch nicht vor, das jetzt noch zu tun.«

Seine Tochter war damals vierzehn und auf der Suche nach ihrem Vater.

Was ich vorhatte, wußte ich im übrigen genausowenig, viel Erfahrung hatte ich nicht als Vater.

Ich beschloß, im Bos joggen zu gehen, das ersparte mir auch den Gedanken an Kleidung: Was zieht man an, wenn man seinen Sohn zum erstenmal sieht?

Der Tag war schön, der Himmel frisch und klar im frühen Morgenlicht, mit hier und da ein paar kleinen Schäfchen- zwischen den Federwolken: die Atmosphäre im Gleichgewicht. Trotzdem waren erst wenige Läufer im Park, und der Wald schien ganz allein mir zu gehören; im Gras noch Tau, die Enten träge, dann und wann ein knacksender Zweig unter meinen Sohlen. Sogar die Flugzeuge, nicht selten ein Störfaktor, schienen diesmal eine andere Route zu wählen.

Ich war zu früh. Sogar wenn ich zuerst meine ganze Strecke liefe, wäre ich zu früh. Aber: Wollte ich nachher verschwitzt vor meinem Sohn erscheinen? Es war keine gute Idee gewesen zu laufen, aber so viel zu früh war ich auch wieder nicht, daß ich nach Hause zurückkehren und mich umziehen konnte. Verzweifelt lief ich los, die ersten Schritte wie immer steif; ich schüttelte Arme und Schultern locker, und allmählich kam Bewegung hinein, meine Füße fanden den Rhythmus, meine Atmung folgte, und mein Kopf ließ das Grübeln sein.

Als ich am Ziegenhof vorbeikam, herrschte dort noch friedliche Ruhe. Das Gatter geschlossen, die freiwilligen Helfer damit beschäftigt, das alte Stroh rauszuholen, das neue auszubreiten, damit die Kinder nachher ohne Bedenken zwischen den Tieren herumlaufen konnten. Eine Frau wischte die feuchten Sitze von Schaukeln und Wippen ab. Eine andere stellte das Schild am Weg auf: KAFFEE UND APFELKUCHEN. Ich lief weiter, jetzt im Gleichgewicht, die ganze Runde, um dann nach einer zusätzlichen halben Runde zu den Ziegen zurückzukehren. Die Leere in meinem Kopf gab mir Ruhe und Kraft.

Als ich fast wieder an meinem Ausgangspunkt bin, scheint die Umgebung langsam zum Leben zu erwachen. Ein Minibus vom Hundeausführservice speit sieben komplett überdrehte Tiere aus. Eine Jugendmannschaft von Ajax reckt und streckt sich am Ufer. Eine Gruppe grauer Wanderfreunde marschiert munter los. Vertraute Bilder. Die Welt dreht sich weiter. Und mit ruhigen, gleichmäßigen Schritten beginne ich meine zweite Runde – zum Ziegenhof.

Da, auf dem Weg zwischen dem großen und dem kleinen Wasser, entdecke ich ein einsames kleines Ruderboot auf dem See. Eine Frau bewegt die Riemen, langsam und kraftvoll, vorn am Bug ein kleiner Junge, mit dem Rücken zu ihr, der über das Wasser starrt. Ich sehe ihm aus der Ferne ins Gesicht und erkenne den Blondschopf. Xenia bemerkt mich nicht, sie rudert in meine Richtung. Der Junge sieht mich, zeigt aber kein Anzeichen von Erkennen. In seinen Augen steht ein Mann am Rand des Wassers, ein Jogger, der aus unklaren Gründen immer langsamer gelaufen ist, bis er stehenblieb, die Hand über die Augen legte und ihn jetzt anstarrt. Er sieht mich immer noch an (*neugieriges Vögelchen*), ich kann meinen Blick nicht von dem Bild lösen, das so lieblich ist, so friedlich. Die Frau, die da ruhig mit ihrem kleinen Sohn auf dem See rudert, die Frau, die an diesem Morgen vielleicht lange darüber nachgedacht hat, wie sie ihrem Sohn von der Begegnung mit seinem Vater erzählen soll, die Frau, die beschloß, erst mit ihm rudern zu gehen, wie um die Zeit zu dehnen oder um dem Moment gemächlich, wie ihre Schläge im Wasser, entgegenzugehen ... Da beugt der Junge sich vor, um mit dem Händchen ins Wasser zu fassen. Reflexartig ziehe ich meine Hand von den Augen weg, um ihn zu warnen –

Der Moment ist vorbei. Der kleine Junge sitzt wieder aufrecht da. Er dreht sich um und sagt etwas zu seiner Mutter, die über die Schulter antwortet. Die Hand unschlüssig in der Luft, als winkte ich ihnen, von ihnen unbemerkt, zum Abschied, blicke ich den beiden Rücken im Boot auf dem Wasser nach.

Der Ziegenhof ist in vollem Betrieb, als ich endlich ankomme. Das letzte Stück dorthin war mir endlos erschienen, in Gedanken versunken, hatte ich einen falschen Weg gewählt, wodurch ich mich in einem Wohngebiet am Waldrand zu verlaufen drohte. Ich bleibe am äußersten Gatter stehen und suche zwischen dem herumrennenden und -krabbelnden und nach Hühnern grabschenden Kroppzeug nach einem blonden Bürschchen. Einen Moment lang zögere ich (hatte er im Ruderboot nicht eine blaue Jacke an?), doch dann bleibt mein Blick an einem Jungen hängen, der sich furchtlos neben einer respekteinflößend großen Muttersau hingehockt hat und die Schweinchen streichelt, die an ihren Zitzen hängen. Und genauso wie vorhin am Wasser werde ich vom Bild dieses Jungen überwältigt, der unvermeidlich mein Sohn ist, unvergleichbar mit all den anderen Kindern, mit allen Kindern, die ich in meinem Leben je gesehen habe ... Wie ein Faustschlag trifft mich die Realität: daß hier ein Leben steht, das für immer das meine sein wird.

Der Junge sieht auf vom Streicheln und sucht Xenia (sucht *seine Mutter*). Als er sie entdeckt hat, steht er auf, streichelt die große Sau im Vorbeigehen und läuft auf Xenia zu. Ein Tisch, ein Glas Apfelsaft, ein Stück Apfelkuchen, drei Stühle ... Jetzt wird er selbst gestreichelt, während er trinkt, wobei sich Xenia leicht zu ihm hinbeugt, um etwas zu sagen, er mit baumelnden Beinen, Glas noch am Mund, kurz umherschauend und ... hops, wieder auf den Boden und los zu den Kaninchen.

So bleibe ich am Gatter stehen. Er führt meinen Blick an den Ziegen und den Hühnern und den Schweinen vorbei zurück zum Tisch (Xenia, die Kaffee trinkt), zur Schaukel, zur Rutschbahn (Xenia, die einem Kind auf die Beine hilft), Pullover aus, eine Schramme am Knie, eine Flasche Milch, um selbst ein Zicklein zu füttern (Xenia, die aufsteht, um zuzuschauen), ein Eis in der Tüte, ins Haus, um zu pinkeln (an Xenias Hand), dann erscheint er wieder, das Gesicht ein wenig naß von einem kühlenden Wasserschwall, Xenia jetzt mit Sonnenbrille, Xenia, die um sich schaut ...

Mutter und Kind. Mutter und Kind. Was läßt sich da noch einbringen, das diese Intimität nicht zerstört? Was ist für diesen Jungen bei mir zu holen? Was ist für sie noch zu finden?

Ich trete einen Schritt zurück. Noch einen. Schaue noch einmal gut hin. Dann drehe ich mich um und laufe in den Wald zurück.

*

Peter,

wie telefonisch besprochen, schicke ich Dir beiliegend die Schlüssel und alle erforderlichen Papiere für den Verkauf meiner Wohnung. Eine notarielle Vollmacht ist beigefügt, so daß Du in meinem Namen frei handeln kannst. Es eilt mir nicht, und ich wüßte es zu schätzen, wenn Du einen möglichst hohen Preis erzielen würdest, aber da verlasse ich mich ganz auf Dich. Wenn Du willst, kannst Du auf meine Kosten einen Makler einschalten, ganz wie Du es für richtig hältst.

Rachel ist mit meinem Angebot für Montsec einverstanden, obwohl sie es schwierig findet, es zu verkaufen. Die genauen Beweggründe dafür sind mir nicht klar, aber ich habe nicht weiter gefragt. Wenn es Dir gelingt, meine Wohnung ungefähr zu dem Preis, den ich mir vorstelle, zu verkaufen, habe ich genug Kapital, um etliche Jahre über die Runden zu kommen – inklusive der Investitionen für Montsec. Übrigens hat Rachel Nachricht von der Witwe erhalten, daß deren ältester Sohn bei einem ungeklärten Autounfall ums Leben gekommen ist; vielleicht ist es möglich, ihr bei der Verwirklichung ihrer Pläne für die Wintersaison zu helfen. Sie sind angeblich schon dabei, eine Skipiste anzulegen. Das würde meinen Verbleib in Spanien auch während der Wintermonate finanziell attraktiv machen.
Zum Glück bist Du ja so ein Kosmopolit, daß ich keine Angst haben muß, Dich lange zu entbehren (kleiner Scherz). Ich denke nicht, daß ich so bald wieder in den NL bin, vor allem nicht, wenn meine Pläne in bezug auf Montsec Gestalt annehmen. Es schenkt mir Ruhe, daß der Knoten durchgeschlagen ist. Das Gästehaus werde ich als erstes fertig machen, damit Du und Louisa im Herbst darin wohnen könnt.
Ich habe die Wohnung leer hinterlassen und einer Reinigungsfirma den Auftrag erteilt, sie picobello abzuliefern. Danach kommt ein Maler, um alles neu zu weißen. Der letzte Satz Haustürschlüssel wird Dir dann zugeschickt (*check check*).
Es ist gut, wieder hier zu sein. Besser als je zuvor. Selbst wenn Haus und Grund im Prinzip mir gehört haben, fügt das Wissen, daß es jetzt mein Eigentum ist, dem noch eine unerwartete Dimension hinzu. Ich kann mich darauf verlassen, daß dies mein Ort ist für jetzt und später (der Ort kann sich darauf verlassen, daß ich mich um ihn kümmern werde). Die Zeit der Ambivalenz lasse ich hinter mir. Wenn etwas mir Ruhe schenkt, dann dies: die Unzweideutigkeit und

Bedingungslosigkeit dieses Entschlusses. Ich habe endlich etwas gefunden, das ich ohne Vorbehalt als meins bezeichnen darf und will.
Genug gelabert (würdest Du sagen. Sage ich auch).
Ich freue mich darauf, Euch hier zu empfangen.
Tu Dein Möglichstes mit der Wohnung.

Dein Bruder, A.

III Deine Hand

25

Versuch eines Tagebuchs

Herbst / Winter

Ich kam ein paar Tage zu spät für die Beerdigung von Antonio, dem ältesten Sohn von Víola, die noch keine Nachfolgerin für die Witwe hat – Felipe weigert sich zu heiraten und ist in der Madrider Homoszene untergetaucht. Víola war die erste, die ich aufsuchte, aber viel Zeit gab es nicht, ihr mein Mitgefühl zu bekunden. Ein Bulldozer und ein kleines Heer von Lohnarbeitern warteten auf Anweisungen, die Hänge vom Bewuchs frei zu machen für die erste Skisaison.

Ich habe die Katze sterilisieren lassen. Sie drohte erneut bedrängt zu werden, und aus ihrem Wimmern und Kreischen schloß ich, daß es ihr reichte. Seitdem weicht sie nicht mehr von meiner Seite.

Die Jungs aus dem Dorf haben gute Arbeit geleistet. Weil in Kürze Geld aus Amsterdam frei wird, habe ich die großen Arbeiten aus der Hand geben können, so daß ein guter Teil von Montsec jetzt bewohnbar ist (Elektrik, Abwasserentsorgung etc.). Peter und Louisa sagten ihren Besuch für diesen Herbst ab wegen irgendwelcher Probleme mit ihrem Sohn Nathan, dem Strafrechtler, der aus nicht näher genannten Gründen selber ins Gefängnis muß.

Nichts Neues von meiner Wohnung in Amsterdam. Peter sagt, daß Flaute herrscht, und es regnet dort ständig, das scheint den Preis zu drücken.

Es gab eine Zeit, da bildete ich mir ein zu wissen, wozu alles gut war. Oder eher: daß die Frage nach Zweck und Grund einfach keine Rolle spielte. Das ist vorbei, aber was an dessen Stelle tritt, ist mir nicht klar. Es gibt jetzt überhaupt keine Frage mehr, denke ich manchmal.

Auf Initiative von Prof. Dr. J. Schornagel wurde mir ein Auffrischungskurs in Zusammenarbeit mit den Barcelonaer Geologen angeboten. Die Halbwertszeit in der Geologie beträgt ungefähr fünfundzwanzig Jahre, sagte Justus als Erklärung. Das bedeutet, daß ich fast wieder am Anfang stehe. Ich unterdrücke die Scham, die ich im nachhinein wegen all meiner Studenten empfinde, die ich so unkundig und uninteressiert betreut habe. Aber die erneute Begegnung mit der Geologie tut mir gut.

Max ist fünf geworden. Xenia schickte ein Foto von ihnen beiden, das jetzt an einem Nagel in der Küche hängt. Ich sehe es mir jeden Tag an. Ich sehe es mir jeden Tag tausendmal an.

Dieses Jahr keine Studenten zugeteilt bekommen. Ich habe noch ein paar Tage bei den Sedimentologen im Labor in Tremp mitgearbeitet, aber mein Rückstand erwies sich als zu groß, als daß ich von Nutzen hätte sein können.

Rachel sagt, ich müßte mal einen Brief schreiben oder ein Tagebuch beginnen. Das Wort *Einsamkeit* schluckte sie gerade noch rechtzeitig hinunter.

Winter

Ich werde wach auf dem Montsec (am ersten Tag, am zehnten Tag, am hundertsten Tag nach der Übertragung) und denke: *Das ist es!*, und ich begrüße den Morgen und begrüße die Katzen und begrüße den Hirten, der sich über dieses und jenes beschwert. Aber der Tag grüßt nicht zurück, und der Berg grüßt nicht zurück, und es ist, als spazierte ich wesenlos in einem

Gemälde umher, das ich immer bewundert habe, das aber jetzt, wo ich selbst von einer großen Hand hineingemalt worden bin, seinen Reiz verloren hat.

Das ist es also – *aber was ist das dann?*

Ich vertiefe mich in den Stoff, den Justus mich studieren läßt (ohne Zertifikat keine neuen Studenten). Ich fahre nach Barcelona und wieder zurück zu Vorlesungen, zu Terminen mit den Dozenten. Ich ziehe von neuem in die Berge mit den Augen des Geologen – Orogenese, Epirogenese –, um zu entdecken, daß jede Betrachtungsweise der Landschaft recht und unrecht tut.

Später

Ich machte mich auf den Weg: nicht nach Santiago de Compostela und nicht nach Montserrat und nicht nach Lourdes oder irgendeinen anderen Rummelplatz. Ich ging ans Ende der Berge, nach Cap de Creuz, der östlichsten Spitze der Pyrenäen, wo das Massiv sich wie ein riesiges Tier in die Wellen des Mittelmeers schmiegt, wo der Granit seinen schweren Kopf endlich vor dieser anderen Naturgewalt beugt, der Gewalt der donnernden Wogen und der Ostwinde, die seine rauhe Haut geißeln, bis er glatt und wehrlos und unschädlich ist.

Auf dem Weg dorthin biwakierte ich in der Nähe einer Berghütte. Auf der Terrasse saß der Hüttenwirt und putzte das Gemüse fürs Abendessen, neben sich auf dem Tisch ein starkes Fernglas auf einem Stativ. Ich folgte seinem Blick, sah aber nicht viel mehr als eine riesige Wand, die auf der anderen Seite des Tals aufragte. Der Mann überließ mir das Fernglas, und jetzt entdeckte ich in der Wand einen dunklen Couloir, und in ihm eine gewaltige Dreadlockmähne, die die Felsen hinaufkletterte. *Unser Koch*, grinste der Wirt und sah quasi-besorgt auf seine Uhr.

Noch vor Anbruch des Abends stand ein junger Mann mit gewaltigen Dreadlocks und einem schmuddeligen Geschirrtuch über der Schulter da und rührte pfeifend in Töpfen und Pfannen.

Am nächsten Morgen sah ich ihn im allerbleichesten Licht auf der Terrasse der Hütte, einen Becher Kaffee in Griffnähe und eine Selbstgedrehte zwischen den Lippen, wie er auf die Silhouette der in der Dunkelheit aufragenden Wand starrte.

Was ich erwartet hatte, weiß ich nicht, aber die letzte Teilstrekke zum Cap de Creuz war ein Alptraum, das Gebirge durchschnitten von Pässen und Schnellstraßen und gestört von Siedlungen, die wie ein monströser Lavastrom landeinwärts krochen. Als ich schließlich das letzte Stück Pyrenäengestein in den Fluten der Costa Brava versinken sah, überspült von *frozen margueritas* und Nirwana-Gejammer und dem Geruch von Bier und Bratwurst, ließ auch ich den Kopf hängen. Dies war keine gute Idee.

Am Strand war ein kleiner Junge, kaum neun, aber gewieft wie ein Alter, der mit einem großen Jutesack über der Schulter die Leute abklapperte, die schon am Morgen hier lagen. Das Grinsen auf seinem Gesicht zeigte in erster Linie verfaulte Zähne, darüber hinaus aber noch einen tieferen Verfall. Er kam auch zu mir, öffnete mit dreckigem Grinsen den Jutesack und sagte: *100 pesetas cada uno – o muerto!* und fuhr sich mit der freien Hand quer über die Kehle.

Fünf Welpen. Fünf Welpen in dem Sack, auf den ersten Blick nicht älter als eine Woche. Der Scheißegeruch war unerträglich, das Winseln herzzerreißend. Ich streckte meine Hand in die Öffnung und griff mir das erstbeste Tier, zog meine Brieftasche und gab dem Jungen etwas Kleingeld, nicht mehr als eine Handvoll, und danach verpaßte ich ihm so einen ungnädigen Tritt, daß ich hoffte, seine Eier wären hinüber – aber er stand auf, spuckte den Sand aus seinem fauligen Maul und ging weiter, seelenruhig, zu einer Gruppe bierbäuchiger Dänen, die noch betrunken waren von der letzten Nacht und in dem Sack zu grabschen begannen, als wären es dicke Titten.

»Nariz«, sagte ich, Näschen, denn das Tierchen, nicht mehr als ein mottenzerfressener halbtoter Mickerling, kroch mit seiner kleinen schwarzen, traurigen Nase in meine Achselhöhle und begann verzweifelt zu nuckeln, als gäbe es dort etwas zu holen.

In einem nahe gelegenen Supermarkt kaufte ich eine Dose Babymilchpulver – das mit Wasser anzurühren war – und ein Saugfläschchen. Ich fütterte das Tier, machte Platz in meinem Rucksack und legte Nariz oben hinein auf meinen Pullover. Und mit dem Welpen auf dem Rücken und der Sonne im Haar ging ich den schwarzen Stein hinauf, der Hunderte von Metern weit (verboten für Passanten) ins Wasser ragt. Aber die Magie war verschwunden, sofern es sie überhaupt gegeben hat. Ich habe nichts zu suchen am »Ende der Berge«.

(Auf dem Weg nach Hause fiel mir etwas Verrücktes auf: *Du schaust nicht nach oben!* wurde mir bewußt, du schaust immer nach unten. Immer den Nacken leicht gebeugt zum Boden, die Augen auf die Füße gerichtet, auf Schuhe mit harten Kappen, auf Eis und Lehm und auf Steine. *Immer* hängt dieser Kopf wie bei einem Tier, einem großen Graser, in einem Winkel von vierzig Grad nach unten. Als ob von dort aller Halt für den nächsten Schritt kommen müßte.

Und ich sah auf und schaute mich um – mit der Folge, daß ich stehenblieb.

Immer so gemacht, nie gewußt: daß Schauen und Gehen einander ausschließen.)

Das Wasser ist erschreckend niedrig in diesem Jahr, und es ist erst Anfang Mai, der Monat, in dem das Schmelzwasser die Nogueras und das Hinterland speisen müßte. Um die Gipfel auffallend viel Steinschlag, der Permafrost schafft es nicht mehr, die Felsen zusammenzuhalten. Die erste Waldbrandmeldung aus dem Süden. Wir gehen einem harten Sommer entgegen.

Peter hat sich wieder als guter Geschäftsmann erwiesen: Amsterdam ist für weit mehr als meine Preisvorstellung verkauft! Anders als ich gedacht hatte, fühlt es sich einsamer an denn je, jetzt, da das letzte Band durchschnitten ist.

Nariz hat zwei Monate lang fast nur gefressen und geschlafen. Ich sah, wie er unter meinen Händen aufblühte (nicht das richtige Wort für einen Hund), mit so viel Überzeugung, daß ich den Tierarzt zu Rate gezogen habe: Er ist ein Irischer Wolfshund, Risthöhe mindestens 1,20 Meter.

Kurzzeitig gab es noch ein Mädchen auf dem Montsec, aber ich wußte sofort, daß es ein Irrtum war. Sie auch.

26

Mein Name ist Bärbel

Ich weiß nicht, ob es stimmt, aber meine Mutter schrieb mir, man bekomme nur einmal im Leben die Chance seines Lebens; die müsse man erkennen und ergreifen, schrieb sie (ich gewann den Eindruck, sie hätte diese Chance gern für mich ergriffen), und sie ermahnte mich, in der Anlage ein Scheck, diese Gelegenheit nicht ungenutzt verstreichen zu lassen. *Bleib, solange du willst, Kind, du weißt nie, was es bringt, aber schaden wird es dir sicher nicht*!

Und so wohne ich bei Woods auf dem Montsec. Wohnte auf dem Montsec, denn ich bin dabei, meine Koffer zu packen. Ich bin fast zwei Monate hiergeblieben, das reicht. Obwohl ich nicht in seinem Haus wohnte, ist Woods keiner, der einen gleichgültig läßt, will ich mal sagen, auch wenn er den größten Teil des Tages unterwegs ist. Oder tagelang nicht aus den Bergen zurückkommt.

Meine Mutter ist genauso alt wie Woods und geht schon seit Jahren fremd. Sie schreibt mir auch schon seit Jahren intime Berichte über ihre Lover – weil mein Vater berühmt ist, kann sie keine intimen Freundinnen haben, sagt sie. Bin ich halt ihr Überlaufbecken, besser, als wenn sie Papa verlassen würde. Oder seinen Ruf leichtfertig aufs Spiel setzen, ebenfalls nicht undenkbar, wenn sie betrunken ist.

Mein Name ist Barbara, aber ich bin Bärbel geworden, seit ich, von meinem zehnten Lebensjahr an, in der Schweiz aufs

Internat ging. Davor war ich zwei Jahre an der Den Haager Ballettschule, völliger Quatsch, denn ich bin nicht sehr gelenkig, aber ich war wenigstens fünf Tage die Woche »untergebracht«. Mein Vater ist ein berühmter Konzertpianist und meine Mutter Gattin-des-berühmten-Konzertpianisten, also war für mich nicht so viel Platz, weder wenn sie in den Niederlanden waren und ich auf Zehenspitzen durchs Haus gehen mußte wegen Papas Proben (oder Ruhe oder Üben oder Besprechung mit dem Intendanten), noch wenn sie auf einer langen Auslandstournee waren. Das Internat war darum schon okay, weil ich von der Ungewißheit erlöst war, ob ich nun irgendwo anders untergebracht wurde oder nicht, bei der Tante oder nicht, notfalls auch bei der Nachbarin, die mich auf den Tod nicht ausstehen konnte (und ich sie auch nicht). Das Internat war wenigstens immer da, doof oder nicht, das brachte Ruhe. Im übrigen auch für meine Mutter, die sich ständig nur schuldig gefühlt hatte (*Kind, du hängst mir wie ein Mühlstein am Hals*), wodurch ich mich wiederum schuldig fühlte, weil es mich überhaupt gab.

Eine Nacht lang habe ich geweint. Und zwar, als ich frisch angekommen war und meine Mutter beim Abschied geschnieft hatte und ich nicht mehr wußte, ob ich ihr mehr Kummer machte, wenn ich da war oder wenn ich nicht da war. Danach wurde ich von Frau Rimpfisch in den Schlafsaal gebracht, wo dasselbe Gefühl mich beschlich, als ich fünf kalte Hände schütteln mußte und bei jedem Mädchen den Eindruck gewann, daß ich bestenfalls toleriert, aber bestimmt nicht als Gewinn betrachtet würde.

Wenn man nicht so ist, wie andere einen haben wollen, muß man eben werden, wie man ihrer Meinung nach sein sollte. So freundete ich mich trotz der kalten Hände mit meinen Zimmergenossinnen an, mit Claudia und Domi, mit Maren und Gerthe und Francine. Alle Einzelkinder, alle zu reiche Eltern und alle überzählig. Das Internat war selbstverständlich eine Mädchenschule, mit ausschließlich weiblichem Personal, Herrenbesuch verboten, es sei denn Verwandte ersten Grades, und auch dann nur im Wohnzimmer. Doch es passierte genug: Mangels Männern wußten wir einander zu finden, und mit vierzehn, fünfzehn war Sex – abgesehen von der tatsächlichen Entjungferung – in allen seinen Varianten für uns gefundenes Fressen.

Mein Name ist Bärbel, und dies ist meine Geschichte: daß wir auf einer unserer Touren Hänsl und Friedl kennenlernten – so nannten wir sie aus Jux, aber ganz fair war das nicht, denn es waren sehr hübsche Jungen und lieb obendrein. Der eine war am Konservatorium in Luzern, kam aber jedes Wochenende nach Hause, um seinem Vater auf dem Bauernhof zu helfen, der andere studierte Chemie in Zürich und fuhr aus lauter Heimweh fast jedes Wochenende nach Hause, in die Berge. Ich hatte in meinem ganzen Leben noch keine so hübschen Männer gesehen – sowieso hatte ich noch nie Männerkörper gesehen –, aber das schien doch dem Ideal ziemlich nahe zu kommen. Und das fanden wir alle fünf – Domi hatte sich inzwischen endgültig für die Frauenliebe entschieden.

Es war Gerthes Idee, uns von Hänsl und Friedl entjungfern zu lassen, zwar der Reihe nach (wie sonst), aber doch *zusammen*. Gerthe wetteiferte gern, ich denke, sie hatte Angst, sonst würde eine von uns als erste mit einer Geschichte nach Hause kommen. Wir fanden, das war ein spannender Plan, und in jener Nacht versprachen wir einander feierlich, nicht hinzuschauen, wenn eine andere es »tat«, und einander nicht zu verraten. Und weil wir zusammenwohnten und unsere Menstruation fast synchron war, suchten wir uns den sichersten Tag des nächstfolgenden Monats aus. Gerthe schrieb einen Brief, die Jungs waren einverstanden, und wir verabredeten uns am Eingang der alten Mergelgrube, wo sie Gänge und Säle kannten, in denen niemand uns finden würde.

Es ist komisch, aber was mir von jenem Nachmittag in der Grube vor allem noch in Erinnerung ist, war mein Vertrauen, ein zur Hingabe tendierendes Vertrauen: wie einer der Jungen mich an der Hand nahm und langsam in die Dunkelheit führte, während er in der anderen Hand die Gaslampe trug, die uns leuchtete; wie er intuitiv wußte, welchen Weg wir in dem Labyrinth aus Gängen nehmen mußten; wie ich mein Herz hämmern fühlte, bis er den Arm fest um mich schlang und ich mein Gesicht in seiner Achsel vergrub, wo ich seine Männlichkeit bereits riechen konnte. Zärtlichkeit ist ein seltenes Phänomen. Benennen kann ich es nicht, aber wenn es einen berührt, erkennt man es sofort.

Wir erreichten den »Saal«, den die Jungen für unseren Zweck im Sinn hatten, einen Raum wie eine Kathedrale, deren hohe Decke auf fünf Natursteinpfeilern ruhte, hinter denen sich jeweils ein kleiner Raum verbarg, als ob es kleine Kapellen wären. Und in der Mitte, von ihnen offenbar vorbereitet, ein großes, warmes Feuer, das die Höhle märchenhaft erleuchtete. Verlegen setzten wir uns ans Feuer. Von Tapferkeit keine Spur mehr. Der eine Junge packte seinen Rucksack aus und legte sich eine Wolldecke um die Schultern. Der andere, dessen Achsel ich gerochen hatte, stand auf und reichte mir die Hand: »In alphabetischer Reihenfolge, so war's doch abgemacht?«, und wie in Trance ließ ich mich von seiner Hand hochziehen und zu einer der Kapellen hinter den Pfeilern führen, und sein Freund breitete die Decke aus und fragte: »Wer von uns beiden?«, denn sie standen beide noch da, selbstsicher, aber auch gnadenlos: Es gab keinen Weg zurück. Weil ich nicht wußte, welcher von beiden, und weil ich Angst hatte, gleich loszuheulen, sagte ich: »Alle beide«, und gemeinsam zogen sie mich daraufhin aus und legten mich auf die Decke, und danach zogen sie sich selbst aus, ohne zu mir hinzuschauen, und sie halfen sich selbst ein bißchen, obwohl das nicht wirklich nötig war, denn ich sah zwei riesige Penisse, und dann schloß ich die Augen, um nicht wissen zu müssen, wer was machte.

Als es vorbei war, ließen sie mich liegen. Sie zogen sich an und gingen zum Feuer zurück. Claudia. Francine. Gerthe. Maren.

Als hätte ich geschlafen – ich hatte nicht geschlafen –, kehrte ich nach einer Weile in einen Zustand der Bewußtheit zurück. Ich zog mich an, faltete die Decke zusammen und setzte mich als erste wieder ans Feuer, wo die beiden Jungen saßen, die Mädchen aber noch nicht. Ich traute mich nicht, sie anzusehen, und traute mich auch keine meiner Freundinnen anzusehen, die nacheinander, eine zusammengefaltete Decke über dem Arm, aus der Dunkelheit auftauchten. Schweigend saßen wir am Feuer, bis die Jungen, erneut in ihrem Rucksack suchend, eine Flasche Wein hervorholten, sie öffneten und herumgehen ließen. Da war es gut, und ich traute mich ein bißchen zu weinen, und Francine bekam einen derartigen Lachanfall, daß sie auch weinen mußte, und Gerthe legte den Kopf in Claudias Schoß, und zu siebt tranken wir die Flasche aus.

Hier will ich aufhören, denn hier endet die Geschichte. Hier endet *diese* Geschichte: die Geschichte meiner Entjungferung. Denn als wir das Licht der Höhlenöffnung wieder sahen und die Augen zukniffen wegen des gnadenlos über uns herfallenden Nachmittags und wegen der Aussicht, zurückgehen und Frau Rimpfisch in die Augen blicken zu müssen, da drehte Gerthe sich um und sagte: »Ich geh zurück, ich will noch mal«, und sie nahm die Jungs an der Hand und sagte: »Ich will noch mal!«, und die Jungs lachten ein bißchen und sagten: »Okay.«

Das war das letzte, was wir von Gerthe und den Jungen sahen. Am nächsten Morgen erfuhren wir, daß Gerthe an dem Abend nicht zurückgekommen war und daß auch zwei junge Männer, Johannes und Fritjoff, die mit der Gegend vertraut waren, seit dem vorigen Tag vermißt wurden. Eine große Suchaktion wurde gestartet; Hubschrauber und Lawinenhunde wurden entsandt, um die drei zu finden. Frau Rimpfisch beorderte uns der Reihe nach zum Verhör zu sich. Hätten wir von der Mergelgrube erzählt, wären sie vielleicht rechtzeitig gefunden worden. Die Gänge haben insgesamt eine Länge von ungefähr vierzig Kilometern, aber die Männer, die einst als Kumpel in der Grube gearbeitet haben, kennen den Weg blind, besser als die Jungs aus den Bergen. Aber wir verrieten einander nicht.

Mein Name ist Bärbel, und zwei Monate lang wohnte ich bei Woods auf dem Montsec. Die ganze Zeit über blieb er schweigsam, ließ mich sein, wie ich war. Nach einigen Wochen im Gästehaus beschloß ich eines Nachts, an seine Tür zu klopfen. Er ließ mich ein. Er brachte mich in sein Schlafzimmer und hieß mich, mich auszuziehen. Aber er wollte mich nicht küssen, und er wollte mich nicht ansehen. Er wollte nicht, daß ich ihn ansah, und rührte mich nicht an, abgesehen von der Penetration, bei der er zupackend war und routiniert. Noch vor Sonnenaufgang weckte er mich und sagte: »Du darfst bei mir schlafen, aber ich will nicht, daß du neben mir wach wirst.« Dann schlug er die Decke zurück, und ich konnte das Bett verlassen.

Ein einziges Mal wagte ich zu fragen: Was machst du hier? Wer bist du eigentlich? Was bewegt dich? Aber der Schlag, den ich bekam, war so fest, daß ich nie mehr ein Wort gesagt habe.

Ich verstand: Ich durfte zwar dasein, aber *ich* durfte nicht dasein.

Zwei Monate waren genug.

27

Jungfrau vom Morgentau

Daß Víola mich bat, sie an Antonios erstem Todestag zu begleiten, überraschte mich sehr – seit jeher ist dieser erste Jahrestag der Toten ein groß aufgezogenes Familienfest. Da die Familie der Witwe groß ist und weit verstreut lebt, hat man ein Ritual der Juden übernommen – von denen sich ja dasselbe sagen läßt: Vielen Familienmitgliedern gelingt es nicht, rechtzeitig zur Beisetzung einzutreffen, so daß man den Brauch eingeführt hat, ein Jahr nach dem Tod den Stein aufs Grab zu legen und dabei des Toten nachträglich in großer Gemeinsamkeit zu gedenken. Es sind in der Regel festliche Zusammenkünfte, der erste Schmerz um den Verlust hat Zeit gehabt, nachzulassen.

Ihr Friedhof liegt hoch oben in den Bergen, zugänglich nur vom Gasthof aus und über einen steilen Pfad, so daß man mehrere Männer braucht, um den Sarg hinaufzutragen. Ich selbst bin noch nie bei so einer Beisetzung dabeigewesen, kenne aber die Fotos der Prozessionen, wie sie Mal um Mal und nach demselben Muster vonstatten gehen: vorneweg die Witwe, die Frau, die ihren Sohn oder Ehemann verloren hat, gefolgt von einem Musiker, dann der Sarg, getragen von den noch vorhandenen Männern, danach die Frauen in Schwarz und die Kinder. Einmal haben sie den Esel eingesetzt, um den Sarg zu tragen, die Witwe wurde damals ausschließlich von Frauen bewohnt und ein paar sehr jungen Söhnen.

Auch wenn ich ihre Beweggründe nicht verstehe, Víola ist eine gute Freundin. Also frage ich nicht, sondern werfe mich an diesem glutheißen Morgen in meinen dunklen Anzug, um sie zu begleiten. El Marido – auch nicht mehr der Jüngste – steht bereits auf dem Hof, den Stein auf den Rücken gebunden. Víola bittet mich, ihm zu helfen, diesen Kraftakt zu vollbringen, und geht uns mit einem Blumenstrauß in den Armen den Berg hinauf voran.

Im Gegensatz zu den sonst üblichen Gepflogenheiten in dieser Gegend hat die Witwe einen konventionellen Friedhof: keine Wände mit tiefen Schubladen, in denen die Toten verschwinden und deren Schlußstein mit einem gerahmten Foto des Verstorbenen geschmückt wird; diese Familie, ohnehin schon außergewöhnlich, begräbt ihre Toten anders. Hoch oben auf dem Berg ist ein Feld abgesteckt, in dem die Toten ihre letzte Ruhestätte erhalten: verdorrt, desolat und den Elementen ausgesetzt. Hier liegen die Männer – und gelegentlich eine Frau – Reihe um Reihe mit einem kleinen Stein auf dem Grab. Name. Geburtsdatum. Sterbedatum. Wer so viel zu bestatten hat, kommt ohne Barock aus.

Doch bevor wir dort angelangt sind – und ich el Marido von seiner tapfer getragenen Last erlösen kann –, läßt Víola mich den Esel an einen Baum binden und schlägt einen noch steileren Pfad ein, eine Abzweigung, die uns entlang der Felswand zu einem hinter einer Biegung gelegenen Plateau führt. Ich kenne diesen Platz nicht; sehe zwei mannshohe Höhlen, von Menschenhand nutzbar gemacht, und eine dritte, etwas kleinere, in der Víola verschwindet. Als ich ihr folgen will, bedeutet sie mir, draußen zu warten, was ich tue.

Fünfunddreißig Grad und noch nicht einmal zehn Uhr vormittags.

Ich verfluche den schwarzen Anzug.

Der Lämmergeier dreht seine ersten trägen Runden um die Bergspitzen.

Unter uns wartet ein grauer Esel mit seinem Stein.

Nach fünf Minuten erscheint sie wieder und blinzelt ins allzu grelle Licht. Meinen fragenden Blick ignoriert sie und hakt sich, inzwischen eine Sonnenbrille vor den Augen, bei mir ein. Zusammen gehen wir den Pfad zum Esel zurück, um von dort noch zweihundert Meter hochzusteigen, damit wir ihren Sohn mit seinem Stein bedecken und benennen können.

Ein »ungeklärter Autounfall« war alles, was sie gesagt hatte, aber was heißt *ungeklärt*? Später hörte ich, daß Antonio auf einem der Pässe durchs Geländer gebrochen und in die Schlucht gestürzt war – nicht undenkbar für den, der die Qualität der Straße dort kennt. Aber das genau ist das Merkwürdige an der Geschichte: Antonio *kannte* die Straße, Jungen wie er wissen genau, wo sie Gas geben und wo sie Gas zurücknehmen müssen. Auch von einem entgegenkommenden Fahrzeug war keine Rede gewesen, dem er hätte ausweichen müssen, und ebensowenig war Alkohol im Spiel. Es war acht Uhr morgens.

Ich vermutete, auch weil Víola über den Unfallhergang hartnäckig schwieg, daß ihr Sohn der erste von der Witwe stammende Mann war, der sein Schicksal nicht hat abwarten wollen – wenngleich das nichts am Ergebnis ändert. Aber jetzt verstand ich auch das Drama, denn ein Sohn, der vorzeitig ausgestiegen ist, und ein anderer, der sich zur Männerliebe bekehrt hat, das bedeutet das Ende der Dynastie auf der Witwe. Das ist es also. Das ist das Resultat von Víolas unermüdlicher Arbeit: Die Witwe stirbt aus – nicht durch die Unerbittlichkeit des Schicksals, sondern gerade deswegen, weil ihre Söhne ihr Schicksal selbst in die Hand genommen haben.

Und dennoch: Wenn mir etwas lieb ist an diesem Land, an diesem Bergvolk, dann ist es die Lebenskraft.

Wir legten den Stein aufs Grab, nachdem wir die stellenweise eingesunkene Erde mit den Füßen geebnet hatten; es wuchs bereits etwas Moos darauf und kleine Bergveilchen. Víola öffnete eine der Satteltaschen, die dem Esel um den alten Leib hingen, und gab ihm Wasser. Dann öffnete sie die andere Tasche, und es erschien ein reichliches Mahl: *pan con tomate* mit Tortilla und Schinken. Eiskalter Weißwein, der nach der morgendlichen Wanderung genau richtig temperiert war. Pfirsiche und Oliven aus dem eigenen Garten. Ein heimischer Käse.

Mit Víola habe ich nie geschlafen, obwohl wir uns schon lange kennen. Ihre Geschichte gleicht meiner zu sehr: Ich suche Trost im Kampf, nicht in der Hingabe. Und auch sie, als ich sie jetzt betrachte: Eine Frau, die wilde Iris auf das Grab ihres Sohnes legt, würdig in ihrer Trauer und unendlich mutig in ihrer Hingabe – was habe ich einer solchen Frau zu bieten, das sie nicht bei sich selbst findet? Jeder um ihre Schulter gelegte Arm würde ihre Kraft brechen – die Kraft, mit der diese Frauen der Reihe nach ihre Liebsten nach oben bringen: das Bewußtsein, daß es keinen Ausweg gibt, kein Entrinnen.

»Eigentlich ist es unsinnig, jemandem erst dann ein eigenes Stück Erde zu geben, wenn er tot ist«, sagt sie. Ihr Kopf liegt in meinem Schoß, ich lehne träge an einem großen Stein und folge den langsamen Kreisen der Vögel am Himmel.

»Jedes Kind müßte bei der Geburt genau dieses Stückchen Erde bekommen«, fährt sie fort, »eine Nadelspitze im Universum, die es als *seins* bezeichnen darf. Um einen Baum zu pflanzen oder um ein Kaninchen darauf zu halten, ein Loch zu graben bis zum Mittelpunkt der Erde … Das ist doch ein besserer Beginn eines Menschenlebens – daß man nicht ganz mit leeren Händen dasteht.«

»Ist das nicht genau das, was Eltern tun: ihrem Kind ein Elternhaus bieten, einen Garten, eine Schaukel, einen Apfelbaum?«

»Alles nur geliehener Besitz«, sagt Víola, »und auch geliehene Zeit. Denn bis du alt genug bist, um dir klarzuwerden, daß du ganz schön allein dastehst – und daß die Schaukel und der

Apfelbaum dir wirklich nicht für immer Halt bieten werden –, bist du dreißig, vierzig. Vielleicht fünfzig. Verlorene Jahre. Und dann fängt es erst richtig an.«

»Was würdest du tun mit deinem Stück?«

»Ein Huhn wäre nett«, sagt sie. »Und du?«

»Ich wollte immer schon ein Hünengrab haben«, sage ich nachdenklich.

Als wir auf dem Rückweg an dem steilen kleinen Pfad vorbeikommen, kneife ich sie in den Arm: *Erzähl mal ...* und nicke in Richtung der Höhlen.

»Das darfst du nicht wissen. Du bist ein Mann und außerdem nicht von hier«, lacht sie vorsichtig hinter ihren dunklen Gläsern. »Aber ich hatte es dir ohnehin erzählen wollen. Die ersten beiden Höhlen sind natürliche Höhlen, das hast du bestimmt gesehen. Unsere Männer nutzen sie viel in den Bergen, als Unterschlupf oder um zu übernachten, früher auch um Sachen zu verstecken, die über die Grenze geschmuggelt worden waren. Im Krieg haben eine Menge junger Männer dort gelegen ... An diesen Wänden klebt viel Blut. Die dritte Höhle ist von uns gemacht worden: von den Witwen. Den Frauen, die hierherzogen, war sehr schnell klar, was das Schicksal mit ihnen vorhatte, doch die Liebe war immer stärker: Nie hat ein Mädchen ihren Verlobten verlassen, wenn sie dahinterkam, daß er ein Sohn »von hier« war. Anfangs suchten die Frauen Trost im Tal, woher ja auch die meisten von ihnen stammten, Trost bei der Heiligen Jungfrau Maria. Aber sie verstand sie nicht, sie verstand den Kummer der Frauen nicht, und auch nicht ihre Hingabe. Mit der Zeit wuchs die Kluft zwischen der Jungfrau und den Witwen – und unterschätze das nicht: Dieses Band ist lebenswichtig!

Meine Ururgroßschwiegermutter zog die Heilige Jungfrau ihrer eigenen Mutter zu Rate, die aus Andalusien stammte.

Nach einer drei Tage währenden Vision begann sie, diese Höhle aus dem Stein zu hauen, die dritte – neben denen der Männer. Andere Urgroßschwiegermütter setzten ihre Arbeit fort, bis ein paar Generationen später die Kapelle für La Virgen del Rocío fertig war – die Heilige Jungfrau vom Morgentau. Jedes Mädchen, das sich von einem Sohn von der Witwe geliebt weiß, ruft seitdem La Virgen del Rocío an. Und am Morgen ihrer Hochzeit, noch bevor die Sonne über die Bergspitzen kriecht, steigt die Braut zusammen mit den Frauen von der Witwe dort hinauf. Dort, allein in der Dunkelheit, ist es an der Braut, die Jungfrau um die Kraft anzuflehen, die sie für diese Verbindung brauchen wird. Wir bringen unseren Brautstrauß in die Kapelle vom Morgentau und lassen ihn dort und nehmen einen Eimer Schutt mit hinaus, den wir als Ehrenerweisung für unsere Vorgängerinnen aus dem Stein heraushauen. Eine künftige Witwe ist daran zu erkennen: daß sie vor dem Altar keinen Brautstrauß trägt und daß ihre Nägel schwarz von der Erde sind.»

»Wie sieht sie aus, eure Jungfrau vom Morgentau?«

»Das kann ich nicht sagen«, sagt Víola. »Ich kann dir nicht sagen, wie das erste Schmelzwasser riecht, wenn es von den Berggipfeln fällt. Ich kann dir nicht sagen, wie das Wirbeln des jungen Geiers im Frühjahr klingt. Selbst wenn ich sie dir zeigen würde, könntest du sie nicht sehen wie wir. Sie ist nichts mehr und nichts weniger als unsere Mutter, Symbol der Liebe und Schönheit, der Rührung und Fruchtbarkeit. Sieh es so: Könnte ich je mit derselben Rührung deinen Sohn in die Arme nehmen, wie du es kannst?«

Später, bei schwindendem Nachmittagslicht auf der Terrasse des Gasthofs bei einem Glas Wein: »Abel, worum ich dich bitten wollte: Wenn die Witwe nicht mehr ist, was sie ist, wenn die Frauen endgültig von diesem Ort weggezogen sind und die Männer nicht mehr leben, um die Geschichte weiterzugeben, würdest du dann die Kapelle der Jungfrau vom Morgentau in deine Obhut nehmen? Würdest du sie für die nächste Generation erhalten – denn die kommt, das weiß ich –, nicht weil wir die Vergangenheit unbedingt konservieren müßten, sondern um der Zukunft ein sicheres Fundament zu geben. Würdest du das tun? Kannst du mir das versprechen?«

Es ist ein merkwürdiges Ansinnen. Ich schweige.

Dann spricht sie weiter: »Die Witwen mögen zwar bald ausgestorben sein, aber es werden genügend Frauen übrigbleiben, die sie brauchen.«

Da könntest du recht haben, denke ich.

*

Ich stelle mir vor, ich sitze am Rand seines Bettes: eines Holzbettes in einem kleinen Jungenzimmer. Die Wände sind grün oder blau, und ich stelle mir Poster von *Jurassic Park* und von *Star Wars* vor; auf dem Fußboden Gebilde aus Lego-Steinen, die Welten darstellen, von denen ich nichts weiß. Ich stelle mir vor, wie ich seine Stirn streichle, die noch warm ist von einem Tag voller Leben, und ich blicke auf die beweglichen Augenlider, hinter denen ich dieses unsagbar tiefe Grünblau weiß, das ich einst sah. Sein bloßgestrampeltes Bein schiebe ich sanft unter das Deckbett mit den breiten roten und weißen Streifen zurück.

Ich stelle mir vor, daß ich aufstehe und durchs Zimmer gehe. Ein Akkubehälter mit Wasser aus dem Graben, in dem Kaulquappen schwimmen, steht auf der Fensterbank, ein Pappkarton voller strammer Männer aus Plastik, mit Plastikschwertern und Plastiklaserpistolen, darunter auf dem Boden. Zeichnungen an der Wand von einem Haus mit einem Baum, von Flugzeugen, einem Urwald mit Elefanten. Meine Augen wandern über ein Regal mit Büchern: *Die Gebrüder Löwenherz* und *Wiplala, Erik und das Große Insektenbuch, Kreuzfahrt in Jeans.*

Und dort, auf dem Regal in der Ecke, ein Foto, gerahmt: das Gesicht eines Mannes mit freundlichen Augen, auf dem Kopf eine ulkige Schirmmütze und um die Augen die ersten Krähenfüße, Zeugen eines ganzen Lebens.

Ich schaue unter das Bett und entdecke ein Briefmarkenalbum, Schmetterlingsserien aus Tobago und Trinidad, exotische Tiere aus dem Kongo und Kamerun, Seite für Seite geordnet nach Herkunft oder Abbildung. Daneben ein Katalog mit Briefmarken aus fernen Ländern, die er sich für seine Sammlung noch wünscht, rot umzirkelt.

Es dauert ein bißchen, bevor der Notar den Zweck meines Kommens versteht. Zum erstenmal seit Jahren spüre ich, daß Worte nicht ausreichen. Meine Beherrschung der spanischen Sprache läßt mich im Stich. Ja, ich habe einen Sohn in den Niederlanden – anderer Nachname, stimmt, noch nicht anerkannt, stimmt auch, aber das kommt noch –, dem ich meinen Grund und Boden, Montsec, vermachen will. Nein, mehr habe ich nicht. Ich habe keine Hypothek und keine feste Stelle. Ich habe keine Frau. Keinen nennenswerten Besitz. Keine Altersversorgung. Keine Lebensversicherung. Aber ich habe einen Sohn, und ich vermache ihm alles, was ich besitze.

Später.

Denn erst gibt es noch ein Leben.

28

Einen Sommer

Wir werden es ausprobieren, schrieb sie, *ein paar Wochen lang. Einen Monat. Einen Sommer.*

»Dann hast du genau das richtige Jahr erwischt«, schrieb ich zurück. »Das Wasser ist alle. Fünf Monate lang kein Regen. Das Strudelloch ist trocken. Der Stausee sieht aus wie eine Pampa. Und der Brunnen ist fast leer.«

Dann bohren wir eben einen neuen, schrieb sie zurück. *Und Max braucht nur ein Eimerchen voll.*

»Das wird sich machen lassen«, schrieb ich wieder, »in der Klamm fließt noch ein bißchen.«

Kaufen: Eimerchen, Schäufelchen etc., Sonnenschirm (?), Wassersandalen. Sonnencreme!!! – schrieb ich an die Wandtafel in der Küche.

Muß ich noch etwas mitnehmen? Außer Badezeug?

»Kleine Bergschuhe. Rucksack. Hämmerchen. Lupe«, schrieb ich zurück.

He, der Junge kann kaum auf einem Fahrrad sitzen!!!

Kaufen: Fahrrad! (Helm?) – ergänzte ich die Einkaufsliste: kleine Wanderschuhe. Fernglas. Lupe.

»Muß ich noch irgendwelche Vorkehrungen treffen?« schrieb ich wieder: »Treppengitter? Türschließer? Jodpflaster? Nachtwindeln?«

Du bist gut, kam's zurück, *wird schon gutgehen.*

Wird schon gutgehen.

Nervös wie nie zuvor stelle ich das Haus auf den Kopf, sehe kritisch die Wäsche durch (die fadenscheinigen Handtücher ... und diese verwaschene Bettwäsche, geht das noch?). Wackelnde Stuhlbeine, unvollständige Küchenausstattung. *Nichts ist wirklich fertig in diesem Haus* ... Xenias Worte von vor hundert Jahren schwirren mir durch den Kopf: Nichts ist wirklich »fertig«, in der Tat, aber was ist das schon? Was sagt das über einen Haushalt, über einen Mann, ein Leben, wenn alles da ist und mehr oder weniger seinen Zweck erfüllt, aber nichts ganz heil ist oder einwandfrei funktioniert, komplett, sauber oder einfach fertig ist? Mängel gehören zu einem Haus, wie Haustiere dazugehören: laut, furzend, in der Mauser, immer zwischen den Füßen, in deinem Sessel schlafend ... aber ein Leben ohne Tier ist undenkbar, in so einem Haus könnte man nicht leben. Trotzdem ist es etwas anderes: Dieses Haus leidet nicht an seinen natürlichen, *häuslichen* Mängeln, es leidet an mangelnder Zuwendung.

Ich komme auf Touren. Noch fünf Tage. Der komplette Hausrat wird auf den Hof geschmissen und alles, was nichts mehr taugt, auf die Feuerstelle gekippt. Tagein, tagaus steht die Werkzeugkiste in der Küche, und ich rücke jedem Quietschen und Knarren und Wackeln zu Leibe, das mir vorher nie aufgefallen ist – bis jetzt. Der Pinsel kommt zum Einsatz, Besen und Eimer mit Seifenlauge. Dann wandert alles aus Stoff – Vorhänge, Wäsche, Hemden, Badehandtücher – unerbittlich in große Säcke: Rachel hat nicht nur eine Wasch-, sondern auch eine Nähmaschine, mit der sie umgehen kann, und eine Knopfschachtel ...

Vier Tage, bis sie kommen. Ich fahre ins Alcampo, wo die Klimaanlage dermaßen auf Hochtouren läuft, daß ich eine Lungenentzündung befürchten muß. Es ist ein x-beliebiger Dienstagvormittag, und als einziger Mann zwischen sich abrackernden Frauen bin ich eine merkwürdige Erscheinung. Coca-Cola oder Kakao? Am liebsten würde ich eine dieser Frauen ansprechen: Sagen Sie, was trinkt ein sechsjähriger Junge? Möchte der Cornflakes zum Frühstück, ein gekochtes Ei, Haferflocken mit braunem Zucker? Zahnpasta mit *Action Man* oder mit *Bert & Ernie*? Fisch oder *nuggets* in Form von Fisch?

Ich könnte ja warten, bis Xenia da ist, und sie in dieser Eiseskälte einkaufen lassen, aber das geht mir doch gegen die Ehre.

Dann, in der Abteilung Süßigkeiten-Kuchen-Torten-Eis, halte ich inne. Der Junge ist noch zu klein für diesen Unsinn, beschließe ich, aber vielleicht möchte Xenia etwas in der Richtung. Nach langem Zögern werfe ich ziemlich hilflos eine Schachtel Kirschpralinen in meinen Wagen: *Mon Chéri*.

Mit einem einen halben Meter langen Kassenbon und einem Betrag darauf, von dem ich für gewöhnlich zwei Monate leben kann, packe ich kurz darauf die Schachteln ein, während ich mir schon mal überlege, welche Bestimmung ich der unendlichen Menge nutzlosem Zeug geben könnte, das ich gekauft habe. Haben Rachels Schwestern inzwischen nicht reichlich Enkelkinder …?

Noch drei Tage. Das Haus ist tipptopp wie nie zuvor. In der unglaublichen Hitze sind die frisch gekalkten Wände im Nu getrocknet, die Fußböden glänzen wie eine Eisbahn, die Küchenschränke sind ausgemistet, geschrubbt und neu eingeräumt. Rachel gibt Bescheid, daß sie die Wäsche morgen bringt – ich höre ihrer Stimme an, daß sie ein Grinsen nicht unterdrücken kann, was ich ihr übelnehme (und es stimmt mich trotzdem dankbar, daß sie still über meine Schulter mitschaut, meine *tontería* ein wenig relativiert).

Dann aber gerät der Prozeß ins Stocken. Ich habe den schweren Tisch in die Küche zurückgeschleppt, das ausgeklopfte Sofa wieder ins Wohnzimmer, die Matratzen – draußen gelüftet – senkrecht an die Wände gestellt. Welches Bettchen bekommt er jetzt? Und welches Bett sie? Schlafen sie zusammen in einem Zimmer, oder schlafen wir zu dritt? Schläft Xenia bei mir und

Max im Nebenzimmer? Ich mit Max? Unschlüssig gehe ich mit Matratzen und Kopfkissen von einem zum anderen Raum, schleppe ein Bett hierhin, schleppe es wieder zurück, stapele Decken hier auf und dann wieder da.

Blödmann, denke ich: Was meinst du denn selbst? Hast du eine Idee, wie du selbst es siehst? Hast du eine Vorstellung, einen Wunsch, ein eigenes Ziel? *He, Arschloch, wie ist dein Plan?*

Noch zwei Tage. (Meine Mutter gab mir eine lebendige Erinnerung mit, als sie uns zwei seltene Male mitten in der Nacht aus dem Bett holte und vor den Fernseher setzte. Das eine Mal für *Rumble in the Jungle*, den historischen Boxkampf zwischen Mohammed Ali und George Foreman im dunklen Zaire. Das andere Mal, fünf Jahre davor, für die Apollo-Landung auf dem Mond. Körnige Schwarzweißbilder von einem nicht genauer erkennbaren Kontinent – das also mußte der Mond sein –, immer wieder unterbrochen von Chriet Titulaers überdrehten Kommentaren und von Bildern vom vier Tage zuvor erfolgten Start: *Four – Three – Two – One – Ignition ... Apollo eleven is on its way to the moon!* Das, die Erinnerung an den Augenblick des Starts, jagt mir immer noch Schauer über den Rücken. Von der Landung auf dem Mond habe ich merkwürdigerweise kein einziges Bild.)

Rachel entschuldigt sich, daß die Vorhänge eingelaufen sind. Zu heiß gewaschen, meint sie, aber auch nicht die allerbeste Qualität. Ich nehme ihr Getrödel hin, als sie versucht, mit einem Bügeleisen noch ein paar Zentimeter zurückzugewinnen, als sie die Bettbezüge auf die Räume verteilt, die Badetücher zusammenlegt, als wären es Habite für ein Konklave.

»Ich koche was für dich«, sagt sie, aber ich will nichts davon wissen.

»Ich komm gleich zu dir«, sage ich störrisch. »Ein Glas Wein reicht.«

Noch ein Tag. Der Himmel hat sich bezogen. Binnen noch nicht einmal zwölf Stunden ist die Temperatur drastisch gesunken, und mit der Kälte rückt eine Front aus der Biskaya an, als wäre es die englische Flotte, die angestürmt kommt, um Philipp den Schönen noch nachträglich wegzufegen. Nachts werde ich vom ersten vorsichtigen Tröpfeln wach, das schon bald in Trommeln und Prasseln übergeht, und noch bevor es Tag wird, ist die Hölle los, und das Wasser kommt nicht kübel-, sondern containerweise vom Himmel und von den Hängen herunter. Es schüttet und schüttet, kein Gedanke daran, das Haus zu verlassen, geschweige denn den Weg hinunterzugehen, der sich in einen wüsten Schlammstrom verwandelt hat. Vom Küchenfenster aus blicke ich auf eine Landschaft, die sich über Nacht von einer flimmernden Wüste in undurchdringliche Wolken- und Wasserschleier verwandelt hat – und zusammen mit der Erde, mit diesem Land, atme ich erleichtert auf. Regen!

Die feuchte Kühle im Haus, anfangs eine Erleichterung, vertreibe ich, indem ich in allen Räumen Feuer mache. Im großen blauen Schlafzimmer richte ich das Bett, das Doppelbett, in dem zwar oft geschlafen wurde, aber selten mit Genuß. Das kleine Zimmer daneben bekommt ein Fahrrad am Fußende des Bettes und im Schrank eine bescheidene Ausrüstung für einen tapferen Pfadfinder. Auf den Nachttisch lege ich eine Mappe mit Briefmarken, die ich nach langem Suchen in einem größeren Ort mit einem größeren Postamt gekauft habe; Marken zu 20 und 45 und 100 Peseten, mit romantisierten Abbildungen unserer Berggipfel: Aneto. Picos de Europa. Mulhacén. Balandrau.

Noch zwölf Stunden. Wenn alles glatt läuft, fahren sie morgen bei Tagesanbruch ins Tal. Ich sehe mich in meinem Haus um: Ich bin fertig. Mehr habe ich nicht zu bieten. Dies ist alles, was ich habe. Dies ist alles.

Es ist fünf Uhr morgens, als meine Unruhe mich weckt; draußen ist es noch dunkel, aber als ich auf die Terrasse hinausgehe, sehe ich, daß der Himmel sich zu lichten beginnt. Vom Schaukelstuhl aus, jetzt mit einem großen Becher Kaffee in der Hand, schaue ich zu, wie die Sterne verblassen, und ich lausche den Tieren, die langsam in Gang kommen. Dann, bei den ersten kräftigen Sonnenstrahlen, lasse ich mich von der Wärme umarmen: Mein Garten, mein Berg, meine Landschaft gehen nach der Sintflut auf wie ein riesiger Blumenstrauß, der gelbe Ginster flammend am Hang, die blauen und violetten Veilchenfelder dazwischen wie die Augen auf den Flügeln eines Schmetterlings. Ich warte. Ich habe lange gewartet. Aber jetzt erscheint doch der glänzende Punkt über dem Paß – sie fährt schnell, viel zu schnell, denke ich streng.

Rasch gehe ich hinein und ziehe mich an. Der Tag hat begonnen.

*

Schön ist das: daß ich ihn anfassen kann, wenn ich will, diese unvorstellbar warme Haut fühlen kann. Daß ich ihn auf den Schoß nehmen kann, wenn er müde ist, und er erst noch zögernd, dann aber hingebungsvoll, Daumen im Mund, an mir hängt wie ein Äffchen. Daß ich den Nonsensliedchen lauschen kann, die er singt, während er mit dem Wasser spielt, endlos sich selbst wiederholende Variationen von Melodien, die noch etwas unvollkommen in seinem kleinen Hirn gespeichert sind. Es ist schön, ein Butterbrot für ihn zu schmieren, nach spanischer Art *con tomate*, das ohne Murren, ohne Nachdenken gegessen wird. Das Fernglas, das ich für ihn gekauft hatte, hat er innerhalb von drei Tagen fachkundig auseinandergenommen, nicht mit Gewalt, sehr lerneifrig ging er vor, das Resultat trotzdem nicht rückgängig zu machen. Mit seiner Lupe versucht er einer falschen Wespe zu folgen, die in seinen Apfelsaft zu fallen droht, aber das Tier wehrt sich, Max bekommt seinen ersten häßlichen Stich, und ich sauge das Gift und das Blut aus dem Arm meines Sohnes. Das ist schön.

Xenia bleibt auf Distanz. Sie bleibt beim Haus, wenn ich Max zu dem Bach weiter oben mitnehme, wo er und ich einen Staudamm aus Steinen bauen, bleibt bis zum letzten Küßchen in der Küche, wenn ich ihm die Zähne putze (*Action Man*), ihm aus *Der Wind in den Weiden* vorlese, das ich noch irgendwo herumstehen hatte (einschläfernd), wenn ich seine Vorhänge zuziehe und ihm gute Nacht wünsche – um den letzten Nachtkuß seiner Mutter zu überlassen. Auch das ist schön.

Sie schläft nicht bei mir. Sie schläft auch nicht bei Max. Sie schläft allein, draußen, auf der Bank neben dem Feuer.

Als sie angekommen waren und ich ihr die Schlafzimmer zeigte, legte sie vorsichtig eine Hand auf meinen Arm: »Noch nicht gleich«, sagte sie, »erst mal zu mir kommen«, und sie stellte ihren Koffer unausgepackt ins Schlafzimmer und legte ihren Schlafsack schon mal neben das Feuer.

»Ich hab das vermißt, das Draußenschlafen.«

»Draußen ist der einzige Fleck, wo man nie Heimweh bekommt«, sagte ich.

»Ob das der Grund ist?« antwortete sie abwesend.

Oft sitzt sie abends still am Feuer und liest ein Buch, hilft mir tagsüber bei allen möglichen Arbeiten rund ums Haus, was sie schon immer gern getan hat. Wir machen Pläne für das Bohren eines neuen Brunnens, ein Unternehmen, das seit dem Wolkenbruch neulich keine Eile hat. Beim Abwaschen erzählt sie, daß sie eine andere Arbeit sucht, weil sich die bisherige nicht mehr mit Max' Schulzeiten kombinieren läßt. Ich zeige ihr durchs Küchenfenster den Berghang in der Ferne, dessen Flanken Bulldozer von Vegetation und Steinschlag befreit haben, für die erste Skipiste in diesem Gebiet.

Erstaunlich, denke ich, wie einfach die Dinge sein können, wenn man sie einfach beläßt.

Und ich danke ihr am Ende jedes Tages, daß sie mir Max gebracht hat.

»Ist es eine große Umstellung?« fragt sie.

»Ich hätte nicht gedacht, daß es so selbstverständlich sein würde«, sage ich.

»Freu dich nicht zu früh«, lacht sie, »nach einer Woche hängt dir das Kind zum Hals raus.«

»Das scheint dazuzugehören«, sage ich, »aber schick mich ja weg, bevor ich ihn schlage.«

»Er findet dich nett«, sagt sie.

»Er ist nett.«

In der zweiten Woche machen wir uns hübsch, um auszugehen. Ich fahre mit Xenia und Max zuerst zu Rachel für ein großes Glas Wein (und nasse Klamotten bei Max, der im Bach eine Forelle verfolgte), danach nach Las Nieves, wo ein neues Restaurant aufgemacht hat, das bereits gut läuft. Max hat sich schnell an die spanischen Zeiten angepaßt und rennt mit den anderen Kindern im Restaurant unermüdlich zwischen den Tischen herum, links und rechts von den Tischen Brot und Oliven stibitzend, die er inzwischen offenbar mag. Mir gegenüber sitzt Xenia, bereits etwas verwilderter als am Tag ihrer Ankunft, aber mit Lippenstift, das denn doch, und aufgestecktem Haar. Sie ist hübsch. Sie ist hübsch in der spanischen Sonne. Sie ist hübsch im Kerzenlicht. Sie ist hübsch, wie sie sich nach Kräften bemüht, nicht auf den Jungen zu achten.

Und ich denke: Könnte es sein, daß ich mich zum zweitenmal verliebe? Oder war da nie Verliebtheit, war diese erste Episode in unserem Leben lediglich ein *Versuch*, auf den ich hauptsächlich meine eigenen Bedürfnisse projizierte, ohne darauf zu achten, wer sie war? Ich weiß: Die Verbissenheit, mit der ich mich in den letzten Jahren durchgeschlagen habe, kam nicht nur von ihrem Fortgehen; sie hatte mich an dem schnuppern lassen, was ich unter Leben verstand – *das* war der Verlust, mehr noch als die Frau.

»Warst du sehr böse?« fragt sie und nickt in Richtung Max.

Was für eine Frage! Und ob ich böse war. Ich war wütend. Ich habe mit dem Kopf gegen die Wand geschlagen, mir die Haare gerauft. Ich wollte dich erwürgen, und das Kind dazu, Xenia – *Ja!* Ich war böse. Aber dieses Gefühl läßt sich schwer zurückrufen. Es war Wut wegen der Leere, wegen allem, was *nicht* da war. Es war, als fräße mich die Leere von innen her auf. Aber jetzt, wo ihr da seid, scheint die Verzweiflung wie aufgelöst. Verschwunden. Oder …?

»Ja«, sage ich schließlich, »ich war unsagbar böse, nicht so sehr wegen des Kindes, als vielmehr wegen der Konsequenzen. Daß ich eine Zukunft auf einer Zeitlücke aufbauen muß, einer Lücke von vier, fünf, sechs Jahren, die sein Leben umspannt, aber auch unser Leben umspannt oder, besser gesagt, die Jahre, in denen du *nicht* in meinem Leben warst.«

»Ich hielt mir ein Hintertürchen offen«, sagt sie zaghaft, den Blick auf den Schoß gesenkt.

»*Hintertürchen* nennst du das! Bist du seinetwegen weggegangen?«

»Nein«, sagt sie, »da wußte ich es noch nicht. Aber ich war unheimlich froh über seine Ankunft. Bis dahin schien mein Leben nicht mehr als eine Resonanz, ein Echo aus einer leeren, hohlen Vergangenheit, vor der ich auf der Flucht war. Max hat mir wenigstens eine Verheißung von dem geschenkt, was das Leben noch sein könnte.«

»Ich dachte, wir hätten es gut zusammen gehabt. Damals«, sage ich gereizt.

Xenia hält den Blick noch immer auf ihre Hände, auf ihren Schoß gerichtet. »Dachte ich auch. Ernsthaft. Bis ich dich wiedersah, im Krankenhaus bei den Nonnen. Du saßest im Fenster meines Zimmers und schautest auf die Berghänge, und ich sah, daß du weintest, daß dir die Tränen lautlos über die Wangen liefen, über die Haut, die so schrecklich zugerichtet war. Deine Hände, sonst so stark, lagen wie lahme Vögel in deinem Schoß, wie Vögel, die mit voller Wucht gegen eine Scheibe geflogen waren ... Du dachtest, daß ich schlief. Ich stellte mich schlafend. Ich konnte es nicht mit ansehen. Ich wußte, wenn du mir in die Augen schaust, dann fühle ich, was ich nicht fühlen will – und das erste Gefühl, das sich einstellte, war Angst. Solange du mich nicht sahst, brauchte ich nicht zu fühlen, nicht zu existieren.«

Sie schlägt den Blick auf. Tränen laufen ihr über die Wangen. Sie schämt sich nicht.

»Du bleibst sitzen«, sage ich sanft, »wie mutig, jetzt nicht wegzulaufen.«

»Tu ich nicht mehr«, sagt sie, »nicht, bevor der letzte Gipfel umrundet ist.«

Über den Tisch hinweg greift sie nach meiner Hand und drückt meine Finger. Starke Hände hat sie, Bergsteigerhände, Geologenhände. »Du tust mir weh«, sage ich.

Pssst. Sie legt den Finger auf ihre Lippen. *Nichts sagen.*

Dann schließt sie die Augen, ihre Hand immer noch meine umklammernd. Und dann erzählt sie ihre Geschichte. Von dem Archäologen und von den Reisen. Von den Touren, die sie machten, und von ihrem Wachsen. Von ihrer unbezähmbaren Lebenslust, von seiner Inspiration. Und schließlich von seinem Sturz in die Schlucht, dem Seil, das unhaltbar war in ihren Fingern ... Ihrer Scham zu leben, weiterzuleben. Ihrem Wunsch, nie mehr gesehen werden zu müssen.

»Ich weiß«, sagt sie dann, »daß das Kind nicht die Lösung sein darf. Dieses Bewußtsein dämmerte mir sofort – zum Glück. Aber das Leben mit ihm, in der Abgeschlossenheit der Sorge für ihn, war wie ein Gefäß, in dem der Wein die Zeit erhielt zu reifen – Wein, der durch den Kontakt mit der Außenluft sauer zu werden drohte.«

Dann, als erinnerten ihre eigenen Worte sie an ihren Sohn, schreckt sie auf und blickt wild um sich: »Mist! *Wo ist Max?*«

Ich lächle und deute auf das große Kaminfeuer, vor dem ein großer Irischer Wolfshund ruht, zwischen den Pfoten zusammengerollt ein blonder schlafender Junge.

Das Feuer brennt sacht. Die Nacht ist kühl, aber klar. Am Küchentisch habe ich in den Readern gelesen, die mir Justus geschickt hat. Durchs Fenster sehe ich Xenia in ihrem Außenbett. Sie versucht, bei den letzten Flammen des Feuers zu lesen, was wahrscheinlich nicht geht. Ich bringe ihr einen Kerzenleuchter und gehe wieder hinein. Morgen wird es wieder regnen, hat Rachel gesagt, wir sind gesegnet. Ich setze den Kessel aufs Feuer.

Dann stehe ich auf und gehe ins Schlafzimmer. Ich nehme die Matratze, rolle sie zusammen und trage sie nach draußen.

Xenia sieht auf, aber ich lege den Finger auf meine Lippen.

Ich komme zurück mit Decke und Kopfkissen und mache ein großes Bett neben dem Feuer. Ich drehe das Gas unter dem Kessel aus, lösche die Kerzen, schaue kurz ins Zimmer, um die Atemzüge des Jungen zu hören. Dann nehme ich die Teekanne und zwei Becher und schließe alle Türen hinter mir.

Draußen ist Halbmond.

Ich ziehe mich aus und krieche ins Bett. Ich winke ihr, sich neben mich zu legen. Einen Moment lang sehe ich Zögern, dann steht sie auf und rutscht zu mir unter die Decke. Ich gebe ihr einen Becher, wir trinken und schweigen und schauen, auf dem Bauch liegend, auf die Landschaft unter dem Mond, die sich auf den morgigen Regen freut.

Vorsichtig schiebe ich meine Hand unter der Decke zu ihr und suche die ihre. So liegen wir, Hand in Hand.

»Ich hatte Heimweh«, sage ich, »deine Höhenangst ist mein Heimweh, Xenia. Mehr als das ist es nicht.«

29

Die Stufen zum Himmel

Er merkt es nicht, als ich noch vor Sonnenaufgang das Bett verlasse. Es ist wieder Regen angesagt, aber der Himmel ist noch klar, und es geht kein Windhauch. Ein herrlicher Tag, der zweifellos mit einem Feuerwerk aus Donner und Blitz zu Ende gehen wird. Nackt gehe ich in der kühlen Nacht den Weg hinauf zum Strudelloch, in dem genug Wasser für ein eisiges Bad steht. Der Schmerz und Genuß des kalten Wassers auf meiner Haut bringt mich zum Weinen. Tief tauche ich mein Gesicht und die Haare in den Bach – die Haare werden langsam, aber sicher wieder struppig vom Wasser, von der Sonne, vom Staub auf dem Berg.

Ist dies Glück?

Im Haus herrscht noch Ruhe, Max schläft wie ein Murmeltier, müde von den Tagen und der Sonne und dem Spielen im Wasser. Leise schließe ich die Tür seines Zimmers und gehe ins Schlafzimmer, in dem das Bett abgebaut ist, das Bett, das jetzt draußen liegt, das von nun an draußen liegt, in dem Abel, als ich vorhin aufstand, kurz mit der Hand die Stelle suchte, wo ich gelegen hatte ... Dann drehte er sich um, mein Kissen in seinen Armen. Ruhe.

Ich öffne meinen Koffer, der noch immer in einer Ecke steht, und lege die Kleidungsstücke in den Schrank. Vor dem großen Spiegel an der Schranktür bürste ich mir die Haare und öle meinen Körper ein. Dann nehme ich das schwarze Kleid vom Bügel, das ich in Amsterdam trug, als wir zusammen essen gingen. Meine Haut ist braun, mein Haar strohig, das Kleid paßt gut dazu.

In der Küche decke ich den Frühstückstisch, stelle die Teekanne aufs Stövchen, koche zwei Eier für die Männer, wenn sie wach werden, presse frischen Orangensaft. Neben den Teller lege ich einen Zettel. *Gleich wieder da, xx X.*

Ich suche meine Profilsandalen.

Dann ziehe ich die Tür leise hinter mir zu.

*

Am meisten erschrak ich über den Zettel. Wäre sie einfach spazierengegangen oder sonst irgendwohin – wie sie's öfter mal tut –, dann wäre ich nicht argwöhnisch geworden. Aber dieses *Gleich wieder da* stand so hart, so klar, so schwarz auf dem Papier ... Ich eilte in Max' Zimmer: Der Junge saß ruhig im Bett und spielte. Er erschrak ein wenig, als ich hereingestürmt kam und ihn umarmte, danach gingen wir gemeinsam in die Küche. Seine warmen Füßchen hinterließen eine Spur auf dem Steinfußboden.

Der Tee ist noch warm. Das Ei lau. Der Orangensaft frisch wie ein Frühlingsschauer. Es beruhigt mich nicht. Es ist nicht die Geste, sondern das Uneigentliche der Geste, denke ich. Nicht, daß sie weg ist, sondern der Aufwand, mit dem ... Der Koffer leer. Der Tisch gedeckt. Die Tür zu, als hätte sie geschlossen werden müssen.

Ich bringe es nicht über mich, die Matratze hereinzuholen. Draußen mache ich das Bett und trage Leuchter, Bücher und Becher in die Küche.

Es ist warm, es wird ein sehr warmer Tag, doch hinter den Bergspitzen, weiß ich, sind die Wolken, die uns am Ende des Tages wieder erlösen werden. Ich will, daß sie zurückkommt, daß sie bald zurückkommt. Ich will, daß sie vor dem Unwetter im Haus ist.

»Was wollen wir heute machen?« frage ich den Jungen. Er sitzt am großen Küchentisch und zeichnet einen Kopffüßler nach dem anderen, einen noch schöner als den anderen. Die Küchenwände sind voll von ihnen. »Wollen wir nachsehen, was der Damm macht?« frage ich. »Soll ich dir zeigen, wie man angelt, im Río bei Rachel?«

Max schaut auf. »Kommt Mama gleich?«

»Wir warten, bis sie zurück ist«, sage ich. »Und dann unternehmen wir was.«

Und dann, wie ein Donnerschlag, fällt mir eine Szene aus dem Film *Paris, Texas* ein – dem Film, in dem Vater Dean Stanton seinen kleinen Sohn aus der Pflegefamilie zurückholt, um ihn zu dessen Mutter zu bringen. Er holt ihn in Los Angeles ab und fährt mit ihm nach Houston, wo die Mutter wohnt, und bringt ihn in das verabredete Hotel. Der Junge geht in das Hotelzimmer, und der Vater schaut vom Dach eines Parkhauses zu, wie Mutter und Sohn sich umarmen. Dann fährt er aus der Stadt hinaus, zurück in die Wildnis.

Kommt Mama gleich? Oder hat sie dich nur hierhergebracht? Hat sie dich hierhergebracht, zu mir gebracht – um selbst wieder weiterzufahren?

Anfangs glaubte ich, sie sei gekommen, um zu schauen, wie es mit uns läuft, mit uns dreien, was von dem übrig ist, was einmal war. Nein, ich zweifle nicht an ihrer Aufrichtigkeit, aber seit der Geschichte von gestern abend sehe ich auch ihre dunkle Seite. Es beruhigt mich nicht.

Ich verdränge meine Schreckensvision. Auf der Terrasse steht Max. Er hat sich das große Fernglas – mein Fernglas, das er nicht auseinandernehmen darf, das weiß er jetzt – um den Hals gehängt und hält es sich vor die Augen. *Schau!* ruft er und dreht sich zu mir um. Ich gehe aus der Küche und starre mit ihm zum Berg gegenüber, aber viel ist dort nicht zu sehen außer vielleicht einem einzelnen Wanderer. Dann reicht er mir das Glas. Ich schaue und sehe auf der anderen Seite des Tals Xenia auf dem Witwenpfad gehen, neben sich Víola.

*

Víola hatte mir geschrieben: *Xenia, ich glaube, du mußt kommen.* Sie schrieb mir von ihrem verlorenen Sohn und daß der Gasthof in seiner jetzigen Form nicht mehr lange bestehen könne. Sie schrieb von der Stille um Abel und von der Trockenheit, aber auch, daß sie sich sicher sei, es werde am Ende gut. Der Regen kehrt zurück, schrieb sie.

Wir waren das letzte Jahr über in Kontakt geblieben, Abel und ich, mehr um des Jungen als unserer selbst willen. Wir tauschten Fotos aus (ich: *von ihm*, er: *für ihn*, vom Esel und vom Haus und vom Blick auf die Klamm, sogar vom Zoo in Barcelona), schrieben einander von kleinen Ereignissen, die nicht wirklich wichtig waren, aber vielleicht doch mehr sagten, als uns klar war.

Dann kam Víolas Brief, der fast wie ein Eingriff von höherer Hand meinen Entschluß steuerte: daß wir es noch *einmal* miteinander versuchen sollten. Abel und ich. Abel und Max und ich.

Ich liebe diese Landschaft so schrecklich. Ich will nicht mehr Abschied nehmen.

Ich versuche, Abel auf Distanz zu halten, nicht, weil ich mich nicht nach ihm sehnte, weil ich mich nicht danach sehnte, ihn zu spüren, ihn in mir spüren, in seinen Armen zu liegen ... Ich will Distanz, um richtig schauen zu können, um zu wissen, was ich sehe. Um zu sehen, wer er ist. Um ihn als *Mann* zu sehen – an erster Stelle. Und als Vater.

Ich sehe einen Mann, der einen Entschluß gefaßt hat.

Das zieht mich über die Schwelle.

Auf dem Weg zur Witwe bleibe ich immer wieder stehen und pflücke auf dem Weg einen großen Strauß Wildblumen. Beim Gasthof wartet Víola schon auf mich. Es ist noch früh und kühl, die ersten Vögel fangen an, sich zu regen. Sie küßt mich auf die Wange, und gemeinsam gehen wir nach oben, nebeneinander, schweigend. Mit den ersten Sonnenstrahlen umrunden wir den Hang und gehen einen kleinen, steilen Pfad nach oben, um den Felsen herum, bis zu den Höhlen. Bei der dritten, einer etwas kleineren, gibt Víola mir den Schlüssel, und ich öffne das schwere Eisengitter. Es ist dunkel, aber meine Augen gewöhnen sich schnell; es ist kühl, aber nicht kalt, und ich rieche den alten Geruch von sehr altem Gestein. Vor der Figur der kleinen Madonna bleibe ich stehen. Ich lege ihr meine Blumen zu Füßen. Ich knie mich hin. Ich weine. Ich weine über das, was war, und über das, was kommt. Ich weine über das, was nicht gewesen ist und nie mehr wiederkommt. Ich weine über den Mann, den ich liebe.

*

Als abends der Donner von den Bergen grollt, sitzen wir zusammen ums Kaminfeuer: Max, auf Víolas Schoß, die ihm ein spanisches Kinderbuch vorliest, lauscht ihrem melodiösen Abrakadabra und schlummert leise ein. Xenia, gerade vom Duschen zurück, sitzt zusammengekauert wie eine Katze in meinem viel zu großen Pullover auf der Fensterbank und schaut dem Wetterleuchten über den Bergen zu. Rachel streichelt über den Tisch hinweg meinen Handrücken – Rachel, die ein Festmahl aufgefahren hat. Mit Max hat sie Gartenbohnen gepflückt und fertig gemacht, mit Víola die Forellen gesäubert, die wir an diesem Tag gefangen hatten; mich schickte sie in den Keller, um noch mehr Knoblauch zu holen, mehr Öl, mehr Wein, während Xenia sich ausruhte.

Die Frauen wachen über alles.

Bevor das Gewitter losbricht, wecke ich Xenia und nehme sie an der Hand, einer Hand mit so viel Schutt unter den Nägeln, daß sie sie noch tagelang wird schrubben müssen, und gemeinsam gehen wir hinunter in Richtung Klamm. Das Licht um die Gipfel sprüht unheilverkündend nach allen Seiten, von Scharlachrot und Violett auf dem Gestein zu Dunkelblau und Grün zwischen den Wolken. Viel Zeit haben wir nicht. Wir haben genug Zeit. Mit Blick auf die Öffnung der Klamm nehme ich sie in die Arme. Aus der Innentasche meiner Jacke ziehe ich ein Päckchen in braunem Packpapier und öffne es für sie: Es ist ein Umschlagtuch aus weißer Spitze, eher eine *mantilla,* so eine, mit der viele spanische Maler ihre Modelle schmückten. Ich hatte es in einem traditionellen kleinen Laden gekauft, irgendwo in einer Hintergasse in Barcelona. Sie nimmt es vorsichtig entgegen und schlingt es sich um den Kopf. Sie sieht mich an. Ich küsse sie. Ich lege sie vor meinen Füßen ins immer noch warme Gras. Dann ziehe ich sie aus; ich ziehe mich aus und lege mich neben sie, und ich küsse diesen Körper, ich küsse diese Frau, ich nehme sie in die Arme.

Gib mir die Stufen zum Himmel, flüstert sie.

Als die ersten fetten Tropfen fallen, ziehen wir uns hastig an – aber das ist nicht mehr nötig: Im Nu sind wir bis auf die Haut durchnäßt. Xenia küßt mir die Tropfen vom Gesicht. Sie lacht. Sie nimmt meine Hand und rennt am Wasser entlang. *Komm!* ruft sie. *Komm! Wir sagen es jetzt!*

Quellen & Dank

Eine Bearbeitung der Geschichte von Rachel und der Witwe (Kapitel 3 und 12) wurde in den Erzählungsband *Een klap van de molenwiek – Nieuwe verhalen over Don Quichot uit de Lage Landen* aufgenommen, erschienen im Dezember 2005 bei Signature in Zusammenarbeit mit dem Instituto Cervantes in Utrecht.

Der Anfang des englischsprachigen Zitats auf Seite 85: »When form becomes concept …« wurde, teilweise überarbeitet, übernommen aus »When forms become concepts« von Rosa Olivares, in: *EXIT* (Spanisch-englische Kunstzeitschrift) Nummer 8, 2003/2004. Das Nachfolgende stammt aus der Feder der Autorin.

Für den Dialog zwischen Abel und Xenia auf Seite 103: »Der Hirte hat in jedem Dorf …« ließ ich mich von einer Passage aus dem Roman *Der Alchimist* von Paulo Coelho (Diogenes, Zürich 1996) inspirieren, aus dem einige Formulierungen übernommen wurden.

Die Verszeilen auf Seite 109 stammen aus dem Gedicht »Het lied van de student« von Félix de Azúa (Übersetzung Fred de Vries), aus dem Band: *De vertraagde boodschapper – Twaalf Hedendaagse Spaanse dichters* (Poetry International Serie, J. M. Meulenhoff, Amsterdam 1985). Die Übersetzung im vorliegenden Band stammt von Helga van Beuningen.

Die Überschriften des 13. und 14. Kapitels »Wenn du eine Landschaft wärst / durch die ich gehen könnte« sind dem gleichnamigen Gedicht von M. Vasalis in dem Band *Vergezichten en gezichten* (Van Oorschot, Amsterdam 1983) entnommen.

Die Formel von Stokes auf Seite 128 entnahm ich dem Lehrbuch *Algemene Geologie* von Dr. A.J. Pannekoek und Dr. L.M.J.U. van Straaten (Wolters-Noordhoff, Groningen 1992), das übrigens während der ganzen Zeit, in der ich diesen Roman schrieb, als Nachschlagewerk unter meinem Kopfkissen lag.

Die Anekdote über den Leichenschatten (Seite 142 ff.) wurde von der Lektüre des großartigen Artikels »Het wegen van de ziel« von Guus Middag in der Reihe Vrije Regenval (*NRC Handelsblad*, 22. Juni 2001) beflügelt.

Daß sich das Universum mit sechs runden Zahlen beschreiben läßt (Seite 154), pickte ich aus einem unergründlich-poetischen Artikel in der Wissenschaftsbeilage des *NRC Handelsblad* (Dirk van Delft: »Oerknallen bij de vleet«, 22. Dezember 2001).

Das Zitat aus dem *Basisboek Veldgeologie* (Seite 159) stammt in Wirklichkeit aus: *Veldgeologie in kleur* von D.E.B. Bates und J.F. Kirkaldy (Moussault's Uitgeverij, Amsterdam 1977).

Peters Erkenntnisse über den Mann und seinen »Zugang zum Boden« (Seite 179 f.) fand ich in dem Buch *Vroeg mondig laat volwassen* von Christien Brinkgreve (Uitgeverij Augustus, Amsterdam 2004). Auch der dem zugrundeliegende Gedanke von der »Viererereinheit« zwischen Liebe, Sexualität, Ehe und Fortpflanzung stammt aus ihrem Buch – dafür mein Dank.

Noch einmal die Wissenschaftsbeilage des *NRC Handelsblad*: »De Kat van Schrödinger« wurde mir durch einen kleinen Artikel von Dirk van Delft (26. März 2005) in den Schoß geworfen.

Die Geschichte von »Joe« und »Simon« (Seite 204 f.) ist ein Klassiker der Bergsportliteratur (Joe Simpson, *Sturz ins Leere*), 2003 verfilmt unter demselben Titel.

Eine Teleac-Sendung über den Ursprung der Emotionen (*Un-*

sere Urtriebe: über Angst, Wut, Glück und Liebe, Frühjahr 2005) hat den Passagen auf Seite 207 f. Nahrung gegeben. Das Pentagon-Projekt und das traurige Äffchen im Labor sind meiner Phantasie entsprungen.

»Die Stufen zum Himmel« (Kapitel 29) sind Worte, die von Armando stammen (*De veldtocht*, De Bezige Bij, Amsterdam 1989): »Wir sagen es jetzt, sagte er. Denselben Berg. Wenn ich es sage, sagte er, klettern wir los, ich will das Meine, ich will die Stufen zum Himmel.«

Obwohl Namen von Weilern, Flüssen, Dörfern und Gebirgen (manchmal) mit der Karte Spaniens übereinstimmen, würde ich niemandem raten, auf der Grundlage dieses Buches eine Tour durch die Pyrenäen zu planen. In diesem Kontext sind sie ganz dem Hirn der Autorin entsprungen – und stehen in keinerlei Bezug zu den realen geographischen Orten.

Ich danke dem Fonds voor de Letteren, daß er es mir mit einem Arbeits- und einem Reisestipendium ermöglicht hat, dieses Buch zu schreiben. Das Reisestipendium verwendete ich unter anderem dazu, eine Gruppe Geologiestudenten bei der Feldarbeit zu begleiten. Ich weise mit Nachdruck darauf hin, daß die von mir beschriebenen Feldforscher und ihre Erlebnisse in keinerlei Bezug zu den Studenten stehen, die ich dort bei der Arbeit sah, und auch nicht zu ihrer Arbeitsweise als künftige Geologen.

Dank gebührt Prof. Dr. Reinoud Vissers, Dr. Martyn Drury (den »Hardrockern«) sowie Dr. Simon Vriend (dem Geochemiker) der Fakultät für Geowissenschaften der Rijksuniversiteit Utrecht, die ich zwei Wochen lang bei ihren Feldseminaren in den spanischen Pyrenäen begleiten durfte. Ihr Wissen und ihr nicht zu bremsender Enthusiasmus konnten nicht verhindern, daß in diesem Buch geologische Unwahrscheinlichkeiten stehen, die ich aus Gründen der »literarischen Freiheit« so gelassen habe. Dank auch dem Geologen Ronald Lubberts, der im letzten Augenblick einige Passagen vor allzu großer *tontería* bewahrte.

Dank sage ich schließlich, in Liebe, Boudewijn Payens, meinem Mann und Führer im Leben und in den Bergen, der mich auf die Spur dieser Geschichte gebracht hat.

Amsterdam / Llavorsí / Pont du Rensiwez, August 2005

Die Originalausgabe erschien 2005
unter dem Titel *Xenia*
bei Augustus, Amsterdam.

Die Übersetzung wurde gefördert vom
Nederlands Literair Productie- en Vertalingenfonds.

FSC
Mix
Produktgruppe aus vorbildlich
bewirtschafteten Wäldern und
anderen kontrollierten Herkünften

Zert.-Nr. SGS-COC-1940
www.fsc.org
© 1996 Forest Stewardship Council

Verlagsgruppe Random House FSC-DEU-0100
Das für dieses Buch verwendete
FSC-zertifizierte Papier *Munken Premium*
liefert Arctic Paper Munkedals AB, Schweden.

1. Auflage

Satz: Greiner & Reichel, Köln
Druck und Einband: GGP Media GmbH, Pößneck
Printed in Germany
ISBN 978-3-630-87250-6

www.luchterhand-literaturverlag.de